KJB

© Foto: privat

Lauren St John ist inmitten von Pferden, Katzen, Hunden und mit einer zahmen Giraffe auf einer Farm in Simbabwe, Afrika, aufgewachsen. Im Alter von siebzehn Jahren arbeitete sie ein Jahr lang als Tierarzthelferin, bevor sie Sport- und Musikjournalistin wurde. Heute lebt Lauren St John in London, England. Sie liebt Tiere und ist eine bekennende Pferdenärrin. Wenn sie gerade nicht schreibt oder Leoparden rettet, bedient sie ihren überhaupt-nicht-verwöhnten Bengalkater Max.

Alle Bände der Serie *Miss Mystery*:
Band 1: *Der Schrei des Papageis*
Band 2: *Der Tanz der Schlange*

Lauren St John

Miss Mystery

Der Tanz der Schlange

Aus dem Englischen von Anne Braun

KJB

Aus Verantwortung für die Umwelt hat sich der Fischer Kinder- und Jugendbuch Verlag zu einer nachhaltigen Buchproduktion verpflichtet. Der bewusste Umgang mit unseren Ressourcen, der Schutz unseres Klimas und der Natur gehören zu unseren obersten Unternehmenszielen.

Gemeinsam mit unseren Partnern und Lieferanten setzen wir uns für eine klimaneutrale Buchproduktion ein, die den Erwerb von Klimazertifikaten zur Kompensation des CO_2-Ausstoßes einschließt.

Weitere Informationen finden Sie unter: *www.klimaneutralerverlag.de*

FSC www.fsc.org
MIX
Papier aus verantwortungsvollen Quellen
FSC® C083411

Erschienen bei FISCHER KJB

Die englische Originalausgabe erschien 2019 unter dem Titel
Kat Wolfe Takes the Case. A Wolfe & Lamb Mystery
bei Macmillan Children's Books, London

Umschlaggestaltung: MT Vreden, Vreden,
unter Verwendung einer Illustration von Clara Vath
Quellenhinweis Zitat S. 7: J. R. R. Tolkien. *Der Hobbit oder Hin und Zurück*.
Aus dem Engl. von Wolfgang Krege. © The Tolkien Estate 1937. Klett-Cotta, Stuttgart 1998
Satz: Pinkuin Satz und Datentechnik, Berlin
Druck und Bindung: CPI books GmbH, Leck
Printed in Germany

ISBN 978-3-7373-4178-3

Inhalt

»So folgt Schnee auf Feuer, und selbst Drachen finden ihr Ende.«

J. R. R. Tolkien, Der Hobbit

Sieben Monate zuvor …

Zentrum für Östliche Heilung, Chinatown, London

Nachdem der letzte Patient gegangen und im Regen untergetaucht war, half Kai seinem Vater beim Aufräumen und Saubermachen. Er platzierte die Akupunkturnadeln sorgfältig in den eigens dafür vorhandenen Abfallbehälter, wischte den Fußboden und staubte das Schränkchen aus Walnussholz ab, in dem Dr. Liu seine Vorräte an chinesischen Kräuterarzneien aufbewahrte.

An den meisten Tagen half er nach der Schule gern in der Praxis seines Vaters mit. Dr. Liu war ein weit über London hinaus bekannter chinesischer Heiler mit einer großen Schar dankbarer Patienten, die ihn geradezu vergötterten. Ein berühmter Patient hatte in *The Sunday Times* berichtet, Dr. Liu könne quasi *Tote wieder zum Leben erwecken.* Wenn Kai erwachsen war, wollte er denselben Beruf ausüben wie sein Vater.

An diesem Tag aber war ihm sein Kampf gegen Drachen wichtiger.

»*Hŭ zĭ*, ich muss schnell noch etwas erledigen. Leg dein Spiel weg und mach deine Hausaufgaben.«

»Dad, ich bin nicht mehr dein kleines Tigerbaby«, beschwerte sich Kai, ohne von dem kleinen Display aufzublicken. »Du musst mit diesen kindischen Spitznamen aufhören. Ich bin fast dreizehn.«

»Das spielt in Eltern-Kind-Beziehungen keine Rolle, *Hŭ zĭ*. Du wirst auch mit fünfzig noch mein kleines Tigerbaby sein. Leg dein Handy weg und schließ die Tür hinter mir ab. Für heute ist Schluss.«

Kai ließ das Smartphone in seiner Hosentasche verschwinden, doch kaum war sein Vater weg, zog er es wieder heraus. Mit einem genialen Trick war es ihm gelungen, den Drachen herbeizubeschwören, der nun drohend seine Kreise zog. Kais Adrenalinspiegel schoss in die Höhe, als die Bestie ihm einen Schwall ihres violetten Drachenatems entgegenblies. Wenn er dieses Untier einfing, könnte er –

Als plötzlich die Glocke über der Eingangstür bimmelte, setzte sein Herz fast aus. Er war so in seine Schlacht gegen den Drachen vertieft, dass er, ohne aufzublicken, rief: »Wir haben geschlossen! Kommen Sie morgen wieder!«

»Ganz bestimmt *nicht.*«

Die Tür schwang auf, und Regengischt wehte herein. Glänzende schwarze Schuhe näherten sich. Genervt hob Kai den Blick von dem Drachen auf seinem Display und erschrak. Der Besitzer der Schuhe war maskiert. Schwarze Lederhandschuhe ragten aus den Ärmeln des langen schwarzen Mantels. Ein Hut war tief in die Stirn gezogen.

»Wo ist dein Vater?«

Kai dachte hektisch nach. Wenn er dem Fremden – der

vermutlich ein Räuber war – sagte, dass sein Vater jede Minute zurückkommen konnte, würde ihn das in die Flucht schlagen oder die Sache schlimmer machen?

»Tut mir leid, Dr. Liu ist außer Haus«, sagte er ausweichend. »Kann ich Ihnen weiterhelfen?«

Möglichst unauffällig hatte er seine Hand mit dem Handy unter der Empfangstheke verschwinden lassen. Er tastete nach der *9* und tippte sie zweimal an. Doch die dritte *9*, die die Polizei herbeigerufen hätte, schaffte er nicht mehr, weil ihm das Handy aus den Fingern gerissen wurde. Mit Entsetzen musste er mit ansehen, wie es mit einer Brechstange zertrümmert wurde.

»Keine weiteren faulen Tricks mehr, falls du den morgigen Tag noch erleben willst«, sagte der Fremde mit erstaunlich freundlicher Stimme. »So, und jetzt sagst du mir, wo dein Vater seine Wundermittel aufbewahrt!« Weil Kai vor Schreck keinen Laut über die Lippen brachte, zog der Eindringling hektisch ein paar Schubladen auf und kippte den Inhalt achtlos auf den Boden. »Stell dich nicht dumm – du weißt genau, was ich meine.«

Eine weitere Schublade fiel krachend zu Boden, und das pinkfarbene *Fünf-Aromen*-Pulver flog in alle Richtungen.

»Aufhören!« Kai vergaß vor Wut seine Angst, als er sah, wie das Lebenswerk seines Vaters von diesem Verbrecher verwüstet wurde. »Ich weiß nicht, was für ein Wundermittel Sie meinen! Wenn Sie krank sind, machen Sie einen Termin. Mein Vater kann Ihnen sicher helfen. Er ist der Beste!«

Der Mann stieß ein trockenes Lachen aus. »Das wissen wir. Deshalb bin ich ja hier.«

In diesem Moment flog erneut die Tür auf, und Dr. Liu trat ein und schüttelte seinen Schirm aus. »Du wirst es nicht glauben, *Hǔ zǐ*, aber ich habe mein Portemonnaie vergessen.« Er erstarrte, als er die aufgerissenen Schubladen und den maskierten Fremden mit der Brechstange erblickte. »Was ist hier los? *Hǔ zǐ*, bist du verletzt?«

»Bis jetzt ist niemand verletzt, und falls Sie vernünftig sind und kooperieren, wird es auch so bleiben, Dr. Liu. Geben Sie mir, was ich brauche, und ich bin ruck, zuck wieder weg.«

Als Kai zu seinem Vater laufen wollte, versperrte der Fremde ihm den Weg. Er war so groß, dass sein Hut fast die Decke streifte.

Dr. Liu umklammerte seinen Schirm, als wolle er damit zuschlagen. Doch dann besann er sich, legte ihn weg und hob die Hände, zum Zeichen, dass er sich ergab. »Mein Portemonnaie liegt auf dem Schreibtisch im Behandlungsraum. Bitte nehmen Sie es und gehen Sie!«

Der Fremde grinste höhnisch. »Ich habe es nicht auf Ihr Geld abgesehen, Doktor, sondern auf Ihr Wundermittel. Nicht für mich, bewahre! Sondern für eine befreundete Person.«

»Was hat diese Person?«

»Eine tödliche Krankheit, aber das werden *Sie* ändern.«

Dr. Liu stieß ein nervöses Lachen aus. »Guter Mann, ich

fürchte, da täuschen Sie sich. Ich bin ein einfacher Kräuterkundler und Akupunkteur.« Er zuckte zusammen, als die Brechstange auf ein Tablett mit Glasgefäßen niedersauste, die allesamt zersplitterten. Mit zittriger Stimme fuhr er fort: »Falls ich die Symptome oder das Leiden dieser Person lindern kann, wäre es mir eine Ehre. Aber zuerst muss ich sie sehen.«

»Völlig ausgeschlossen. Sie müssen sich mit ihrer Krankenakte zufriedengeben.«

Ein Bündel Papiere wurde auf die Theke geknallt. Kai sah, dass die Namen des Patienten und des behandelnden Arztes geschwärzt waren.

Er versuchte, sich alles einzuprägen, um es später der Polizei zu berichten, doch abgesehen davon, dass der Mann sehr groß war und akzentfrei Englisch sprach, fiel ihm eigentlich nichts auf. Er konnte weder Haut- noch Augenfarbe erkennen, denn der Hut, die Handschuhe und die Maske verbargen sie. Er sah auch kein Label an der Kleidung oder irgendwelche Narben. Das einzig Auffällige waren die Schnürsenkel, die sich himmelblau von dem glänzenden schwarzen Leder abhoben.

Sein Vater überflog die Krankenakte mit zunehmendem Entsetzen und schleuderte sie dann auf die Theke. »Was Sie von mir verlangen, ist jenseits dessen, was ein Arzt vermag! Das Schicksal dieser Person liegt in den Händen der Götter!«

Der Fremde blieb völlig ungerührt. »Dann sag ich Ihnen

jetzt, wie es abläuft, Dr. Liu. Sie werden mir Ihr bestes Wundermittel geben. Am Ersten jeden Monats werden Sie eine neue Lieferung im Hyde Park hinterlegen. Wo genau, erfahren Sie noch. Und jeden Monat, den der Patient überlebt, wird auch Ihr Sohn am Leben bleiben. Wenn *Patient X* stirbt, stirbt auch Ihr Sohn.«

»Nein!«

»Ich fürchte, doch.« Der Eindringling warf einen Blick auf die Wanduhr. »Meine Zeit ist um. Geben Sie mir, was ich brauche – sonst müssen Sie mit den Konsequenzen leben!«

Dr. Liu zögerte keine Sekunde mehr. Er schloss eine nicht beschriftete Schublade ganz unten im Wandschrank auf, mit einem Schlüssel, von dem er Kai gegenüber behauptet hatte, er sei verschollen. Er zog sie auf, nahm einen Beutel heraus und kippte den Inhalt – unförmige braune, violette und graue Klumpen – auf die Verkaufstheke.

Der Fremde nickte zufrieden. »Ist es das, was ich denke?«

»*Long chi.* Drachenzähne.«

Kai kam es so vor, als sei er in einer realen Version seines Computerspiels gelandet. Sein Vater wählte zwei *Zähne* aus, zermalmte sie zu Pulver und mischte sie dann in eine Tinktur aus Kräutern, Ingwer und Ginseng. »Sagen Sie … sagen Sie dem Patienten, er solle jeweils sechs Tropfen davon unter die Zunge geben, immer um Punkt zwölf Uhr, zweimal täglich.«

Eine schwarz behandschuhte Hand ließ das Fläschchen in der Manteltasche verschwinden. »Sie sind bekannt für

Ihr Entgegenkommen, Dr. Liu. Wenn Ihnen an Ihrem Sohn liegt, wäre es klug von Ihnen, weiterhin zu kooperieren und niemandem von unserer … ähm, kleinen Abmachung zu erzählen.«

Die Glocke über der Tür bimmelte erneut, als der Mann wieder hinaus in die regnerische Dunkelheit trat. Kai klammerte sich so fest an seinen Vater, wie er es nicht mehr getan hatte, seit er fünf gewesen war. Das Herz seines Vaters hämmerte an sein Ohr.

»Drachenzähne?«, stammelte Kai. »Aber es gibt doch gar keine Drachen, Dad. Diese Fossilien in dem Beutel, wo kommen sie her?«

Sein Vater schien in diesen wenigen Minuten um zehn Jahre gealtert zu sein. »Das erzähle ich dir ein andermal, Sohn. Wichtig ist nur, dass die *Long-chi*-Tinktur diesem Patienten hilft!«

Kai fröstelte. »Wird sie es?«

»Es gibt Gerüchte, dass Drachenzähne Wunder bewirken … Wir müssen hoffen, dass sie wahr sind.«

»Und was, wenn nicht?«

Sein Vater griff nach seiner Hand. »*Hŭ zĭ*, du wirst mir vertrauen müssen. Ich werde alles Menschenmögliche tun, damit dir nichts passiert. Wirklich alles!«

1 Nachbeben

Bluebell Bay, Juraküste, England

»Hältst du es wirklich für eine gute Idee?«, fragte Kat Wolf.

»Definitiv«, schnaufte Hanna Fox und ging unbeirrt weiter den Küstenweg hinauf. »Sonst bekomme ich das mysteriöse Traumhaus, von dem du mir schon so viel erzählt hast, nie zu sehen. Hast du nicht gesagt, dass man nur über diesen steilen Weg hinaufkommt?«

»Ja, aber –«

Kat schnappte entsetzt nach Luft, als Hanna an der gefährlichsten Stelle plötzlich stolperte – dem Abschnitt des Anstiegs, wo das Geländer zu Ende war und man direkt am Klippenrand stand. Da es hier nichts zum Festhalten gab, brauchte man nur auszurutschen oder zu stolpern, und schon stürzte man kopfüber in sein Verderben. Als Kat einen Satz machte, um ihre beste Freundin festzuhalten, konnte sie einen flüchtigen Blick auf die Wellen erhaschen, die tief unter ihnen schäumend an den Fuß der Klippen donnerten. Ihr wurde fast schwindelig.

»Wir können doch auch nächste oder übernächste Woche hinaufgehen«, schlug sie vor und zog Hanna unsanft auf die sichere Seite des Pfads, was ihr allerdings ein paar Kratzer des Brombeergestrüpps einbrachte. »Wir haben die ganzen Sommerferien noch vor uns. Und Avalon Heights läuft uns nicht weg.«

Ihre amerikanische Freundin putzte sich die Gischtspritzer von der Brille, bevor sie darauf antwortete. Hanna war vor dreieinhalb Monaten von ihrem Rennpferd Charming Outlaw abgeworfen worden, was ihr zwei Beinbrüche eingebracht hatte. Deshalb war sie noch immer etwas schwach auf den Beinen und ermüdete leicht. Doch obwohl ihr Herz so heftig schlug, dass es ihr beinahe aus der Brust hüpfte, und obwohl sämtliche Muskeln in ihren untrainierten Beinen schmerzten, wollte sie keineswegs aufgeben.

Als die beiden Mädchen ihren ersten Fall lösten, hatte Hanna zu Hause auf dem Sofa herumsitzen müssen, im Paradise House, in dem sie mit ihrem Paläontologen-Vater und ihrer englischen Haushälterin Nettie wohnte. Ihre Mutter war schon vor Jahren gestorben.

Kat war damals nach Bluebell Bay gezogen, weil ihre Mutter die Tierarztpraxis in diesem idyllischen Städtchen an der Südküste Englands übernommen hatte. Um ihr Taschengeld aufzubessern, hatte Kat sofort eine Tiersitteragentur gegründet, woraufhin Hannas Vater sie angeheuert hatte, um Charming Outlaw auszureiten, solange seine Tochter krankheitsbedingt ans Haus gefesselt war.

Kat und Hanna hatten sich schnell angefreundet und waren inzwischen fast unzertrennlich.

Auch Kats zweiter Tiersitterauftrag hatte nicht lange auf

sich warten lassen. Sie sollte sich in Avalon Heights um einen Amazonenpapagei kümmern, dessen Besitzer für einige Zeit verreisen wollte. Hanna konnte sich noch bestens erinnern, wie Kat ihr ihren ersten Besuch in dem einsam auf den Klippen gelegenen Haus beschrieben hatte. Sie war bei kaltem Nebelwetter den glitschigen Küstenweg hinaufgegangen, hatte eine offen stehende Haustür vorgefunden und einen verängstigten, kauderwelschenden Papagei im Inneren. Von Ramón, seinem Besitzer, weit und breit keine Spur. Und weil eine Menge seltsamer Umstände zusammenkamen, war Kat schnell davon überzeugt, dass der Besitzer des Papageis einem Verbrechen zum Opfer gefallen sein musste. Da sie in dem Städtchen sonst noch niemanden kannte, hatte sie es nur Hanna erzählen können, die spontan versprochen hatte, ihr bei der Aufklärung dieses mysteriösen Falls zu helfen. Das war der Beginn eines Abenteuers gewesen, das die beiden Mädchen beinahe Kopf und Kragen gekostet hätte.

An diesem Tag aber war der Himmel herrlich blau und wolkenlos. Die Julisonne schien angenehm warm auf sie herab. Trotzdem jagte Hanna ein kalter Schauer über den Rücken, als sie nun den Kopf hob und zu dem futuristisch aussehenden Haus hinaufblickte, das nur aus Stahl und Glas zu bestehen schien und dessen Sonnenterrasse wie ein riesiger Kiefer auf den Ozean hinausragte.

»Erde an Hanna. Sollen wir umkehren?«, fragte Kat.

»Warum? Hast du Schiss?«

»Was?! Natürlich nicht! Du etwa?«

Hanna grinste. »Heute nicht. Alles, was du mir damals von Avalon Heights erzählt hast, fand ich so gruslig, dass ich es im Leben nicht betreten wollte. Aber meine Angst ist wie weggeblasen. Ich bin total gespannt und kann kaum erwarten zu sehen, ob es wirklich so aussieht, wie ich es mir immer vorgestellt habe.«

Beherzt nahm sie das letzte steile Wegstück in Angriff, obwohl sie bei jedem Schritt die Zähne zusammenbeißen musste. Aber sie war fest entschlossen, nicht zu jammern. Kat blieb nichts anderes übrig, als ihr zu folgen.

Eine Minute später standen die beiden Freundinnen auf den Stufen, die zur Haustür von Avalon Heights führten. Ein Schild mit der Aufschrift *ZU VERMIETEN* schaukelte quietschend und einsam im Wind.

Kat drückte auf die Türklingel.

Hanna starrte sie an. »Hey, hast du nicht gesagt, das Haus steht leer?«

»Tut es auch. Die Immobilienmaklerin war gestern in unserer Tierklinik, um Welpenfutter zu kaufen. Und sie hat zu meiner Mum gesagt, es sei nicht einfach, den richtigen Mieter zu finden. Ich wollte nur überprüfen, ob nicht doch jemand hier ist. Vielleicht hat die Agentur ja eine Putzfrau oder einen Handwerker hochgeschickt.«

Sie läutete ein zweites Mal.

Doch Hanna hatte plötzlich Bedenken. »Was, wenn wir erwischt werden? Meinst du, dann werden wir verhaftet?«

»Kann ich mir nicht vorstellen.« Kat tippte den Zugangscode ein. »Es ist nichts mehr da, was das Haus geheim oder speziell gemacht hat. Aber es ist immer noch Privateigentum. Deshalb könnten wir Ärger kriegen wegen unerlaubten Betretens oder so. Wir müssen also schnell sein. Nur kurz rein und wieder raus. Und denk daran, ja nichts anzufassen!«

Stirnrunzelnd starrte sie auf das Türschloss und versuchte es mit anderen Zahlenkombinationen.

Ein scharfer Windstoß ließ Hanna erneut frösteln. Warum um alles in der Welt hatte sie zu Kat gesagt, sie würde vor Neugier sterben, wenn sie nicht endlich einen Blick in das Haus werfen könne, das in ihrem letzten mysteriösen Fall eine so wichtige Rolle gespielt hatte? Im Moment aber wünschte sie sich nur noch eins: zu Hause im Paradise House auf dem Sofa zu liegen. Aus der Nähe betrachtet, hatte Avalon Heights etwas Kaltes, Abweisendes.

»Du, ich hab es mir anders überlegt. Gehen wir!«

Stahlriegel schnappten zurück. Die schwere Tür schwang auf. Kat verschwand im Inneren. Hanna blieb nichts anderes übrig, als ihr zu folgen. Sie zog ebenfalls ihre Sneaker aus und stellte sie im Flur neben die von Kat.

Kaum hatte sie sich wieder aufgerichtet, war alle Nervosität auf einen Schlag vergessen. Vergessen war auch der Gedanke, dass es noch lange nicht okay war, den Türcode zu benutzen, nur weil der frühere Bewohner ihn Kat damals verraten hatte. Vergessen war alles andere außer diesem umwerfenden Haus mit der riesigen Glasfront und dem atemberaubenden Ausblick. Das schimmernde indigoblaue Meer schien sich in einer sonnenbeschienenen Welle ins Haus zu ergießen.

»Oh, Kat, das ist ja noch toller, als ich es mir vorgestellt hatte! Mein absolutes Traumhaus hoch zehn! Ich würde noch heute hier einziehen, wenn es ginge. Sieh dir dieses Heimkino an und – herrje, ist das ein Fitnessraum? Hey, was ist los?«

Kat stand am Fuß der Stahltreppe und starrte nach oben. Ihr sommersprossiges Gesicht wirkte verstört. Sie legte sich einen Finger an die Lippen und flüsterte: *»Hast du das gehört?«*

»Was gehört?«, raunte Hanna zurück.

»Eine Art gequältes Stöhnen.«

Hanna hatte nur das gedämpfte Rauschen der Wellen gehört. Jetzt, wo sie hier war, fand sie das Haus kein bisschen furchteinflößend mehr. »War vielleicht ein Vogel auf dem Dach oder ein Wasserrohr«, meinte sie, nun wieder in normaler Lautstärke. »Das kann passieren in Häusern, die eine Zeitlang leer stehen. Jetzt sei kein Angsthase, Kat, und zeig mir alles!«

Sie wirbelte durch das riesige Wohnzimmer, schlaksig wie ein neugeborenes Fohlen.

Kat blickte noch einmal die Treppe hoch, beschloss dann aber, dass sie sich bestimmt verhört hatte. In ihren Socken rutschte sie über das Parkett zu ihrer Freundin an der Glasfront, kam kurz vor ihr zum Stehen und machte eine theatralische Verbeugung. Hanna tänzelte vor ihr her in die Küche und trällerte dabei fröhlich vor sich hin.

»Achtung!«, rief Kat lachend und machte einen Satz, um eine Vase zu retten, die Hanna um ein Haar umgeworfen hätte. »Wenn wir etwas kaputtmachen, könnten wir es nur schwer erklären.«

Sie spähte unter die Küchentheke. »Erinnerst du dich daran, dass ich hier eine Aktenmappe im Army-Stil gefunden habe? Ich bin mir sicher, dass sie aus irgendeinem Geheimfach fiel. Ich habe sie immer noch, weißt du. Aber es war nichts Interessantes drin, nur ein paar alte –«

Plötzlich gab es einen Knall. Kat richtete sich so ruckartig auf, dass sie sich beinahe den Kopf angeschlagen hätte. »Mensch, Hanna! Was hast du jetzt wieder angestellt?«

Auf einem Regal, auf dem mehrere Dinosaurierbecher in einer Reihe standen, klaffte plötzlich eine Lücke. *Tyrannosaurus Rex* lag in Scherben auf dem Boden. Hanna rief verdutzt: »Ich war's nicht, Ehrenwort! Ich war nicht mal in der Nähe!«

»Aha, dann war's wohl ein Geist – willst du das behaupten?«

»Vermutlich derselbe Geist, den du oben stöhnen und ächzen gehört hast«, entgegnete Hanna. »Ehrlich, Kat, ich stand schon hier, als der T-Rex plötzlich einen Satz machte, als hätte er 'nen Düsenantrieb. Aber halb so wild. Diese Becher gibt's im Deli, und ich kaufe mit meinem Taschengeld einen neuen, und wir werden herausfinden –«

Erschrocken klammerte sie sich plötzlich an die Küchentheke. »Was ist *jetzt* los?«

Der Fußboden und die Regale bebten. Pfannen und Töpfe klapperten aneinander, und die Becherreihe klirrte wie verrückt. Der Kronleuchter im Wohnzimmer klimperte wie ein Windspiel während eines Sturms.

Und genauso abrupt, wie es angefangen hatte, hörte das Beben wieder auf – aber erst, nachdem das Regal einen weiteren Dino abgeworfen hatte.

»Der arme Stegosaurus!« Hanna stieß mit dem Fuß an die Porzellanscherben. »Mein Lieblings-Dino!«

Kat stand mit weit aufgerissenen Augen da. »Vergiss den Dino und sag mir lieber, was das eben war!«

»Etwas Ähnliches habe ich zuletzt bei einem Erdbeben in San Francisco erlebt. Nach kalifornischen Maßstäben war es zwar nur ein Klacks, aber mir persönlich hat's gereicht.«

»Hier in England haben wir eigentlich keine Erdbeben – zumindest keine gefährlichen«, konnte Kat sie beruhigen. »Im Westen von Dorset gab's letztes Jahr zwar eine kleine Erschütterung, doch Mum sagt, davon hätte kein Ei auch nur einen Sprung gekriegt. Vielleicht halten sie drüben in der Militärbasis gerade eine Parade ab oder machen eine Übung? Die Soldaten lassen ja öfter was hochgehen. Wenn es etwas Größeres gewesen wäre, hätte es ein Nachbeben gegeben.«

»Hier oben? Oben auf der Klippe? Der Truppenübungsplatz liegt auf der anderen Seite von Bluebell Bay!« Hanna war skeptisch. »Kat, was meinst du? Vielleicht spukt's hier im Haus wirklich?«

»Spuken Gespenster nicht lieber in alten Gemäuern?«, witzelte Kat, obwohl sie in Wahrheit auch erschrocken war. »Komm, wir verschwinden von hier, bevor noch mehr kaputtgeht. Am Ende gibt man uns noch die Schuld.«

»Wir können nicht weggehen, bevor ich nicht draußen auf der Terrasse war!«, protestierte Hanna. »Oh, bitte, Kat! Darauf habe ich mich am meisten gefreut!«

Kat blickte zum Kronleuchter. Als sie das letzte Mal hier war, hatte eine geschickt versteckte Überwachungskamera jede ihrer Bewegungen aufgezeichnet. Die Kamera war nicht mehr da, aber trotzdem wurde Kat das Gefühl nicht los, dass sie beobachtet wurden.

»Na schön, aber mach schnell!« Sie ging schon mal zur Haustür und zog ihre Sneaker an, weil sie unbedingt wegwollte.

»Klar, ganz schnell!« Hanna zog sich ebenfalls die Schuhe an und humpelte dann durchs Wohnzimmer zur Glasfront zurück. »Ich bin schneller als das Licht.« Sie schob die Glastür auf und trat auf die Terrasse hinaus. »Wow! Doppel-Wow! Ich stelle mir gerade vor, wie ich in diesem Whirlpool hier liege und aufs Meer hinausblicke.«

»Können wir jetzt gehen?«, beharrte Kat.

»Gleich!« Hanna drückte ein Auge ans Teleskop und drehte das Sehrohr langsam. Sie sah die sanft geschwungene

Linie der Juraküste, die üppig grünen Wiesen und die mit NATO-Draht eingezäunten Wachtürme der Garnison, bevor schließlich die türkisblaue Bucht in ihr Blickfeld kam, die Bluebell Bay seinen Namen gegeben hatte. Das hübsche Städtchen mit den pastellfarbenen Häusern schmiegte sich wie ein Halbmond um die Bucht.

»Mann, Kat, ich wusste gar nicht, dass man von hier oben ganz Bluebell Bay überblicken kann! Ein Wahnsinn! Auf dem Truppenübungsplatz sind allerdings keine Soldaten zu sehen, deshalb kann die Erschütterung vorhin nicht die Folge einer Schießübung sein. Und ein Erdbeben war es auch nicht, weil Edith, unsere Lieblingsbibliothekarin, vor dem *Club der Sesselabenteurer* steht und sich ganz friedlich mit ein paar Kindern unterhält. Sie wirken kein bisschen besorgt. So wenig wie das frisch verheiratete Paar, das gerade vor dem *Grand Hotel Majestic* aus einem Rolls Royce steigt. Mein Dad war neulich zu irgendeiner Veranstaltung dorthin eingeladen und total begeistert von dem Hotel, obwohl ihn normalerweise nichts begeistern kann, was nicht mindestens hundert Millionen Jahre alt ist.«

Kat hatte nur mit halbem Ohr zugehört. Sie wünschte, sie wären nie hergekommen. »Ich zähle jetzt bis drei, dann bin ich weg – mit dir oder ohne dich.«

»Okay, okay, jetzt mach dir mal nicht ins Hemd.« Hanna konnte sich offenbar nicht von dem grandiosen Ausblick losreißen, denn sie rührte sich nicht vom Fleck.

»Eins … zwei …«, begann Kat ungeduldig.

»Hey, was ist das denn?« Das Teleskop schwenkte abrupt nach unten.

»Weiß ich nicht, und ist mir auch egal.« Kat war mit ihrer Geduld am Ende. »Ich gehe jetzt. Tschüs!«

»Da ist ein Hund. Ich glaube, er ist über die Klippe gefallen.«

»Ein Hund? Lass sehen! Ist er verletzt?«

Wie ein geölter Blitz sauste Kat zu Hanna und presste ihr Auge an den Sucher. Und tatsächlich: Hinter einem Stechginsterbusch neben den abgesperrten alten Klippenstufen bewegte sich etwas – etwas Braun-Weißes, Pelziges. Sie drehte am Rädchen, um die Bildschärfe besser einzustellen, doch da hatte das Tier sich offenbar hingelegt, und Kat sah nur noch ein Ohr. Eindeutig ein Hundeohr!

Sie rannte seitlich ans Geländer, um einen besseren Blick auf die alten Stufen zu haben, die im Zickzack die Klippe hinunterführten. Minuten vergingen, ohne dass sich dort unten etwas regte. »Meinst du, der Hund ist von allein wieder hochgekommen?«, rief sie über ihre Schulter Hanna zu.

»Ihm ist sicher nichts passiert«, rief Hanna zurück, mit mehr Hoffnung als Überzeugung. »Wahrscheinlich läuft er im Moment schon durch Bluebell Bay und klaut Würstchen.«

Da drang ein Schmerzensgeheul durch die Luft. Hanna war sofort klar, dass jetzt nur noch eine atomare Katastrophe Kat davon abhalten konnte, ohne diesen Hund wieder nach unten ins Städtchen zu gehen. Nicht, dass Hanna sich das gewünscht hätte. Es war nur so, dass es zwei Möglichkeiten gab, das Tier zu retten, und sie wusste augenblicklich, dass ihr die Möglichkeit, für die Kat sich entscheiden würde, ganz und gar nicht gefallen würde.

»Kat, warte!«

Doch es war bereits zu spät. Kat war blitzschnell an der Feuerleiter hinuntergeklettert, die sich seitlich am Geländer befand, rannte am Klippenrand entlang und lehnte sich an dem Warnschild vorbei über die Absperrung oberhalb der abbröckelnden Stufen.

»Da ist er!«, rief sie über die Schulter. »Dürfte ein Border Collie sein. Ich glaube, er steckt irgendwie fest. Ich klettere jetzt runter und versuche, ihn zu befreien.«

»Spinnst du?!«, rief Hanna von der Terrasse aus. »Diese Stufen zu betreten ist nicht ohne Grund verboten. Sie können jeden Augenblick abbröckeln und ins Meer fallen. Und falls der Hund verletzt ist, ist er vielleicht aggressiv und beißt dich. Oder was, wenn er die Tollwut hat? Rühr dich nicht vom Fleck. Ich komme!!!«

Hanna nahm den Weg durch die Haustür und eilte zu Kat. »Du, wir rufen deine Mutter an. Sie weiß sicher, was zu tun ist.«

»Mum ist gerade am Operieren. Bis sie die Nachricht hört und die Feuerwehr oder wen auch immer angerufen hat, kann es zu spät sein – besonders falls der Hund blutet oder ernsthaft dehydriert ist. Bei einem Notfall zählt jede Minute!«

»Wie wär's dann mit Sergeant Singh?«, schlug Hanna hektisch vor. »Falls er nicht gerade irgendwelchen Einbrechern nachläuft, könnte er schnell hierhersprinten und dir helfen.«

Kat schüttelte den Kopf. »Der Hund ist bestimmt sowieso schon nervös, und mehrere Personen machen die Sache nur schlimmer. Hanna, diese Stufen sind seit *Jahren* gesperrt. Sie sind zugewachsen mit Grasbüscheln und vielen Stechginstersträuchern und werden in den nächsten zehn Minuten bestimmt nicht zerbröseln. Je schneller ich runtergehe, desto schneller bin ich wieder zurück.«

Ohne auf eine Antwort zu warten, drückte sie sich an dem Warnschild und der Absperrung vorbei und hastete die windschiefen Stufen hinunter. Gleich nach der ersten Biegung war sie nicht mehr zu sehen.

Als Hanna plötzlich allein war, wurde ihr ganz mulmig. Was, wenn Kat stolperte und hinfiel? Fünfzig Meter unterhalb der Stufen donnerten die Wellen mit unbändiger Wucht an den Fuß der Klippe. Sie versuchte, sich mit dem Gedanken zu trösten, dass es die Klippe nun schon seit Millionen von Jahren gab und sie schon vorbeitrampelnde Dinosaurier überstanden hatte. Doch es half nichts. Sie konnte nur noch daran denken, wie Kat von herabstürzenden Felsbrocken erschlagen werden und platt wie eine Flunder darunterliegen würde.

»Kat! Komm zurück. Bitte, lass uns einen Notdienst anrufen!«

Kat war zwar nicht mehr zu sehen, doch ihre Stimme drang herauf, ruhig und sanft, in dem Tonfall, mit dem sie immer auf verängstigte Tiere einredete. »Hanna, ich bin gleich bei ihm, deshalb muss ich jetzt still sein, damit er keine Panik kriegt. Mach dir also keine Sorgen, wenn du nichts mehr von mir hörst.«

Mach dir also keine Sorgen, wenn du nichts mehr von mir hörst.

Tja, das war leichter gesagt als getan.

2
Dreizehn Sekunden

Ein gutes Stück weiter unten, an der Klippenwand, war Kat keineswegs so zuversichtlich, wie sie getan hatte. Schon von weitem sah sie, dass der Collie herrenlos sein musste. Sein glanzloses, verfilztes Fell spannte sich über die Rippen, als er knurrend versuchte, sich aufzurichten. Dunkle Blutflecke zeigten ihr, wo das arme Tier sich die Stufen hinuntergeschleppt hatte, bis es schließlich unter einem Stechginsterbusch liegen geblieben war.

Der Hund war in einem erbärmlichen Zustand. Obwohl es jetzt am späten Nachmittag noch so heiß war, dass man auf einem Stein ein Ei hätte braten können, zitterte er am ganzen Leib – ein sicheres Anzeichen für Fieber und eine Infektion. Und obwohl er eindeutig sehr geschwächt war, sträubte er die Nackenhaare, was zeigte, dass er im Angriffsmodus war.

Das Vertrauen von Tieren zu gewinnen, die vor Schmerzen und Angst in Panik und somit sehr gefährlich sind, war Kats besondere Gabe, doch solche Tiere zu beruhigen, kostete einige Zeit, und die hatte sie im Moment nicht. Sie würde blitzschnell ein paar Hundeflüstertechniken anwenden müssen und hoffen, dass sie Wirkung zeigten, bevor es zu spät war.

Die uralten Stufen waren wacklig, uneben und zum Teil zerbrochen. Zudem war Flut, und die schäumenden Wellen unter ihr fühlten sich bedrohlich nah an. Ein einziger falscher Schritt würde ausreichen, damit sie nach unten stürzte und von diesen Wellen mitgerissen werden würde. Je schneller sie wieder sicheren Boden unter den Füßen hatte, desto besser.

Aber zuerst musste sie dem Collie beweisen, dass sie keine Bedrohung für ihn war, und das tat sie, indem sie sich in seiner Nähe auf eine der Stufen setzte und die Arme um ihre Beine schlang. Sie schloss auch die Augen, während sie auf ein Zeichen wartete, dass der Hund ihr erlaubte, sich ihm zu nähern. Das stellte ihre Geduld auf eine harte Probe.

Dann endlich hörte sie es – ein verzweifeltes Winseln.

Als Kat dem Collie den Kopf zudrehte, sah sie ihn zusammengesunken auf der Seite liegen, als wenn sein kurzer Anfall von Misstrauen ihn seine letzte Kraft gekostet hätte. Er rührte sich kaum, als Kat ihm behutsam über den Kopf strich. Auf einem silbrigen Anhänger an seinem schmuddeligen Halsband stand der Name: *Pax.*

Kat musste gegen Tränen ankämpfen, als sie das Problem erkannte. Pax hatte sich mit einer Vorderpfote in einer rostigen, an einem Metallpflock befestigten Drahtschlinge verfangen. Und je heftiger er versucht hatte, sich zu befreien, desto tiefer hatte der Draht sich in sein Fleisch gegraben. Kat sah außerdem, dass der Collie offene Wunden an der Flanke hatte.

Sie zog an dem Metallpflock, doch der war bombenfest im Beton verankert. Deshalb konnte sie nur versuchen, die Pfote aus der Schlinge zu ziehen, doch da riskierte sie, von dem Hund gebissen zu werden. Noch bevor sie einen Versuch machen konnte, gab Pax ein wütendes Knurren von sich. Heißer Atem streifte Kats Gesicht.

Schockiert wich Kat zurück. Sie hatte in ihrem Leben schon so manche leichten Bisse und Kratzer abbekommen, aber sie war noch nie von einem Tier *angegriffen* worden! Erst als Pax anfing zu bellen, wurde ihr klar, dass der Zorn des Collies nicht ihr galt, sondern etwas, das draußen auf dem Meer war.

Was war dort? Im selben Moment sah Kat einen grellroten Lichtstrahl über das Meer zucken. Gleich darauf schien die ganze Klippenwand zu beben, während gleichzeitig ein fürchterliches Grollen ertönte, das sich fast anhörte, als sei in einer unterirdischen Höhle ein urzeitliches Monster zum Leben erwacht. Kat und Pax wurden gegeneinander geworfen und wie Popcorn durchgerüttelt. Erdklumpen und abgerissene Stechginsterzweige zerkratzten ihre Haut.

Dann plötzlich, mit einem Mal, war alles wieder ruhig.

Mühsam richtete Kat sich auf. Oben am Klippenrand schrie Hanna ihren Namen. Da Pax noch benommen dalag, konnte Kat ihm die Drahtschlinge von der Pfote streifen. Der Collie wimmerte schwach, schnappte aber nicht nach ihr. In aller Eile band Kat eine ihrer Socken um seine Fleischwunde. Jetzt musste sie den Hund nur noch überreden, auf drei Beinen die vierzig Stufen hinaufzuhumpeln, bevor die Klippenwand abrutschen und sie in die Tiefe reißen würde.

»Es wird weh tun, aber du musst mir vertrauen«, schärfte sie dem Hund ein, während sie ihm half, sich auf die Pfoten zu stellen.

Die Beine des Collies zitterten vor Schmerz und Anstrengung, doch er folgte Kat bereitwillig, was ihre Vermutung bestätigte, dass er früher mal ein gut ausgebildeter Hund mit einem vermutlich liebevollen Besitzer gewesen war. Außerdem war er noch recht jung. Wenn sie beide dieses Abenteuer hier überlebten, würde Pax bestimmt wieder gesund werden.

Hunger und Blutverlust hatten das arme Tier allerdings ziemlich geschwächt. Auf halber Höhe begann es zu schwanken. Kat begann, den Collie von Stufe zu Stufe hochzuheben, doch sie geriet schnell außer Atem. In ihrer Brust verklumpte sich ein harter Knoten der Panik. Schiefergestein und aus dem Untergrund gerissene Wurzeln rutschten an ihnen vorbei.

Was, wenn sie und der Hund es nicht bis nach oben schafften?

»Ich komm euch entgegen und helfe dir!«, rief Hanna.

»NEIN!« Kat schrie es fast. »Bleib, wo du bist, falls wir

doch einen Notdienst rufen müssen. Drei auf diesen Stufen könnten einer zu viel sein!«

Hanna sagte nichts mehr, doch Kat wusste, was ihr durch den Kopf ging. Was, wenn schon *zwei* auf den Stufen zu viel waren?

Noch einundzwanzig Stufen … siebzehn … sechzehn … fünfzehn … vierzehn …

Pax' Beine knickten ein, und er brach ohnmächtig zusammen. Der Collie hatte seine letzte Kraft aufgebraucht. Er hatte keine mehr.

Plötzlich schoss Kat das Bild eines Feuerwehrmanns durch den Kopf. Im Fernsehen hatte sie mal gesehen, wie einer sich einen Verletzten um die Schultern gelegt hatte. Auf diese Weise könne man auch sehr große oder stark übergewichtige Menschen schleppen, wurde gesagt. Gut, dann müsste sie es doch auch mit einem mageren Collie schaffen, oder? Sie ging in die Hocke und legte sich Pax um die Schultern. Mit einiger Mühe richtete sie sich dann wieder auf und hielt mit einer Hand die Vorderpfoten, mit der anderen die Hinterläufe fest. So erklomm sie die nächste Stufe.

Noch dreizehn Stufen. Würde sie es in dreizehn Sekunden schaffen? Würde es ausreichen?

Zwölf … elf … zehn … neun … acht …

Da kam von oben ein orangefarbener Rettungsring. Kat packte ihn und war froh, als Hanna am anderen Ende des Seils zog. »DU SCHAFFST ES, KAT!«, rief ihre Freundin von oben. »Gleich bist du oben!«

Sieben … sechs … Keuchend musste Kat eine kleine Pause einlegen. Ihre Beine fühlten sich an, als würden sie von einem Flammenwerfer verglüht werden.

»Nicht aufgeben!«, schrie Hanna. »Deine Mum braucht dich! Tiny braucht dich! *Ich* brauche dich!«

Fünf … vier … drei …

Hanna bekam ihre Arme zu fassen, genau in dem Moment, als ein Riss durch die letzte Betonstufe schoss, so blitzschnell wie eine zubeißende Schlange. Ein letzter Kraftakt, und Mädchen und Hund waren sicher oben.

Kat richtete sich mühsam auf. »Lauf! Lauf um dein Leben!«

Doch das ging nicht. Kat trug den Collie, und Hanna war gerade mal zu schnellem Humpeln fähig.

Erst als sie in sicherem Abstand zum Klippenrand waren, blickten sie zurück. Und kamen sich sofort dumm vor. Nichts hatte sich verändert. Avalon Heights stand noch da. Die Stufen des Klippenwegs waren noch vorhanden. Es hatte weder einen Klippenrutsch noch sonst eine Naturkatastrophe gegeben.

Unter ihnen lag Bluebell Bay noch immer verschlafen im Sonnenschein: Auf der Hauptstraße drängten sich Passanten mit Einkaufstüten, am Hafen spielten Kinder mit einem Frisbee, und im Park saßen etliche picknickende Personen in der Sonne.

»Sag mal, war das eben real oder habe ich halluziniert?«, fragte Hanna kopfschüttelnd. »Ich dachte sogar, ich hätte einen riesigen Hai an der Klippe vorbeischwimmen sehen.«

Sie hatte kaum ausgesprochen, als eine Möwe sich kreischend vom Dach von Avalon Heights in die Lüfte schwang. Die Klippe gab einen leisen, fast menschlich klingenden Seufzer von sich, brach dann plötzlich wie ein zerbrechender Keks der Breite nach durch und stürzte nach unten ins Meer. Weißer Schaum auf der Wasseroberfläche war alles, was die Stelle markierte, an der ein Teil der Klippenwand im Meer versunken war.

Die Mädchen starrten wie benommen in die Tiefe.

Bis zu diesem Moment hatten sie sich noch einreden können, dass das, was sie getan hatten, zwar extrem riskant, aber nicht wirklich lebensgefährlich gewesen war. Doch nachdem sie jetzt gesehen hatten, wie das Meer die altersschwachen Stufen verschluckt hatte, die Kat und Pax gerade heraufgekraxelt waren, mitsamt dem Klippenrand, über den Hanna sich gebeugt hatte, wurde ihnen bewusst, dass sie alle drei um Haaresbreite ebenfalls mit in die Tiefe hätten gerissen werden können.

Schließlich stammelte Hanna benommen: »D-du warst gerade … ich hätte … Ähm, wir hätten beide *sterben* können.«

»Ja, sind wir aber nicht«, erklärte Kat mit fester Stimme. »Und nur das zählt. Wir sind noch da und quicklebendig.« Sie zögerte. »Du denkst doch nicht, dass wir es meiner Mum oder deinem Dad erzählen sollten, oder?«

»Spinnst du? Nie im Leben! Mal ehrlich, sie würden ausflippen!«

»Stimmt. Warum sie erschrecken, wo wir doch heil davongekommen sind?« Kat schauderte. »Aber erinnere mich in Zukunft daran, dass wir besser keinen Fuß mehr in leerstehende Spukhäuser setzen sollten!«

»Oder auf abrutschende Klippen«, ergänzte Hanna.

Kat besänftigte den Collie, der langsam wieder zu sich kam. »Wenn wir Pax dadurch retten konnten, war es den Schreck wert.« Sie überlegte kurz. »Du, ich glaube, ich habe hinter dem Haus eine Schubkarre gesehen. Damit können wir ihn in Rekordzeit in die Tierklinik bringen. Aber wir erzählen besser keinem, wo wir ihn gefunden haben!«

»Keine Angst, ist schon von meiner Festplatte gelöscht«, murmelte Hanna, wohl wissend, dass das nur ein frommer Wunsch war.

3
Eine historische Sensation

Als Kat am nächsten Morgen vom Rotorengewusche eines Hubschraubers erwachte, war ihr erster, hoffnungsvoller Gedanke, der Dunkle Lord würde auf eine Stippvisite vorbeikommen.

Es war leicht nachvollziehbar, wie ihr Großvater – Lord Hamilton-Crosse, seines Zeichens Verteidigungsminister von Großbritannien – zu seinem Spitznamen gekommen war. Wann immer er in den Nachrichten auftauchte, gaben sein Falkengesicht und sein stählerner Blick selbst hartgesottenen Interviewpartnern das Gefühl, herumstotternde Blödmänner zu sein. Reporter vergaßen ihre Fragen. Politische Gegner mutierten zu stammelnden Trotteln. Außerdem war da sein geheimnisumwobener Beruf. Soweit Kat wusste, hatte ihr Großvater landauf, landab Feinde.

Bis vor wenigen Wochen waren er und ihre Mutter sich ebenfalls spinnefeind gewesen. Bei Kats Geburt hatte er sich geweigert, sie als Tochter seines einzigen Sohns Rufus anzuerkennen, der zu diesem Zeitpunkt bereits beim Surfen einer riesigen Welle ums Leben gekommen war. Der Dunkle Lord war auf die Entbindungsstation gestürmt und hatte Ellen Wolf vorgeworfen, sie habe es nur auf das Milliardenvermögen der Familie Hamilton-Crosse abgesehen. Nichts wäre abwegiger und weiter von der Wahrheit entfernt gewesen, aber trotzdem hatte er elf Jahre gebraucht, bis er endlich zugab, dass er sich damals getäuscht hatte, und noch länger, bis er sich dafür entschuldigt hatte.

Wären Kat und ihre Mutter nicht von London nach Bluebell Bay gezogen, hätten sich ihre Wege möglicherweise nie wieder gekreuzt. Zum Glück taten sie das dann aber doch, derweil der erste Fall von Kat und Hanna als selbsternannte Detektivinnen sich als brandgefährlich und sogar potenziell tödlich herausgestellt hatte und er und Kat sich gegenseitig das Leben gerettet hatten. Dadurch hatten sie beide widerwillig Respekt füreinander entwickelt. Aber keiner von beiden dachte auch nur im Traum daran, das jemals zuzugeben.

»Ich sehe dich dann wieder, wenn ich dich sehe, Kat Wolf«, hatte der Dunkle Lord zum Abschied ausweichend gesagt, nachdem sie sich im Frühling kennengelernt hatten.

»Oder ich sehe dich zuerst«, hatte sie leise geantwortet.

Aber das hatte er damals vermutlich gar nicht mehr gehört. Oder vielleicht doch, wer weiß, sagte sie sich nun. Gesehen hatten sie sich seither jedenfalls nicht mehr. Das war das Problem, wenn zwei Menschen einander nicht deutlich sagten, dass ihnen am anderen etwas liegt, sondern mit einem flapsigen Spruch auf den Lippen auseinandergingen.

Aus den Zeitungen wusste Kat, dass er während der letzten Monate öfter mal in offizieller Mission in der nahegelegenen Militärbasis gewesen war. Aber kein einziges Mal war er auf einen Sprung und auf eine Tasse Tee in der Summer Street Nummer 5 vorbeigekommen. Gut, er war ein vielbeschäftigter und wichtiger Mann, aber trotzdem tat es weh. Und letzte Woche war der lange versprochene Wochenendbesuch in Hamilton Park, dem berühmten Landsitz ihres Großvaters, erneut verschoben worden, nur Stunden bevor Kat hätte hinfahren sollen.

»Nimm es nicht so schwer, Schatz.« Tröstend hatte Dr. Wolf ihre Tochter in den Arm genommen. »Dein Großvater hätte dich schrecklich gern gesehen. Aber wie so oft hat ihm der Premierminister einen Strich durch die Rechnung gemacht. Falls es dich tröstet: Dein Großvater hat versprochen, dass du dafür das nächste Mal besonders lange bei ihm bleiben darfst.«

Man musste kein Sherlock Holmes sein, um zu wissen, dass Dr. Wolf diesen letzten Satz frei erfunden hatte, aber Kat wusste es zu schätzen, dass ihre Mutter versuchte, ihre Enttäuschung abzumildern, indem sie ihr vorgaukelte, der Dunkle Lord sei – allen Gegenbeweisen zum Trotz – ein warmherziger, liebevoller Großvater. Dr. Wolf sah stets in jedem das Beste – selbst in ihm!

Der Hubschrauber war zurück, offenbar in Begleitung eines zweiten. Die beiden Helis wirbelten so dicht über Kats Zimmer im Dachgeschoss hinweg, dass Tiny, der bisher friedlich auf ihrer Brust geschlummert hatte, sich mit zuckendem Schwanz und mit der Schnelligkeit eines Gepards, der eine Spur gewittert hatte, in den Schrank flüchtete.

Als Dr. Wolf sich um die Leitung der Bluebell-Bay-Tierklinik beworben hatte, war eine der Bedingungen gewesen, dass die Wolfs Tiny adoptierten, einen F1-Savannahkater, für dessen Haltung man eine Wildtierlizenz brauchte. Eine offenbar schwere Kindheit hatte ihn sehr misstrauisch werden lassen. Nur mit viel Liebe und Geduld hatte Kat es geschafft, sein Vertrauen zu gewinnen. Aber auch jetzt noch geriet er in Anwesenheit von Fremden oder bei lauten Geräuschen in Panik. Im Moment konnte Kat von ihm nur eines seiner grünen Augen sehen, das durch den Türspalt ihres Schranks spähte.

»Warum will ein Hubschrauber der BBC-News ausgerechnet in eurem Garten landen?«, jammerte Hanna da von der Schlafcouch aus. Kat, die im ersten Moment ganz vergessen hatte, dass ihre Freundin bei ihr übernachtete, zuckte zusammen. »Wie soll ein Mädchen da zu seinem Schönheitsschlaf kommen?«

»BBC-News?« Kat sprang von ihrem Futonbett und merkte erst nachträglich, dass sie sich nach den Strapazen vom Vortag noch fühlte, als hätte sie mit einem Grizzlybären gekämpft. Ihr wurde so schwindelig, dass sie sich schnell hinsetzen musste. Erst da fiel ihr alles wieder ein: der abgerutschte Klippenrand, der Wettlauf gegen die Zeit, um Pax noch rechtzeitig in die Tierklinik zu bringen, und die Erleichterung, als sie sah, wie ihre Mutter mit zarten, geschickten Händen den Collie wieder zusammengeflickt und medikamentös versorgt hatte. Pax, übrigens eine Hundedame, hatte die Nacht in einer der Boxen in der Tierklinik verbracht, um dort wieder zu Kräften zu kommen. Kat konnte es kaum erwarten, ihren Findling zu besuchen.

Da fiel ihr noch etwas ein: der glutrote Lichtblitz auf dem Meer, der wie ein Raketenwerfer ausgesehen hatte, und der Schatten eines riesigen Haifisches, den Hanna bemerkt hatte. Pax musste ihn auch gesehen haben. Warum hätte sie sonst so wütend gebellt?

Als der Helikopter ein weiteres Mal das Haus überflog, piepte das Handy in Hannas Rucksack. Sie tastete nach ihrer Brille. »Wo sind wir hier? In der Grand Central Station? Es ist Sonntag und noch total früh. Steht Bluebell Bay in Flammen? Sind Aliens auf dem Dach des Sesselabenteurer-Clubs gelandet?«

Kat kicherte. »Oh, eine Invasion von kleinen grünen Männchen fände ich toll. Wir brauchen dringend einen neuen mysteriösen Fall, damit wir während der Ferien etwas zu tun haben!«

Sie öffnete ihr Fenster und lehnte sich hinaus in den strahlenden Morgen. Die beiden Hubschrauber kreisten inzwischen über dem Strand. Am Hafen hatte sich bereits ein kleiner Menschenauflauf gebildet.

Kat kam ein schrecklicher Gedanke. Was, wenn jemand von dem Haifisch angegriffen worden war, den Hanna am Vortag erspäht hatte?

Der größte Meeresräuber, der bislang an der Juraküste gesichtet worden war, hatte sich als harmloser, acht Meter langer Riesenhai entpuppt, der nur auf der Suche nach Plankton gewesen war. Ein Veganer also, genau wie sie! Aber was, wenn nun ein Weißer Hai die Küste von Bluebell Bay unsicher machte? Wie sollte das Städtchen mit einer gefährlichen Bestie wie ihm umgehen? Was diese Tiere anrichten konnte, hatte man ja in dem gleichnamigen Film gesehen!

Doch bevor Kat sich weiter in diese erschreckende Vorstellung hineinsteigern konnte, drückte Hanna ihr ihr Handy in die Hand. »Schau mal, eine Nachricht von Dad!«

Hey, Kleine,
wollt ihr zwei bei einer historischen Sensation dabei sein? Dann kommt ruck, zuck zum Strand. Vergesst das Zähneputzen! Sagt den Wachleuten, du und Kat seid meine Assistentinnen!

»Was für Wachleute?«, fragte Kat. »Meint er die Rettungsschwimmer?«

Hanna schlüpfte bereits in ihre Shorts und ihr Sweatshirt. Sie war hellwach, alle Müdigkeit war vergessen. »Ich weiß nur, dass mein Dad der entspannteste Mensch im Universum ist. Wenn er schreibt, wir sollen zum Strand kommen, sollten wir *fliegen*! Wenn Geschichte geschrieben wird, will ich dabei sein. Du nicht?«

4
Die Entdeckung des Jahrhunderts

Sie schwangen sich auf ihre Räder und flitzten zum Hafen – aber erst nach einem kurzen Zwischenstopp, weil Kat unbedingt noch schnell nach Pax sehen wollte. Die Hundedame schlief tief und fest, nur ihre bandagierte Pfote zuckte im Traum.

»Du wirst dich freuen zu hören, dass es ihr prächtig geht«, sagte Tina Chung, die Praxisgehilfin ihrer Mutter, die auch bei den Wolfs wohnte. »Und stell dir vor, wir haben ihren Mikrochip entdeckt und können mit ihrem Besitzer Kontakt aufnehmen. Sobald Pax sich einigermaßen erholt hat, kann er sie abholen. Da werden sich bestimmt beide freuen.«

Kat versuchte, sich ebenfalls darüber zu freuen, aber es gelang ihr nicht so recht. Sie hatte sich schon gestern in Pax verliebt, deren Name *Göttin des Friedens* bedeutete, und insgeheim hatte sie gehofft, der Collie könne für immer bei ihnen bleiben. Als sie und Hanna nun durch die Straßen von Bluebell Bay radelten, ermahnte sich Kat, nicht so egoistisch zu sein. Wenn Tiny vermisst wäre und ein anderes Mädchen ihn finden und behalten würde, wäre sie am Boden zerstört. Es war nur gut und richtig, wenn Pax zu ihrer Familie zurückkam. Damit musste Kat sich abfinden.

Am Segelclub bremsten die Mädchen ab. Sämtliche Gedanken an den Collie verflogen, als Kat sah, was hier los war. Der karamellfarbene Sandstrand von Bluebell Bay – an dem es sonntags um diese Zeit oft von Spaziergängern wimmelte, die ihren Hund ausführten – war leer, glänzend und wirkte besonders breit, als ob jemand dem Meer befohlen hätte, sich zurückzuziehen.

Doch es war nicht der Anblick des menschenleeren Strands, der die umliegenden Bewohner veranlasst hatte, sich mit Lockenwicklern oder im Schlafanzug auf ihre Türschwelle zu stellen. Um Mitternacht hatte die Flut ihren Höchststand erreicht. Die Auswirkungen des Klippenrutsches waren erst sichtbar geworden, als die Wellen sich in den frühen Morgenstunden zurückgezogen hatten.

Seitlich des Strandes hielten zwei Sicherheitsmänner in schwarzen T-Shirts eine aufgeregte Menschenmenge zurück, die mit gezückten Handys dastand. Ein Trupp verschwitzter Kameraleute rempelte mit den schweren Objektiven immer wieder unachtsame Zuschauer an. Auf dem dahintergelegenen Parkplatz wies Sergeant Singh den Fahrer eines Live-Stream-Übertragungswagens zurecht, während eine selbstsichere blonde Fernsehreporterin von *Blitz-News* ihren Lippenstift nachzog.

Hanna entdeckte eine Lücke in dem Gewimmel und marschierte beherzt los. Kat drängelte ihrer Freundin nach, landete mit der Nase an einer nach Moschus riechenden Achselhöhle und verzog das Gesicht. Ein Koloss von einem Mann stellte sich ihnen in den Weg. Kats Blick wanderte nach oben zu einem massigen Brustkorb, dann noch ein Stück höher. Am oberen Ende des Kolosses erblickte sie eine dunkle Sonnenbrille.

»Keine Kinder am Strand«, bellte der Koloss. »Außer, ihr wollt unbedingt einen Felsbrocken auf den Kopf kriegen. Falls ihr es noch nicht gemerkt habt: Die halbe Klippe ist abgerutscht und in die Bucht gestürzt. Zutritt haben nur Dino-Experten mit Schutzhelm und Ausweis.«

»Paläontologen meinen Sie«, klärte Hanna den Mann fröhlich auf. »Deshalb sind wir hier. Wir sind die Assistentinnen von Professor Fox.«

Der Koloss schnaubte. »Und ich bin der Osterhase. Also verzieht euch. Ihr steht nur im Weg rum.«

Hanna rührte sich nicht vom Fleck. »Wir würden nicht im Weg herumstehen, wenn Sie uns endlich durchließen. Dort hinten steht Professor Fox, sehen Sie? Am Ende der Bucht. Er ist der offizielle Paläontologe von Bluebell Bay und braucht dringend unsere Hilfe.«

»Wobei genau? Beim Sandburgen bauen? Moment, Sir …« Der Sicherheitsmann streckte seinen tätowierten Arm aus, als ein hagerer Mann sich an ihnen vorbeischieben wollte. »Der Strand ist bis auf weiteres gesperrt.«

»Sagt wer? Ich suche hier nach Fossilien, seit ich nur halb so groß wie 'ne Krabbe war. Ich kenne meine Rechte. Lassen

Sie mich durch!« Der Mann machte einen Satz und hätte Kat fast umgeworfen. Sie bemerkte, dass er direkt in Höhe seines Herzens einen Marmeladefleck hatte.

»Solche Leute sollten Sie stoppen, nicht mich!«, schimpfte er und zeigte mit dem Finger in Richtung von Professor Fox und seinem Team. »Die nennen sich Experten? Dass ich nicht lache! Die haben null Ahnung!«

»Hanna und Kat?« Ein junger Mann mit einem Filzhut à la Indiana Jones kam herbeigeeilt. »Puh, ich dachte schon, ich würde euch nie finden. Ist das reinste Tollhaus hier, und das war es schon, *bevor* wir den Fund offiziell verkündet haben. Die Gerüchteküche brodelt.« Er streckte eine gebräunte Hand aus. »Ollie Merriweather. Ich bin Doktorand an der Uni Bristol und arbeite den Sommer über bei Professor Fox.«

Er überreichte ihnen zwei Schutzhelme. »Beeilt euch, ihr zwei. Ich will die große Entdeckung nicht verpassen – falls es sie denn gibt. Wäre unheimlich wichtig für meine Doktorarbeit.« Er nickte dem Wachmann zu. »Alles easy, Mike, sie gehören zu uns.«

Aber als sie losmarschieren wollten, stürzte der Marmelademann an dem Wachmann vorbei und packte Ollie am Arm. »Du kannst deinem Professor Fox sagen, dass er keine Ahnung hat, was er da lostritt, falls die Berichte zutreffen. Wenn es zu Blutvergießen kommt, und das ist so sicher wie das Amen in der Kirche, sagt hinterher nicht, Harry hätte euch nicht gewarnt!«

Die Umstehenden begannen zu kichern. Ollie grinste, als Mike den Mann resolut am Arm packte und wegführte. »Mach ich, Harry. Danke für den Tipp! Aber jetzt kommt, Mädchen!«

»Was sollte das eben?«, fragte Hanna, die einige Mühe hatte, mit dem Tempo des Studenten mitzuhalten. »Ich will nicht, dass mein Dad sich auf etwas Gefährliches einlässt.«

Ollie lachte. »Ach was, du brauchst dir echt keine Sorgen zu machen. Du kannst jeden Paläontologen oder Archäologen fragen, und er wird dir bestätigen, dass Spinner mit zu unserem Berufsrisiko gehören. Egal ob an Tutanchamuns Grab oder in Timbuktu, keine Entdeckung wäre komplett ohne irgendeinen ortsansässigen Verrückten, der etwas von uralten dunklen Mächten und Blutvergießen labert.«

»Woher weiß dieser Harry, dass ihr etwas gefunden habt, wenn ihr es noch gar nicht gefunden habt?«, fragte Kat.

Der Student verlangsamte seine Schritte. »Bei Tagesanbruch hat ein Fischer einen mysteriösen Schatten an der Stelle in der Klippenwand entdeckt, die seit dem Klippenrutsch freiliegt, und es umgehend in den sozialen Medien verbreitet. Jeder Fossilienfan in England scheint es mitbekommen zu haben.«

»Was für einen mysteriösen Schatten?«

Ein Hubschrauber flog dröhnend über sie hinweg, und Ollie hielt sich die Ohren zu. »Wir haben die Küstenwache gebeten, die Helis von der Klippe fernzuhalten, um zu verhindern, dass das Fossil, das möglicherweise freigelegt wird, bis in die Antarktis geweht wird, aber es hat offenbar nichts genützt.«

Als sie bei Theo Fox ankamen, stand der gerade auf einer Trittleiter und untersuchte Flecken im Sandstein. Bevor Kat ihn vor einigen Monaten persönlich kennengelernt hatte, war sie davon ausgegangen, Hannas Vater sei ein exzentrischer Wissenschaftler, der nur in Tweedanzügen rumlaufe und Haare wie der typische durchgeknallte Wissenschaftler habe. Doch er entpuppte sich als ein ganz anderer Typ: Er war ebenso lässig wie genial. Sein brauner Wuschelkopf gab ihm ein jungenhaftes Aussehen, und er trug fast immer verwaschene Jeans und T-Shirts mit Namen von Bands. Heute war es *Bob Dylan.*

Er winkte ihnen von der Leiter aus zu. »Ah, meine Assistentinnen! Gut, dass ihr hier seid. Aber kommt erst näher, wenn ich es euch sage. Diese Klippe ist so brüchig wie Zuckerguss.«

Er drehte sich wieder um und widmete sich erneut dem Studium des Sandsteins, während Ollie und sieben oder acht andere Experten der Juraküste über den Strand ausschwärmten und mit in den Nacken gelegtem Kopf das Felsgestein nach weiteren Anzeichen für Knochen absuchten.

Hanna war vor Aufregung ganz aus dem Häuschen. »Kat, das könnte es sein! Das wäre der Wahnsinnsfund, der meinen Dad weltberühmt machen würde! Seit Jahren versucht er, seine Fachkollegen davon zu überzeugen, dass sich in der Bucht von Bluebell Bay ein schlafender Riese wie Prädator X verbirgt. Der ist der größte Ichthyosaurus, der je entdeckt wurde. Nur aus diesem Grund sind wir von Connecticut hierher an die Juraküste gezogen – weil Dad hier danach suchen wollte. Du glaubst nicht, wie viele ahnungslose Dummköpfe ihn deshalb schon als Spinner bezeichnet haben! Aber jetzt hat er die Chance, seinen Kritikern zu beweisen, dass er die ganze Zeit recht hatte!«

Der dringliche Ton von Professor Fox' SMS hatte Kat glauben lassen, die Freilegung eines Dinosaurierskeletts stünde unmittelbar bevor. Doch für eine extrem lange und langweilige Zeit geschah rein gar nichts. Die Trittleiter wurde hin und wieder ein paar Meter weitergeschoben, und mehrere Personen klopften mit speziellen Pickhämmern an die Felswand, während andere nur kopfschüttelnd zusahen. Die Sonne stieg höher. Kat gähnte. Sie hatte Hunger, und ihre Laune verschlechterte sich zusehends.

Irgendwann zog sie die Schuhe aus, stellte sich bis zu den Knöcheln ins Wasser und starrte an der verbliebenen Klippe hinauf. Was hatte die Vibrationen bewirkt, die Hanna und sie bemerkt hatten, bevor wenig später die Klippenwand abrutschte? War es eine natürliche oder unnatürliche Ursache gewesen? Hatte es sonst noch jemand bemerkt?

»Meine Damen und Herren, ihr Mädchen, vielen Dank für eure Geduld«, rief da Professor Fox und kletterte von seiner Leiter. »Ich bedauere, dass ich euch alle enttäuschen muss, doch es sieht ganz danach aus, als seien wir einem ausgeklügelten Schwindel auf den Leim gegangen. Ich glaube, es war Mark Twain, der sagte, dass eine Lüge um die halbe Welt gereist ist, bevor die Wahrheit sich auch nur die Stiefel angezogen hat. Und das haben wir hier leider vor uns: Fake News à la Juraküste.«

Murren folgte auf diese Ankündigung. Nach und nach zogen die selbsternannten Experten kopfschüttelnd ab und kehrten in die Stadt zurück.

Hanna umarmte ihren Vater. »Das ist nicht fair, Dad. Ich hatte so sehr gehofft, dass du den Fund des Jahrhunderts machst. Ich könnte vor Enttäuschung heulen.«

Er zerzauste ihre Haare. »Keine Tränen, Schatz. So läuft es eben manchmal. In meinem Metier muss man cool bleiben, sonst wird man verrückt. Was hältst du davon, wenn ich dich und Kat zum Brunch einlade?«

Ein BBC-Hubschrauber donnerte dicht über ihre Köpfe hinweg und wirbelte grobe Sandkörner auf. Der Professor musste die Stimme heben. »VERDAMMTE HUBSCHRAUBER!«, rief er. »KOMMT, WIR GEHEN WAFFELN ESSEN!«

»Professor, warten Sie!«

Ollies ausgestreckter Arm war pfeilgerade. Er deutete auf eine Ausbuchtung im Sandstein, etwa drei Meter über seinem Kopf. Das abbröckelnde goldfarbene Gestein ließ einen fast glauben, dass darunter etwas zuckte, etwas, das an eine Seitenwinder-Klapperschlange erinnerte, die sich in der Wüste aus einer Sanddüne schlängelt. Professor Fox'

Gesicht lief so hellviolett an wie manche der Kieselsteine am Chesil Beach. Er griff nach Hannas Hand, die ihrerseits Kats Hand nahm, so dass sie zu dritt und wie in Trance auf die Felswand zugingen.

Eine Schicht goldenen Staubs wurde von der Klippenwand geweht. Kat musste an einen Vorhang denken, der sich im Luftzug sachte vor- und zurückbewegt. Die Sonnenstrahlen fielen auf dahinterliegende, ausgebleichte Knochen und ließen sie silbrig glitzern.

Ollie umklammerte seinen Hut. »Sagt mir, dass ich keine Fata Morgana sehe!«

Hanna krächzte mit schwacher Stimme: »Ein Drache!«

»Und nicht irgendeiner«, erklärte ihr Vater. »Wenn mich nicht alles täuscht, haben wir hier die Knochen eines Dracoraptors vor uns, an die zweihundert Millionen Jahre alt. Das Exemplar hier ist so perfekt erhalten, dass man fast glauben könnte, es würde gleich aus seinem Sandsteingrab springen und wieder auf die Jagd gehen.«

Kats Herz setzte einen Schlag lang aus. Ollies und ihr Blick trafen sich. Trotz der ganzen Aufregung wirkte er irgendwie geistesabwesend, als wenn er an die Drohung vorhin denken würde – über die er da noch gelacht hatte. Er hatte ganz vergessen, sie an Professor Fox weiterzugeben.

»Du kannst deinem Professor Fox sagen, dass er keine Ahnung hat, was er da lostritt … Wenn es zu Blutvergießen kommt, und das ist so sicher wie das Amen in der Kirche, sagt hinterher nicht, Harry hätte euch nicht gewarnt!«

5
Geisterzimmer

»Ma'am, ich habe die Liste mit unseren Reservierungen jetzt dreimal kontrolliert. Sofern wir keinen Geisterflügel haben, von dem ich allerdings nichts weiß, sind wir ausgebucht. Sogar *über*bucht, um ganz genau zu sein.«

Der Ehemann der Frau schob eine Fünfzig-Pfund-Note über die Empfangstheke. »Gibt es eine Chance, Sie davon zu überzeugen, dass Sie etwas intensiver nach einem … ähm, *Geisterzimmer* suchen?«

»*Sir*, selbst wenn es ein unsichtbares Zimmer gäbe, was nicht der Fall ist, würde es den Richtlinien unseres Hotel widersprechen, Bestechungsgelder anzunehmen … oder Tiere zu erlauben«, sagte der Manager mit kühlem Blick auf die Französische Bulldogge, die das Pärchen hinter einem Koffer zu verbergen versuchte. Sein Lächeln hätte einen Eisbär erfrieren lassen.

Kat und Hanna saßen schon seit geraumer Zeit in der Lobby des *Grand Hotel Majestic* auf einem gemütlichen blauen Samtsofa unter einer üppigen Palme. Sie amüsierten sich köstlich, als sie diese und andere Szenen beobachteten. Es war wie in einem Theater – und zudem noch gratis. Dinosaurierjäger, Reporter und Reisende von so weit entfernten Gegenden wie Rajasthan oder Cancún überboten sich gegenseitig dabei, den Manager bestechen zu wollen, ihn zu beschwatzen oder zu beschimpfen. Sie alle wollten ein Zimmer im besten Hotel an der Juraküste bekommen, doch ihre Bemühungen verliefen in den allermeisten Fällen erfolglos. Die beiden aus Yorkshire waren nur vorläufig die Letzten, deren Versuche an seiner arktischen Höflichkeit abprallten.

Sie taten Kat fast leid. Nun ja, nur ein bisschen. Hatten sie denn keine Zeitungen gelesen? Hatten sie die letzten dreieinhalb Tage in einer Unterwasserhöhle zugebracht? Wie konnte es ihnen entgangen sein, dass Bluebell Bay zum Mittelpunkt des paläontologischen Universums geworden war, seit Professor Fox und Ollie Merriweather eines der ältesten und besterhaltenen Dinosaurierskelette entdeckt hatten, die jemals in England gefunden worden waren?

Jeder Fossilien-Freak und alle, die auf der Jagd nach den neuesten Nachrichten waren, sowie jeder Möchtegern-Dokumentarfilmer, der es schaffte, an die Juraküste zu fliegen, zu fahren oder zu kriechen, war inzwischen hier eingetroffen. Die schmalen Straßen waren total verstopft, und da der halbe Strand noch immer gesperrt war, platzte das idyllische Städtchen aus allen Nähten. Vor jedem Restaurant bildeten sich Schlangen, selbst vor der Teestube *Sea Breeze*, von der jeder wusste, dass es dort die trockensten Scones und den scheußlichsten Tee von ganz Dorset gab.

Die Bauern verdienten sich eine goldene Nase damit,

ihre Wiesen an Camper zu vermieten, und wegen der vielen Parkplatzstreitereien waren zusätzliche Polizeikräfte aus Bridport angefordert worden.

Doch der Andrang ließ und ließ nicht nach. Manche rechneten wohl schon halb damit, den Dracoraptor bereits komplett ausgegraben und wie die computergenerierten Dinos aus Filmen am Strand entlangrennen zu sehen. Die meisten aber waren gekommen, um dem Fund, der in den Boulevardzeitungen nun als *Juradrache* bezeichnet wurde, so nahe wie möglich zu kommen.

»Seinem Aussehen zum Trotz handelt es sich genau genommen nicht um einen Drachen«, hatte Professor Fox in den BBC-Mittagsnachrichten erklärt. »In den Köpfen mancher Leute waren die feuerspuckenden Drachen, die man aus Überlieferungen und Sagen kennt, Dinosaurier. Aber ich kann Ihnen versichern, dass Drachen schlicht und ergreifend Phantasiewesen sind.«

»Aber trifft es nicht zu, dass der erste Dracoraptor, der 2014 entdeckt wurde, nach dem roten Drachen auf der Flagge von Wales benannt wurde?«

Professor Fox' Mundwinkel zuckten. »Ja, aber nur, weil Nick und Rob Hanigan, die Amateur-Paläontologen, die ihn im Vale of Glamorgan entdeckt haben, dem Nationalsymbol von Wales eine Ehre erweisen wollten. *Draco* ist der lateinische Begriff für Drache, und *raptor* bedeutet Räuber oder Jäger. Was *wir* hier gefunden haben, ist ein fleischfressender Neotheropod, ein entfernter Verwandter von T-Rex.

Es handelt sich um eine neue Spezies des Dracoraptors – ein Raubsaurier, der so schnell wie ein Leopard war und sägezahnartige Zähne hatte, die wie geschaffen waren zum Zerreißen von Fleischbrocken. Wir wissen, dass diese Tiere vor ungefähr zweihundert Millionen Jahren hier an der Küste von Südengland heimisch waren, im Hettangium, also im frühen Jurazeitalter –«

»Wenn der von Ihnen entdeckte Dinosaurier kein Drache ist, wie erklären Sie sich dann die Flügel an den Schultern?«, fiel der Reporter ihm ins Wort.

»Wie bitte?«

Hinter Theo Fox wurde ein Bild mit den Umrissen eines Drachen eingeblendet, der vor den unverwechselbaren Klippen von Bluebell Bay nur schemenhaft zu sehen war. »Dieses Foto, das ein Fischer am Morgen der Entdeckung aufgenommen hat, zeigt nach Meinung einiger Personen eindeutig, dass es sich um ein real existierendes Flugreptil handeln muss, eines jener Wesen, die zu den vielen Drachenmythen weltweit inspiriert haben. Könnte es nicht sein, dass *Sie* sich täuschen, wenn Sie sagen, es sei ein Dracoraptor?«

»Was man hier sieht, ist eine optische Täuschung, durch den Lichteinfall bedingt. Hinter dem Dracoraptor fanden wir Spurenfossilien eines Pterosauriers –«

»Wollen Sie damit sagen, dass es an dieser Klippe keine fliegenden Dinos gab?«

»Wir sind nicht in der Lage, das zu bestätigen oder zu leugnen, aber –«

»Unsere Zeit ist um, Professor Fox. Danke für Ihre Einblicke.«

Hanna hatte sich das Interview genau fünf Mal auf ihrem Handy angesehen und war mit jedem Mal noch saurer geworden. »Die meisten Reporter interessieren sich nicht für wissenschaftliche Erkenntnisse, sondern nur für Sensationen. Der Fund an sich ist schon ein Wunder. Warum müssen sie ihn unbedingt noch in den Bereich von Fantasywelten rücken?«

Kats Interesse galt wieder mehr der Prozession von Menschen, die hoffnungsvoll an die Rezeption marschierten. »Du musst zugeben, dass du im ersten Moment auch dachtest, es sei ein Drache ...« Sie schob einen Palmwedel zur Seite, um einen besseren Blick zu haben. »O nein! Jetzt wurde gerade die nächste arme Familie abgewiesen.«

Während die Familie von dannen ging, einen erschöpften Cockapoo, also eine Mischung zwischen Cockerspaniel und Pudel, hinter sich herziehend, stupste Hanna Kat an. »Jetzt ist deine Chance gekommen! Geh zur Rezeption und drück dem Manager ein paar Visitenkarten deiner Tiersitteragentur in die Hand.«

»Niemals! Du hast ja gehört, was er über Tiere gesagt hat. Was nützt es, für eine Tiersitteragentur Werbung machen zu wollen, wenn in diesem Hotel gar keine Tiere erlaubt sind?«

Hanna verdrehte die Augen. »Mann, so eine Gelegenheit kriegst du nie wieder! In den nächsten Wochen wird jeder, der etwas auf sich hält, ins *Majestic* kommen, nicht nur Leute, die hier wohnen wollen. Manche kommen nur, um hier etwas zu trinken, gut zu essen oder Kontakte zu knüpfen. Und einige von ihnen haben sicher Hunde, die man ausführen muss, oder Katzen, die betreut werden sollen. Wolltest du dir nicht neue Reitstiefel kaufen? Na also! Hier kannst du dir schon mal den Grundstock dafür verdienen!« Ihre Grübchen vertieften sich. »Aber klar, falls du diesen Sommer lieber mit Dad und mir Dracoraptor-Knochen abstauben und sortieren willst …«

»Danke für das Angebot, aber danke, nein.« Kat grinste. Sosehr sie Hanna und Professor Fox auch mochte – der Gedanke, stundenlang Dinosaurierrippen abzustauben, reizte sie nicht sonderlich, wenn sie währenddessen auch auf dem Rücken von Charming Outlaw am Strand entlangpreschen oder mit süßen Kätzchen schmusen konnte.

Sie holte einen Stapel ihrer Visitenkarten von *Fellnasen & Samtpfoten* aus dem Rucksack. »Na schön, ich mach's. Wenn ich in fünf Minuten nicht zurück bin, schick einen Suchtrupp los!«

»Geht klar.« Hanna grinste. »Gib mir auch ein paar Karten. Ich lege sie hier im Foyer aus. Viel Glück bei dem Manager. Du wirst es schaffen, aber nur, wenn du jeden Augenkontakt vermeidest. Er hat diesen Eiszapfenblick, der jeden in die Flucht jagt.«

Hannas erster Stopp war die Hotelbücherei. Dort legte sie fünf *S&F*-Visitenkarten auf einen Glastisch, neben eine

Schale Erdbeeren, die mit belgischer Schokolade überzogen waren. Ein pinkfarbener Pfeil forderte sie auf: *Bitte bedienen Sie sich!* Aber gerne! Sie knabberte an einer Erdbeere, während sie ein gerahmtes Foto von Agatha Christies *Tod auf dem Nil* studierte, und fragte sich, ob Kat und sie nicht vielleicht auch Visitenkarten für ihre *Miss Mystery Detektiv-Agentur* drucken sollten. Wie sonst kämen sie je an einen neuen, rätselhaften Fall, den sie lösen konnten?

Als Nächstes schlenderte sie in den Garten. Das *Majestic* befand sich in einer imposanten Hanglage oberhalb der Stadt, und die Terrassengärten mit den roten Rosen und den blauen Rhododendren waren genauso berühmt wie der riesige Swimmingpool.

Hanna bückte sich, um ihre Finger durchs Wasser gleiten zu lassen, das die Farbe von Aquamarin hatte, und musterte derweil die Hotelgäste auf den weißen Liegen. Trotz der eleganten Umgebung wirkte keiner von ihnen so richtig entspannt. Ein Mann drückte sich sein Handy so dicht ans Ohr, dass seine Fingerknöchel fast blutleer wirkten.

Zwei Sonnenschirme weiter nahm ein blasser, sommersprossiger Mann mit ebenso blasser, sommersprossiger Partnerin gerade eine Wassermelone entgegen, die so zurechtgeschnitten war, dass sie die Form eines Haifischs hatte. Die schwarzen Augen aus Kernen wirkten ebenso geheimnisvoll wie seine Sonnenbrille. Wann immer er mit der Frau redete, hielt er sich eine Hand vor den Mund, als befürchte er, der

Kellner oder einer der Hotelgäste auf den Nachbarliegen könnten Lippen lesen.

Auf der gegenüberliegenden Seite des Pools saß Rosalyn Winter, die blonde Reporterin von *Blitz-News*, und tippte mit finsterem Blick auf ihren Laptop ein. Sie war seit dem Morgen der großen Entdeckung in Bluebell Bay.

Da stach Hanna ein Hut ins Auge, der ihr bekannt vorkam. Sein Träger saß im Terrassenrestaurant ganz oben, halb verdeckt von einem riesigen Hortensienstrauch. Hanna ging ein paar Schritte näher und legte diskret Karten der *S&F*-Agentur auf Rosalyn Winters Tisch und auf zwei Gartenbänke. Jetzt konnte sie die beflissene Stimme des Filzhutträgers deutlich hören.

»Ich kann Ihnen nicht genug danken, dass Sie mich mit dieser Aufgabe betraut haben. Sie können auf mich zählen, das verspreche ich.«

Ein Stuhl wurde scharrend zurückgeschoben, und Ollie Merriweather kam beschwingten Schrittes über den Rasen in ihre Richtung. Hanna konnte einen Blick auf das haarige Handgelenk seines Tischgefährten erhaschen, der gerade eine grün-goldene Flasche in einen Eiskübel zurückstellte. Wow! Ollie hatte Champagner getrunken? Sie kannte ihn zwar erst seit kurzem, doch er hatte schon dreimal erwähnt, wie mager sein Studienkredit war.

Als er Hanna erblickte, fiel sein Grinsen etwas schief aus. »Hanna! Was machst *du* hier?«

»Das wollte ich dich auch fragen«, entgegnete Hanna. Ihr

fiel auf, dass er seine zerknitterte Baumwollhose und sein Poloshirt gegen ein gebügeltes weißes Hemd, eine elegante Weste und eine Krawatte ausgetauscht hatte.

»Was ich hier mache? Ich, ähm … ich habe zufällig einen alten Freund getroffen.« Er blickte sich um. »Ist dein Vater auch hier?«

Hanna fiel gerade noch rechtzeitig ein, dass ihr Dad es vermutlich nicht gut fände, wenn sie und Kat im ersten Haus am Platze für Kats Tiersitteragentur auf Kundenfang gingen. »Nein, ich helfe nur einer Freundin.«

»Du meinst Kat? Ich glaube, sie steht da hinten und winkt dir zu.«

Hinter dem Dickicht von Sonnenschirmen und Kletterrosen sah Hanna Kat wie wild winken. Sie hob eine Hand.

Ollie beugte sich zu Hanna vor. »Vielleicht solltest du besser niemandem erzählen, dass du mich hier gesehen hast. Ich will nicht, dass dein Vater denkt, ich hätte am helllichten Nachmittag blaugemacht. Zum Ausgleich mache ich heute Abend ein paar Überstunden.« Er zwinkerte ihr zu. »Man wird ja mal mit einem alten Freund einen trinken dürfen, oder?«

Vor sich hin pfeifend marschierte er zum Gartentor hinaus. Bevor Hanna zu Kat eilte, warf sie noch einen Blick zu dem Terrassentisch, an dem Ollie gesessen hatte. Ein Kellner schüttelte gerade ein neues weißes Tischtuch aus. Ollies *alter Freund* war verschwunden.

6
Glanzvolle Stars

Am Pool schob Rosalyn Winter ihren Laptop beiseite, schnappte sich den Morgenmantel und lief im Eiltempo zur Rezeption. Getuschel summte durch den Garten. Liegestühle wurden umgeworfen, als andere Gäste ihr nachrannten. Eine Kellnerin stellte ein Tablett mit Räucherlachs-Sandwiches ab und überließ es den Möwen. Hanna merkte, dass etwas Wichtiges im Gange war, und schloss sich dieser Massenflucht an.

»Was ist los?«, fragte sie leise, als Kat sie in der überfüllten, aber erstaunlich leisen Lobby wortlos hinter eine Säule zog.

Alle Augen waren auf den Haupteingang gerichtet. Die Glastüren glitten zur Seite, und eine Frau schwebte herein. Im Gegenlicht und vor dem Himmel und dem Meer konnte Hanna im ersten Moment nur ihre Silhouette sehen, doch sie erkannte auf den ersten Blick, dass es sich um Alicia Swann handelte, ihres Zeichens Oscar-Preisträgerin und die eine Hälfte des berühmtesten Ehepaars von Hollywood.

Die Schauspielerin stellte eine Leopardenprint-Tasche auf die Empfangstheke und nahm ihre Sonnenbrille ab. »Wir haben ein Doppelzimmer gebucht, aber eine Suite wäre mir lieber, sofern Sie noch eine haben.«

»Ich werde sehen, was ich tun kann, Mrs Swann«, säuselte der Manager. »Es ist mir eine große Ehre, Sie im *Grand Hotel Majestic* begrüßen zu dürfen.«

Doch als er die Reservierungen auf seinem Bildschirm durchscrollte, verblasste sein Lächeln. Zuerst wirkte er nur ratlos, dann geradezu panisch. Obwohl er hektisch auf seine Tastatur einhackte, war den beiden Mädchen, die ihm am nächsten standen, sofort klar, dass die Buchung entweder untergegangen oder nie gemacht worden war. Kat vermutete, dass es Letzteres war.

Sie war gespannt. Würde der Manager eine der berühmtesten Schauspielerinnen der Welt abweisen? Oder würde er ein *Geisterzimmer* aus dem Ärmel schütteln, vielleicht indem er andere Gäste wegschickte?

»Ich bedauere, dass es so lange dauert, Mrs Swann. Aber ich kann Ihre Reservierung nicht finden.«

Sie schenkte ihm ein Lächeln, das den Eisberg, den die Titanic gerammt hatte, zum Schmelzen gebracht hätte. »Lassen Sie sich ruhig Zeit, Mr Karlsson.«

»Nennen Sie mich Viktor!«

»Danke, Viktor. Ich spiele so lange mit meiner Xena.« Beim Klang seines Namens streckte ein flauschiges, rötliches Fellbündel, das eher wie ein Teddybär als wie ein Hund aussah, den Kopf aus Alicias Reisetasche. Der Manager wich entsetzt zurück.

»Mal sehen, ob er ihr gleich sagen wird, dass im Hotel keine Haustiere erlaubt sind«, flüsterte einer der Umstehenden, was ihm einen äußerst frostigen Seitenblick von Viktor Karlsson eintrug.

Alicia sah den Manager ungläubig an. »Sie nehmen keine winzigen Zwergspitze auf?«

»Ma'am, wir haben nichts gegen Zwergspitze an sich«, erwiderte er, sichtlich verlegen. »Aber es steht nun mal in den Hotelstatuten. Aus Gesundheits- und Sicherheitsgründen und so weiter. Wenn es nach mir ginge …«

Sie lachte. »Aber es *geht* doch nach Ihnen, Viktor! Außerdem werden mein Mann und ich nur eine Woche hier sein, und meine kleine Kriegerprinzessin wird die meiste Zeit bei einem Hundesitter in Tagespflege sein. Es gibt doch sicher einen Hundebetreuungsservice hier in Bluebell Bay, nicht wahr, Viktor?«

Die blonde Reporterin trat einen Schritt vor. »Rosalyn Winter von den *Blitz-News*. Freut mich, Sie kennenzulernen, Mrs Swann. Ich freue mich auch, Ihnen mitteilen zu können, dass es hier in der Stadt einen erstklassigen Hundesitterservice gibt.« Und mit der Miene eines Kartenspielers, der ein Ass auf den Tisch legt, überreichte sie der Schauspielerin die Visitenkarte von Kats Tiersitteragentur.

Hanna schubste Kat an, und der verzweifelte Blick des Managers fiel auf das Mädchen, das er erst vor zehn Minuten so schnöde abgewiesen hatte.

»Eine erstklassige Tiersitteragentur«, sagte er erleichtert. »Und ganz zufällig ist die Chefin gerade hier. Das ist … ähm …«

»Kat Wolf«, führte Hanna seinen Satz zu Ende. »Die beste Tiersitterin in Bluebell Bay.«

»Kat Wolf? Wie reizend«, murmelte die Schauspielerin und musterte Kat. Aus nächster Nähe sah die Frau mit ihren glänzenden dunklen Haaren und den hohen Wangenknochen noch eleganter aus als im Film. »Bist du nicht noch ein bisschen jung für eine Tiersitterin?«

»Erfahrung ist wichtiger als Alter«, versicherte ihr Hanna. »Kat arbeitet mit der Vertrauenstechnik. Schauen Sie auf ihrer Website nach. Die ist von mir konzipiert worden und voll mit begeisterten Referenzen. Kats Mutter, Dr. Wolf, ist die hiesige Tierärztin. Sie hat ausgezeichnete Empfehlungen. Kat, meine ich.«

Alicia Swann war amüsiert. »Aha, bist du Kats Agentin?«

Hanna grinste. »Ja, so ähnlich.«

»Okay, ich mach's«, sagte Kat. Sie hatte den Zwergspitz schon im Arm, und er leckte ihr übers Gesicht.

Die Schauspielerin stieß einen überraschten Schrei aus. »Wie hast du das gemacht? Normalerweise knurrt Xena Fremde an und schnappt zu. Manchmal bis aufs Blut.«

»Kat spricht die Hundesprache«, ließ Hanna sie wissen. »Und die von Katzen, Pferden, Igeln und Papageien. Was Tiere betrifft, so ist sie eine vielsprachige Dr. Doolittle. Echte Sprachen wie Latein, Französisch und Chinesisch überlässt sie mir.«

Die Glastüren glitten erneut zur Seite, und ein Pärchen kam mit Rollkoffern herein. Die beiden sahen so entspannt aus wie Leute, die eine bestätigte Buchung hatten. Viktor Karlsson warf dem Portier einen strengen Blick zu, der daraufhin zu den Neuankömmlingen eilte und sich ihnen in den Weg stellte. Kat war der strenge Blick nicht entgangen, und ihr war augenblicklich klar, dass den beiden gesagt wurde, dass es in dem von ihnen gebuchten Zimmer einen größeren Wasserschaden gab, weshalb sie in irgendeine entlegene Frühstückspension geschickt werden würden.

»Danke, Viktor«, säuselte Alicia Swann, als er ihr den Schlüssel für die Ocean-View-Suite überreichte. »Ich habe *gewusst*, dass Sie es hinbekommen.«

Er verzog das Gesicht. »War mir ein Vergnügen, Ma'am. Doch nun zu Ihrem Hund. Wir können nicht dulden –«

Sie legte ihm eine manikürte Hand auf den Arm. »Viktor, das hätte ich beinahe vergessen. Ethan, mein Mann, braucht einen Mietstall.«

»Einen Mietstall, Ma'am?«

»Ja, Sie wissen schon – für sein Pferd.« Als der Manager entgeistert nach Luft schnappte, wandte sie sich an die Reporterin von *Blitz-News*. »Vielen Dank für Ihre Hilfe, Rosalyn. Falls ich es mit einem Interview vergelten kann …«

Von draußen erklang ein hohes, schrilles Wiehern, gefolgt von einem Schrei, metallischem Klirren und unverkennbarem Hufgeklapper. Wieder glitten die Glastüren zur Seite, und einer der bekanntesten Actionstars Hollywoods kam mit dynamischen Schritten die Stufen herauf. Er führte ein schwarzes Pferd am Zügel mit sich, das aussah, als sei es einer Kinoleinwand entsprungen und zu feurigem Leben erwacht.

Bei jeder Bewegung der Rappstute schimmerte ihr Satinfell bläulich, und ihre schimmernde Mähne fiel wie flüssige Seide von dem hocherhobenen stolzen Kopf.

Ethan Swann blickte grinsend auf die verdutzten Gesichter, bevor er seine Frau begrüßte. »Sorry, Darling, der Verkehr war die Hölle. Hast du das mit dem Mietstall schon geklärt?«

Hilfesuchend blickte die Schauspielerin zu Viktor, doch der schien eine Heidenangst vor Pferden zu haben, denn er war abgetaucht und versteckte sich unter der Empfangstheke.

Hanna sprang in die Bresche. »Mrs Swann, es gibt keinen Mietstall in Bluebell Bay, aber im Paradise House, wo ich wohne, haben wir zufällig noch eine freie Box. Dort können Sie das Pferd gern ein, zwei Wochen unterstellen. Natürlich muss ich zuerst meinen Vater fragen – er ist der Paläontologe, der den Juradrachen entdeckt hat –, aber ich denke nicht, dass er etwas dagegen hat.«

»Und falls Sie jemanden brauchen, der Ihr Pferd pflegt oder eventuell ausreitet, kann ich das ebenfalls gern übernehmen«, bot Kat sich an.

»Kat ist die beste Pferdeflüsterin der Stadt!«, ergänzte Hanna, falls daran noch Zweifel bestanden.

Alicia Swann lachte. »Das glaub ich gern, und ich bin mir sicher, dass der Stall so paradiesisch ist, wie der Name des Hauses es verspricht. Gut, dann ist es abgemacht!«

7
Tiny macht Probleme

»Ich habe eine gute und eine schlechte Nachricht«, sagte Dr. Wolf. »Welche willst du zuerst hören?«

Kat spielte gerade in der Tierbox mit Pax, die sich so weit erholt hatte, dass sie vorhin beim Anblick ihrer Retterin erfreut mit dem Schwanz gewedelt hatte. Dass es dem Collie so gut ging, war für Kat Dank genug für ihre riskante Rettungsaktion an den Klippen.

Sie war vom Paradise House direkt in die Tierklinik geeilt. Der himmlische Pferdegeruch haftete noch an ihrem T-Shirt. Sie mochte ihn, und er war der Beweis, dass sie die letzten paar Stunden nicht geträumt hatte. Eine ganze Woche lang durfte sie sich nun um das Pferd eines berühmten Filmstars kümmern. Das war an sich schon aufregend, und hätte Ethan Swann ihr aufgetragen, einen alten Klepper zu versorgen und auszureiten, wäre sie genauso begeistert gewesen. Aber nein, er hatte ihr die Pflege einer Stute von fast mythischer Schönheit anvertraut – eines Friesenpferds, ausgeliehen von *Animal Actors*, einem Unternehmen, das bestens trainierte Tiere aller Art für Filmaufnahmen verlieh.

Friesen sind eine holländische Pferderasse, und Ethans

Stute hieß Orkaan. Kat nahm an, dass der Name sich auf ihr pechschwarzes Fell bezog, so schwarz wie der Himmel bei einem Orkan, denn vom Wesen her war das Tier lammfromm und kein bisschen stürmisch. Als sich vor dem *Majestic* eine aufgeregte Menschenmenge versammelt hatte, die Selfies mit Ethan und seinem Pferd schießen wollten, war Orkaan erstaunlich friedlich und cool geblieben.

Die Stute ließ sich auch brav wieder in den Pferdeanhänger verladen, in dem sie nach Bluebell Bay transportiert worden war. Der Schauspieler hatte natürlich einen Witz gemacht, als er sagte, er sei mit ihr durch die Straßen geritten. Aber sein Auftreten nach Wild-West-Manier hatte fast darauf schließen lassen.

Hanna freute sich schon unbändig darauf, dass Alicia Swann sicher hin und wieder ins Paradise House kommen würde, um mit ihr Tee zu trinken, wann immer Ethan mit Orkaan ausreiten würde. Und Kat fand es nicht minder aufregend, den Schauspieler, der in seinem letzten Film einen Rennpferdtrainer gespielt hatte, mit Charming Outlaw bekannt zu machen. Bedauerlicherweise hatte aber nur Roy, der Fahrer von *Animal Actors*, die Mädchen und Orkaan zum Paradise House begleitet.

»Aber wollen Sie den Stall nicht zuerst sehen?«, hatte Kat, die ihre Verblüffung nicht verbergen konnte, Ethan gefragt. Die Hauptfigur in *Fire Racer* hätte nicht im Traum daran gedacht, sein Pferd bei Fremden unterzubringen, ohne zuvor den Stall zu inspizieren.

Der Schauspieler schien überrascht über ihren Vorschlag. »Aber Mädchen, sei so gut! Meine Frau und ich sind seit achtzehn Stunden unterwegs, von Los Angeles über London bis hierher. Uns ist ganz schwindlig vom Jetlag. Zuerst müssen wir uns ausruhen. Wenn wir nicht bald unseren Schönheitsschlaf kriegen, nehmen sie uns die neuen Rollen weg, sobald wir nach Hollywood zurückkommen! Roy kümmert sich um mein Pferd. Ich werde Orca sehen, wenn ich morgen mit ihr ausreite.«

»Orkaan«, rief Roy ihm in Erinnerung.

»Richtig. Ich melde mich, wenn ich auf dem Weg dorthin bin – Kat, stimmt's? Kat, es wäre toll, wenn du das Pferd dann fertig gesattelt hast und alles. Schon mal vielen Dank für deine Hilfe. Schreib schön alles auf, was wir dir schulden, und wir bezahlen dich dann vor unserer Abreise.« Er ließ sein weltberühmtes Lächeln aufblitzen. »Aber keine versteckten Kosten bitte. Wir haben keinen Goldesel im Keller stehen.«

Da wurde er auch schon von einer Flutwelle von Autogrammjägern verschluckt, und es blieb Hanna überlassen, Roy zu ihrem Zuhause zu lotsen. Professor Fox, der bis über beide Ohren mit dem Dracoraptor beschäftigt war, hatte seine Zustimmung gegeben. Alles Weitere hing nun davon ab, wie Charming Outlaw auf den Neuankömmling reagieren würde.

Paradise House war ein typisch englisches Cottage aus roten Backsteinen und mit einer von Rosen umrankten Haustür. Roy parkte den Pferdetransporter vor dem Tor zum Obstgarten. Während Hanna ins Haus lief, um Nettie nach Kuchen oder einem Sandwich für Roy zu fragen, führte Kat die schwarze Stute an den Kirschbäumen vorbei zum Stallhof.

Charming Outlaw kam mit der Schnelligkeit eines Rennpferds – das er ja auch war – ans Gatter galoppiert. Mit einem durchdringenden Wiehern bremste er dann ab. Dank Kats Einfluss hatte sich sein Verhalten beträchtlich verbessert, doch seinen Überschwang ließ er sich natürlich nicht nehmen. Genau das liebte Kat an ihm. Unter seinem frechen Gehabe war Hannas Fuchs eines der gutmütigsten Pferde, die sie kannte.

Orkaan aber war ein Filmstar, und deshalb achtete Kat darauf, dass zwischen ihm und Charming Outlaw ein ausreichender Abstand bestand, als sie die beiden miteinander bekannt machte. Nach ein paar wenigen schrillen Quieksern und Schnaubern merkte sie aber, dass die beiden miteinander auskommen würden. Roy half ihr, die zweite Box für Orkaan herzurichten – mit einem Bett aus Holzspänen, frischem Wasser und genügend Futter. Er war kein Mensch, der viel redete, doch er schien sich zu freuen, dass die Stute von *Animal Actors* offensichtlich in guten Händen war.

Als Kat ihn zum Transporter zurückbegleitete, fasste sie sich ein Herz und fragte: »Ich bin ein großer Fan von Ethans

Film *Fire Racer.* Haben Sie ihn schon mal in echt reiten sehen? Ist er wirklich so gut?«

Roy lachte leise. »Im wahren Leben ist vieles anders als im Film, Mädchen. Schauspieler sind ein Völkchen für sich. Man sollte sie nie mit den Charakteren verwechseln, die sie darstellen. Manche sind besser, andere schlechter. Aber eines steht fest: Sie sind immer anders.«

Diese Bemerkung kam Kat erneut in den Sinn, als sie am Abend die Streu in den Boxen auswechselte und die Tränken auffüllte. War Ethan besser oder schlechter als in der Rolle, die er in *Fire Racer* gespielt hatte? Das würde sie sicher bald herausfinden.

Kat hatte von klein auf mit Tieren zu tun gehabt, und es gab kaum etwas, das sie mehr liebte, als ihrer Mutter bei der Arbeit zuzusehen und ihr zu helfen, wann immer sie konnte. An diesem Abend bereitete sie die Boxen für zwei neue Patienten vor und gab den anderen Futter und ein paar Streicheleinheiten.

»Wenn ein Tier ein traumatisches Erlebnis gehabt hat oder sich von einer größeren Operation erholen muss, können ein paar freundliche Worte oder das Gefühl, dass jemand ihm beisteht, für seine Genesung Wunder bewirken«, hatte ihre Mutter mal zu ihr gesagt. »Nicht nur Menschen brauchen das Gefühl, geliebt zu werden.«

Nachdem Kat ihre Aufgaben erledigt hatte, setzte sie sich zu Pax. Ihre Mutter, eine blonde, eher kleine und freundliche Frau, ging von Box zu Box, überprüfte die Körpertemperatur und die Verbände und verabreichte den Tieren ihre Arzneien. Und während sie Pax' Pfote neu verband, sagte sie zu Kat: »Ich habe eine gute und eine schlechte Nachricht. Welche willst du zuerst hören?«

Noch ganz beflügelt von der Begegnung mit den Swanns und deren Traumpferd, entschied Kat sich für die schlechte.

»Wie du weißt, war es nicht ganz einfach, Pax' Besitzer ausfindig zu machen«, sagte ihre Mutter. »Heute haben wir endlich erfahren, dass er kürzlich verstorben ist und Pax an seine Tochter vererbt hat, die als Managerin im Ölgeschäft arbeitet. Sie behauptet, der Collie sei weggelaufen, aber ich vermute eher, dass sie ihn irgendwo am Straßenrand ausgesetzt hat. Jedenfalls weigert sich die Tochter, auch nur einen Penny von Pax' Tierarztrechnung zu bezahlen, und meinte, ich solle ein neues Zuhause für sie finden. Angeblich hat sie eine Hundeallergie.«

»Wie schrecklich!«, rief Kat, obwohl sie sich insgeheim freute und fand, dass es eigentlich die beste aller möglichen Nachrichten war. Nicht der Punkt mit der reichen Tochter mit einem Herz aus Stein, die sich weigerte, die Rechnung zu bezahlen, das nicht – sondern die Tatsache, dass Pax ein neues Zuhause brauchte. Kats erster Gedanke war, dass Pax dann womöglich bei ihr in die Summer Street Nummer 5 einziehen könnte …

»Ja, ist es, aber ich bin mir sicher, dass wir ein neues

Heim für Pax finden werden«, sagte ihre Mutter. »Doch bis es so weit ist, versuch, dich nicht zu sehr an sie zu gewöhnen, Schatz. Du weißt, dass wir keinen Hund adoptieren können. Nicht mit einer halbwilden Savannahkatze im Haus.«

»Du hast doch noch was von einer guten Nachricht gesagt«, rief Kat ihr in Erinnerung, um das Thema zu wechseln.

»Ach ja, alle acht Boxen sind belegt, und ich würde gern eine für Notfälle freihalten. Da es Pax mittlerweile ganz gut geht, wollte ich dich fragen, ob du sie nicht für ein paar Tage oben in deinem Zimmer haben möchtest.«

»In *meinem* Zimmer?« Kat wusste nicht recht, ob es wirklich eine gute Idee war. »Nicht in der Küche oder im Wohnzimmer?«

»Nein, es geht nur in deinem Zimmer. Unten ist ein ständiges Kommen und Gehen. Pax braucht noch für eine Weile ihre Ruhe. Falls sie in Panik gerät, läuft sie eventuell auf die Straße und wird verletzt. Oben in deinem Zimmer können wir aber die Tür abschließen. Sie wäre in Sicherheit und hätte etwas Bewegung, aber nicht zu viel.«

»Aber was ist mit Tiny? Er würde durchdrehen!«

»Dann musst du ein Wörtchen mit ihm reden.« Dr. Wolf war im Geiste bereits wieder bei ihrer nächsten Operation. »Ich habe vollstes Vertrauen zu dir, Kat. Du bist die beste Katzenflüsterin, die ich kenne.«

Komplimente ihrer Mutter zu ihrem Talent im Umgang mit Tieren waren für Kat normalerweise das höchste der Gefühle, aber nun saß sie in der Zwickmühle. Am nächsten Morgen hätte sie viel dafür gegeben, das Staffelholz der weltbesten Katzenflüsterin jemandem in die Hand drücken zu können, der mutiger, geschickter und in der Katzensprache bewanderter war als sie.

Wie befürchtet, erwies sich das Katzen/Collie-Experiment als eine einzige Katastrophe. Kat hatte getan, was ihre Mutter ihr geraten hatte, und *ein Wörtchen mit Tiny geredet.* Sie hatte ihn daran erinnert, dass er vor einiger Zeit auch unerwünscht gewesen war, jetzt aber heiß geliebt und nach Strich und Faden verwöhnt wurde. Da würde er doch einem heimatlosen und verwundeten Tierkumpel eine freundschaftliche Pfote reichen können, oder?

Traurigerweise war die einzige Pfote, die Tiny ausstreckte, mit messerscharfen Krallen bestückt. Nach einer albtraumhaften Verfolgungsjagd und einem wüsten, erbarmungslosen Nahkampf war Tiny mit einem empörten Fauchen zum Dachfenster hinausgesprungen und hatte Kat und Pax blutend zurückgelassen. Die arme Pax hatte zudem ganz schön viele Haare verloren, die nun in Büscheln auf dem Boden lagen.

Zum Glück waren Dr. Wolf und Tierarzthelferin Tina den ganzen Abend mit einer Notoperation beschäftigt gewesen, so dass es Kat erspart blieb, ihnen beichten zu müssen, dass sie als Tiny-Flüsterin total versagt hatte. Nachdem sie ihre und Pax' Kratz- und Bisswunden versorgt hatte, aß sie in ihrem Zimmer ein Mandelbutter-Sandwich und tröstete die verwirrte und winselnde Pax, die nicht begriff, was sie falsch gemacht hatte. Sie war doch sehr freundlich zu Tiny gewesen.

Als es Zeit zum Schlafengehen war, war Tiny noch nicht zurück. Obwohl Kat im Schlafanzug in den Garten gegangen war und mehrmals gerufen hatte, kam kein *Miau* zurück. Sie hatte stundenlang wach gelegen und sich Sorgen gemacht. Seit damals vor drei Monaten, als sie und Tiny sich angefreundet hatten, war er jede Nacht nach Hause gekommen.

Beim Einschlafen hatte Kat gehofft, dass Tiny wieder da sein würde, wenn sie aufwachte, wie üblich an ihre Kniekehlen gekuschelt. Stattdessen lag Pax an Tinys Platz und sah sie schüchtern an. Der Collie rutschte auf dem Bauch näher und schmiegte sich schwanzwedelnd an ihren Arm.

»Du bist so ein liebes Ding, und ich wünschte, wir könnten dich behalten«, erklärte Kat ihr. »Aber das geht nur, wenn Tiny damit einverstanden ist. Er hat genauso viel Angst wie du, glaub mir. Wenn du deinen Teil hinkriegst, nehme ich mir Mum vor.«

Nachdem Kat Pax gefüttert und ihr einen neuen Verband angelegt hatte, machte sie sich auf die Suche nach dem Savannahkater. Da er nicht im Garten war, ging sie über die Straße zur Tierklinik. Hinter den Boxen gab es eine Baumgruppe, wo er gern Schmetterlingen nachstellte.

Als sie sich dem Gebäude näherte, sprang ein schwarzhaariger Mann gerade die Stufen hoch und drückte auf die Klingel, als ginge es um Leben oder Tod.

»Die Praxis ist erst ab neun geöffnet«, sagte Kat. »Aber falls es ein Notfall ist, kann ich Dr. Wolf holen.«

Der Mann stapfte mit schmutzigen Wanderstiefeln auf sie zu. »Danke, Miss, aber ich will nicht zur Tierärztin. Ich will zur Tiersitterin, Kat Wolf. Mir wurde gesagt, dass sie hier wohnt.«

»Stimmt, Sie stehen vor ihr. Ich bin Kat.«

Sein kantiges, sorgenvolles Gesicht glättete sich augenblicklich. »Freut mich, dich kennenzulernen, Kat. Ich heiße Rossi – Mario Rossi. Ich komme aus Rom und will hier in Bluebell Bay einen Coasteering-Kurs machen. Deshalb werde ich jeden Tag von früh bis spät unterwegs sein, um Unterwasserhöhlen zu erkunden, an Felsen herumzuklettern und von Klippen runterzuspringen. Mein kleiner Liebling Simon ist aber gar nicht gern so lange allein. Meinst du, du kannst ab und zu nach ihm schauen? Ungefähr für eine Woche? Kann auch kürzer oder länger sein, das weiß ich noch nicht. Aber ich bezahle dich im Voraus für vierzehn Tage.«

Er zog eine Handvoll Scheine aus der Innentasche seiner Jacke. »Reicht das?« Und noch bevor Kat etwas erwidern konnte, legte er einen weiteren Zwanzig-Pfund-Schein dazu und drückte ihr das Geld in die Hand.

»Danke, aber das ist viel zu viel.« Kat wollte ihm das Geld zurückgeben, doch davon wollte er nichts wissen.

»Wenn du Mr Bojangles glücklich machst, ist es mir das wert.«

»Ich dachte, es gehe um Simon?«

»Nein, du musst dich verhört haben. Liegt bestimmt an meinem italienischen Akzent. Er heißt Mr Bojangles. Nach dem Song.«

»Welchem Song?«

Er schmunzelte. »Ein Song aus meiner Jugend. Jedenfalls solltest du Mr B jeden Tag mindestens für eine halbe Stunde besuchen. Spiel mit ihm oder geh mit ihm ein bisschen spazieren. Er liebt es, fremde Umgebungen zu erkunden. Unfug macht er nur, wenn ihm langweilig ist. Und halte ihn von allem fern, was klein und pelzig ist. Ich schreibe dir einen Zettel mit Anweisungen, was er frisst. Ist eigentlich ganz einfach. Nach dem letzten Zwischenfall habe ich beschlossen, dass er nur noch aufgetaute Sachen kriegt. Ist sicherer.«

Er überreichte ihr einen Kartenschlüssel, auf dem ein Tiger abgebildet war, und kritzelte seine Kontaktdaten auf die Rückseite einer Zugfahrkarte. »Danke, Kat. Du bist meine Rettung. Ich hoffe, ihr zwei versteht euch. Eine Menge Leute haben eine falsche Meinung über Mr B, aber denk immer daran, dass er ein gutes Herz hat.«

»Das sage ich auch immer über meinen Kater Tiny«, erklärte Kat ihm. »Aber ich weiß nicht, ob mir das jeder glaubt.«

Er richtete seinen Stift auf sie. »Du bist doch hoffentlich

keine dieser ängstlichen Tiersitterinnen, die nur mit Kätzchen und Hamstern zurechtkommen, oder? Denn dann wäre Mr B nichts für dich. Auf gar keinen Fall.«

»Ich bin ganz bestimmt nicht ängstlich«, sagte Kat entrüstet. »Meine Mutter ist Tierärztin, und ich bin quasi mit Tieren aufgewachsen. Und Tiere, die eine Herausforderung darstellen, mag ich am liebsten. Das spricht nur für ihre Intelligenz.«

Seine Schultern entspannten sich. »Na, dann dürfte Mr B kein Problem für dich sein. Falls du Fragen hast, ruf mich an.« Und schon drehte er sich um und lief die Summer Street hinunter.

Kat wollte gerade ihren unverhofften Geldsegen zählen, als Tiny miauend unter einem Busch hervorgekrochen kam. Er sah mitgenommen und verstört aus, und sein Fell mit dem Leopardenmuster stand zu Berge. Kat fragte sich, wo er gewesen war. Aber immerhin ließ er sich von ihr ins Haus tragen, doch es waren etliche Streicheleinheiten und Leckereien nötig, bevor er endlich wieder zutraulich wurde. Dann setzte sie ihn im Wohnzimmer auf die von der Sonne beschienene Fensterbank.

Sie ging nach oben in ihr Mansardenzimmer, wo Pax es sich auf ihrem Futonbett gemütlich gemacht hatte. Kat war natürlich nicht so dumm, eine zweite Begegnung zwischen Tiny und dem freundlichen Collie erzwingen zu wollen. Während sie Pax streichelte, fiel ihr auf, dass Mario gar nicht erwähnt hatte, welche Rasse Mr B war. Das war eigentlich wichtig, denn manche Hunderassen waren aggressiver als andere.

Sie stopfte den Kartenschlüssel und die Geldscheine unter ihre Matratze und schrieb Hanna eine SMS.

Ein Mann hat mir heute irre viel Geld geboten, damit ich auf seinen »missverstandenen« Hund aufpasse. Soll ich es machen oder nicht?

Die Antwort ließ nicht lange auf sich warten.

»Missverstanden« kann verrückt, böse oder traurig heißen. Wenn etwas zu gut klingt, um wahr zu sein, ist es das meist auch.

8
Stand nicht in der Jobbeschreibung

»Zwei Cappuccinos und zwei Frühlingsrollen, wie gewünscht«, sagte Hanna, stellte ein Kartontablett auf eine umgedrehte Holzkiste und überreichte ihrem Vater und Ollie zwei warme, in Alufolie gewickelte Päckchen. Ihr eigenes Frühstück bestand aus einer heißen Schokolade und einem Bananen-Nuss-Muffin.

»Danke, Hanna.« Professor Fox nahm genüsslich einen Schluck Kaffee. »Nichts gegen Ollie, aber du bist und bleibst meine Lieblingsassistentin!«

»Kein Problem«, antwortete der Student, als er seine Rolle in zwei Hälften riss. Er wischte sich einen Krümel aus dem Mundwinkel und zeigte Hanna seinen hochgestreckten Daumen. »Danke, Kumpel. Schmeckt spitze!«

Theo Fox lächelte etwas schief. »Oliver, meine verstorbene Frau und ich haben unserer Tochter nicht ohne Grund einen schönen biblischen Namen gegeben. Ich wüsste es zu schätzen, wenn du sie Hanna nennst.«

Ollie wurde rot. »Ja, natürlich, Prof. Entschuldige, Hanna. Nichts für ungut.«

»Schon vergessen.« Hanna rang sich ein Lächeln ab. An

diesem Tag hatte sie zum ersten Mal mitkommen dürfen, um an dem Dracoraptor-Fund mitzuarbeiten, und sie wollte es sich mit dem Studenten nicht verderben. Trotzdem traute sie ihm nicht so ganz über den Weg. Sobald sie etwas Zeit hätte, würde sie versuchen, den Namen des Mannes herauszubekommen, mit dem Ollie Merriweather im *Majestic* zu Mittag gegessen hatte. Es war natürlich möglich, dass die Reservierung im Restaurant unter dem Namen dieses Fremden getätigt worden war – des Mannes, der ihn mit einer mysteriösen Aufgabe betraut hatte. Und falls der Rezeptionist seine Mithilfe verweigerte, würde sie sich eben in die Website des Hotels hacken.

Der Gedanke, dass es schwierig sein könnte, das Cybersicherheitssystem des *Grand Hotel Majestic* zu knacken, kam Hanna gar nicht erst. Codieren, Programmieren und Sprachen waren ihr besonderes Talent. Das hatte sie bis vor kurzem nicht immer zu schätzen gewusst. Beim ersten Fall, in dem sie als Detektivteam *Miss Mystery* ermittelt hatten, hatte sie sich öfter mal geärgert, dass sie nur mit dem Laptop auf dem Sofa herumsitzen konnte. Sie hatte sich nutzlos gefühlt, während Kat in der realen Welt Leib und Leben riskierte, als sie auf Verbrecherjagd war beziehungsweise von Verbrechern gejagt wurde.

Kat hatte ihr jedoch erklärt, dass man auf verschiedene Art und Weise mutig sein konnte. Deshalb wusste Hanna jetzt, dass ihre Talente – die sie ihrem Mentor Jasper verdankte, einem Hacker, den sogar das FBI gelegentlich zu

Rate zog – ebenso wichtig waren wie die von Kat, wenn es darum ging, einen mysteriösen Fall zu lösen.

An diesem Tag aber galt Hannas Hauptaugenmerk dem Dinosaurier. Ihr Vater, ein Team vom Museum für Naturgeschichte und einige Ingenieure von der British Army hatten mit vereinten Kräften den Sandsteinblock samt dem Dracoraptor im Inneren in Einzelteilen aus der verbliebenen Klippenwand herausgefräst und zum Gebäude des leerstehenden alten Ruderclubs am Hafen transportiert.

Es war eine muffige Halle, in der es wegen des Fischmarkts von nebenan übel nach Kabeljau roch. Aber immerhin war der Dinosaurier hier vor dem Meer geschützt. Das war fürs Erste das Wichtigste.

Obwohl Hanna Ollie gegenüber seit der Begegnung im *Majestic* etwas misstrauisch war, musste sie zugeben, dass seine Leidenschaft für Dinos außer Frage stand. Er benahm sich wie ein Kind an Weihnachten, als er ihrem Vater nun half, die Schutzfolie von den Steinblöcken abzuziehen. Hanna ging es genauso. Das Warten darauf, den Juradrachen wiederzusehen, war ähnlich magisch, wie in einem Broadwaytheater darauf zu warten, dass sich endlich der Vorhang hebt.

Sie musste ständig daran denken, wie lebendig der kleine wunderschöne Dinosaurier ausgesehen hatte, als sie ihn zum ersten Mal in der Klippenwand gesehen hatte – fast so, als könne er jederzeit aus seinem Sandsteingrab springen. Früher musste er einem Leoparden oder Panther ähnlich gewesen sein, mit einem langen Schwanz, Zähnen scharf wie Steakmesser und blitzschnell. Selbst im Tod sah es aus, als sei er mitten im Sprung.

Außerdem schien er Flügel gehabt zu haben, und deshalb erinnerte er so sehr an einen Drachen. Bei näherem Hinsehen hatte sich allerdings herausgestellt, dass diese Flügel nicht mit seinem Skelett verbunden waren, sondern zu einem Spurenfossil auf einer Kalksteinplatte hinter ihm gehörten.

Weil Hanna fest damit gerechnet hatte, gleich beide Fossilien zu sehen, war sie zuerst enttäuscht, als beim Ablösen der Folie nur einzelne, in Schutzhüllen verpackte Blöcke zum Vorschein kamen. Dann fiel ihr ein, dass die Einzelteile des Skeletts mit Gips ummantelt worden waren, damit sie während der Abtragungsarbeiten geschützt waren. Der Juradrache war zusammen mit dem umliegenden Gestein blockweise herausgeschnitten worden, und die gut fünfhundert Kilogramm schwere Last war von Hubschraubern hierhergeflogen worden. In den kommenden Wochen würden Professor Fox und sein Team die Schutzhüllen ablösen und sich mit kleinen Hämmern, Meißeln, Schleifgeräten und Pinzetten vorsichtig bis zu den im Inneren verborgenen Knochen vorarbeiten.

Als Professor Fox ein hochaufgelöstes, lebensgroßes Poster des Dinosauriers auseinanderrollte, fragte Ollie: »Professor, sind Sie sich sicher, dass es nur ein Zufall ist, dass die Flügel eines Pterosauriers oder eines anderen Flugreptils so aussehen, als seien sie aus den Schultern des Dracoraptors gewachsen? Was, wenn wir uns täuschen und sie doch zu unserem Dinosaurier gehören? Dann könnte es sich hier doch um eine andere, ganz neue Spezies handeln.«

»Du denkst an den *Zhenyuanlong suni*, den geflügelten Drachen, der 2014 in China gefunden wurde?«

»Richtig«, sagte Ollie schwärmerisch. »Oder *Baby Louie*, der Beibeilong, der es vor einigen Jahrzehnten sogar auf das Cover des *National Geographic* geschafft hat. Er wird als *Babydrache von China* bezeichnet und ist ein dem Kasuar ähnlicher Vogel, der Eier legte, so groß wie die Räder eines Monstertrucks.«

Professor Fox schmunzelte. »Ollie, so romantisch der Gedanke auch wäre, dass wir einen einzigartigen Flugsaurier entdeckt haben – ich bin mir sicher, dass sich bei der Radiokarbondatierung herausstellen wird, dass es unterschiedliche Spezies waren, die Millionen von Jahre voneinander entfernt existiert haben.«

»Oder es stellt sich heraus, dass es genau dann zu einem Monsun oder einem Klippenrutsch kam, als unser Juradrache einem Pterosaurier nachstellte«, entgegnete der Student. »Oder vielleicht hat sich der Pterosaurier genau in dem Moment auf unseren Dino gestürzt, weil er seine Eier stehlen oder seinen Nachwuchs fressen wollte.«

»Das wäre wirklich ein erstaunlicher Zufall«, lautete Professor Fox' spitze Antwort. »Und es würde dich sicher ebenfalls auf das Cover des *National Geographic* bringen, falls du es auf Ruhm und Ehre abgesehen hast, Ollie.«

Hanna war überrascht. Es sah ihrem Vater eigentlich nicht ähnlich, sarkastisch zu sein. Die schlaflosen Nächte forderten offenbar ihren Tribut. Er stand unter einem enormen Druck, alles perfekt zu machen. Alle fünf Minuten rief ein Experte von der Cambridge University oder von einem Polytechnikum der Äußeren Mongolei oder sonst woher an, um ihm ungebetene Ratschläge zu erteilen oder seine Methoden zu kritisieren.

Sie hatte diesen Gedanke noch nicht zu Ende gedacht, als sein Handy erneut läutete.

Die Nummer des Anrufers war unterdrückt, und Professor Fox zögerte kurz, bevor er abnahm. Hanna erschrak, als sie sah, wie blass ihr Vater plötzlich wurde. »Bedauere, Sir, falsche Nummer«, fauchte er nur und schaltete sein Handy aus, als sei es plötzlich glühend heiß geworden.

»Sie bekommen sicher eine Menge dieser Scherzanrufe, hm?«, hakte Ollie nach.

Hanna spürte, dass ihr Vater nicht darüber reden wollte, und beschloss, das Thema zu wechseln. »Hier drin ist es kalt wie in einem Kühlschrank«, sagte sie. »Ich bin froh, Dad, dass du mir geraten hast, eine Fleecejacke anzuziehen. Man kann sich kaum vorstellen, dass draußen Sommer ist – oder dass die Juraküste früher mal fast ein karibisches Paradies war.«

Ihr Vater lachte. »Es stimmt, dass es hier tropisch heiß war, aber ein Paradies war es sicher nicht.«

Die Differenzen zwischen ihm und Ollie waren schnell

vergessen, als sie sich auf eines der Lieblingsthemen vieler Paläontologen stürzten: die extremen Klimaveränderungen, denen die Dinosaurier ausgesetzt waren.

Theo Fox und der Student beschrieben so lebensechte Szenarien des Lebens auf der Erde zu den Zeiten des Dracoraptors, dass Hanna bildhaft vor sich sah, wie das Exemplar hier in den Wäldern und an den Lagunen gejagt hatte. In den warmen Gewässern der Juraküste hatte es damals nur so gewimmelt von den unterschiedlichsten Lebensformen. Das Wasser war wegen des vielen Planktons oft blutrot gewesen, und darin waren delphinähnliche Ichthyosaurier zwischen Korallenriffen herumgeglitten, die voller Hummer, Seesterne und Haifische gewesen waren. Noch erschreckender waren die Plesiosaurier gewesen – Riesenkrokodile, die als die Megaraubtiere ihrer Zeit galten.

An Land hatte der Dracoraptor vermutlich vor dem fleischfressenden Allosaurus- und Diplodocus-Horden fliehen müssen, dreißig Meter lange Sauropoden, die bis zu fünfzehn oder zwanzig Tonnen wogen. Hanna konnte sich kaum vorstellen, durch wie viele saftige Farnwälder und Palmfarne sie sich geräuschvoll durchmampften, als sie wie Rasenmäher, so groß wie eine Boeing 747, durch die Landschaft streiften.

»Der weitverbreitete Mythos, dass Dinosaurier schwerfällige missglückte Experimente der Evolution waren, die ausstarben, weil sie zu groß und zu dumm waren, ist genau das – ein Mythos«, sagte Professor Fox. »Sie konnten nur deshalb Jahrmillionen überleben, weil sie sich immer wieder an neue Umweltbedingungen anpassten und mit Vulkanausbrüchen, Megamonsunen, furchterregenden Raubtieren und entstehenden Wüsten fertig wurden ...«

Ollie starrte plötzlich aus dem Fenster. »Prof, diese Demonstranten sind wieder da. Einige ihrer Plakate sind zum Schieflachen.« Er las eines vor: »*VERSCHWINDET! HÖRT AUF, BLUEBELL BAY ZU ZERSTÖREN!* Als hätten *wir* diesen Klippenrutsch verursacht! Mein persönlicher Favorit ist das Schild von Harry Holt. Es ist mit künstlichen Blutflecken beschmiert, und darauf steht: *SCHLAFENDE DRACHEN DARF MAN NICHT WECKEN!*«

»Der einzige Weg, um diese Skeptiker davon zu überzeugen, dass wir das Beste tun, was innerhalb unserer Möglichkeiten liegt, ist es, mit unserer Arbeit weiterzumachen«, sagte Professor Fox. »Und genau das tun wir jetzt, Ollie, unser Bestes! Auf geht's!«

Er begann, die Werkzeuge und Instrumente auszuwählen, so konzentriert wie ein Chirurg vor einer Operation. Sein Team würde mit einem druckluftbetriebenen Meißel das Felsgestein von den Knochen ablösen, ein Körnchen nach dem anderen. Zersplitterte oder zerbrochene Knochen und Bruchstellen würden sie mit einer Pinzette wieder zusammenkleben. Mit einem Schneidegerät würden sie den Gips durchschneiden – genau so, wie ein Arzt einen Gipsverband von einem gebrochenen Arm ablöst, doch das wirbelte ziemlich viel Staub auf, so dass ein Absauggerät zum Einsatz kommen würde. Der Fußboden war bereits mit öligem Sand und Sägespänen ausgelegt, was einen Teil des feinen Schotters absorbieren würde.

»Hanna, während Ollie und ich schon mal mit dem mühseligen Prozess beginnen, ein zweihundert Millionen Jahre altes Mysterium zu erforschen, kannst du dich im düsteren Hinterzimmer amüsieren. Das wolltest du in den Sommerferien schon immer mal tun, richtig? Bereit, nach vergrabenen Skeletten – ich meine: Schätzen zu graben?«

Sie kicherte. »Aber sicher, Dad.«

Am frühen Nachmittag sah Hanna aus, als hätte sie am *Marathon des Sables* durch die Sahara teilgenommen. Obwohl sie stundenlang bis zu den Ellbogen in Sand, Schlamm und Kies herumgewühlt und vier Körbe mit nicht verwertbarem Gesteinsmaterial gefüllt hatte, hatte sie bis jetzt nur einen Bruchteil der vielen Säcke durchgesehen. Deren Inhalt war in aller Eile am Fuß der Klippe eingesammelt worden, bevor die Flut angestiegen war. Mit einem Druckluftstichel, der wie ein dicker Kugelschreiber aussah, aber eine vibrierende Spitze hatte, und dessen Luftzufuhr durch Drehen des Kopfes regulierbar war, konnte Hanna Splitter von Sandstein oder Erde von potentiellen Fossilien wegfräsen, zerschneiden oder wegblasen.

Es war eine langsame und schmutzige Arbeit, doch Hanna machte sie gern. Es war ein Mittelding zwischen Schatzsuche und detektivischer Ermittlung. Den Sommer über würden erfahrene erwachsene Freiwillige das Geröll durchsieben, das am Fuß der Klippe gefunden worden war, um darin eventuell Knochenteile, Zähne oder Klauen zu finden, die Hinweise auf das Leben und die Gewohnheiten des Dracoraptors liefern würden. Bis zu deren Ankunft hatte Hanna diesen Raum für sich.

Ihr Vater streckte den Kopf zur Tür herein. »Hanna, Schatz. Ich muss schnell zum Bahnhof von Wool, um ein paar Freiwillige abzuholen, und Ollie besorgt gerade Sandwiches. Willst du so lange hier bleiben oder lieber mit mir kommen? Du brauchst keine Angst zu haben, Mike bewacht das Tor.«

Hanna, die ihre Kopfhörer aufhatte, um nebenbei Chinesisch zu lernen, während sie Erdklumpen und Gestein mit einem Fossilien-Airbrush-Schneidegerät absuchte, gab ihm per Handzeichen zu verstehen, dass sie lieber hier weitermachte.

Kaum war ihr Vater wieder verschwunden, dachte sie erneut an den unerwünschten Anruf, den er vorhin erhalten hatte. Der Anrufer hatte sich nicht verwählt, darauf hätte sie gewettet. Aber was hatte er gewollt? Und warum hatte ihr Vater so unwirsch reagiert?

Eine Brise wehte herein, als ob jemand die angrenzende Halle betreten hätte. Hanna nahm die Kopfhörer ab. »Dad, bist du's? Hast du etwas vergessen?«

Da hörte sie das Trappeln und Scharren von kleinen Krallen. Ratten. Von diesen Nagern wimmelte es in dem maroden Gebäude. Hanna unternahm einen vergeblichen Versuch, ihre Brille zu putzen. Mit jedem Eimer Kies und Sand und Erde war ihre Welt noch verschwommener geworden. Sie hatte zwar nichts gegen Ratten, aber wenn eine auf sie zulief, hätte sie sie ganz gern gesehen.

Als sie sich aufrichtete und sich streckte, sah sie durch ein Fenster mit einer gesprungenen Scheibe, dass das Sicherheitstor im Moment gar nicht bewacht wurde. Mike lehnte ein Stück weiter weg an einem Zaunpfosten und redete auf ein hübsches Mädchen ein. Hanna wurde sauer. Eine ganze Bande von Dinoknochenräubern in gestreiften Knastuniformen könnte durch das Tor marschieren, und er würde nichts merken.

Ach je, nach den Schritten zu urteilen, die plötzlich durch die große Halle dröhnten, waren die Einbrecher bereits da! Noch bevor Hanna reagieren konnte, ertönte lautes Kläffen im Durchgang. Und gleich darauf flitzte ein Zwergspitz herein, der seine Leine hinter sich herzog.

»Komm sofort zurück, du Giftzwerg!«, kreischte Rosalyn Winter, die ihm nachlief. Sie war sichtlich überrascht, als sie Hanna erblickte. »Was machst *du* hier?«

Hanna musterte sie kühl. »Ich gehöre hierher. Ich helfe meinem Dad. Die Frage ist eher: Was machen *Sie* hier? Mike darf niemanden hereinlassen.«

Die Reporterin von *Blitz-News* sagte spöttisch: »Wenn der Professor den Dino in Sicherheit wissen will, sollte er vielleicht einen Wachmann einstellen, dessen Hirn etwas größer ist als eine Walnuss. Aber egal, ich bin nur hier, weil ich nach dem Wolf-Mädchen suche. Bis ich sie finde, bin ich dazu verdammt, auf Xena aufzupassen, und dazu habe ich null Bock, das kannst du mir glauben!«

Sie hielt ihren Daumen hoch, der mit einem blutigen Pflaster umklebt war. »Versuch besser nicht, diesem Minimonster eine Leckerei zu geben. Das ist der Dank dafür. Wenn ich mir diesen Finger amputieren lassen muss, werde ich Alicia Swann verklagen, und sie muss ihr Haus an den Hügeln von Hollywood an mich abtreten!«

Hanna kicherte. »Sorry, ich lache Sie nicht aus, aber ich kann mir nur schwer vorstellen, dass Alicias kleiner süßer Teddybär auch nur einer Fliege etwas zuleide tun kann.« Mit einem nachsichtigen Lächeln betrachtete sie Xena, die neugierig an den Sandsäcken schnüffelte. »Wenn Sie Mrs Swanns Hündchen nicht mögen, warum passen Sie dann darauf auf?«

Rosalyn ließ sich auf Hannas Stuhl fallen. »Das frage ich mich auch! Ich saß ganz friedlich mit Alicia in ihrer Suite im *Majestic* und habe sie interviewt, als sie plötzlich eine SMS bekam, die sie ganz hektisch machte. Sie ließ alles stehen und liegen und verschwand. Aber natürlich erst, nachdem sie mich ganz charmant und bedauernd um *einen kleinen Gefallen* gebeten hatte. Ich habe es nicht übers Herz gebracht, ihr einen Korb zu geben, als sie mich fragte, ob es mir etwas ausmache, ihren *süßen Liebling* zu ihrer *guten Freundin Kat Wolf* zu bringen. Sie hat mich nicht gewarnt, dass ihr Köter ein verkappter Rottweiler ist, der sich als Zwergspitz getarnt hat!« Sie sah sich um. »Also, wo ist das Wolf-Mädchen? Mir wurde gesagt, dass ich sie hier finde.«

»Kat kommt her, sobald sie mit ihren Tiersitter-Aufgaben fertig ist«, sagte Hanna. »Sie können Xena aber gern so lange bei mir lassen.«

»Das ist nett von dir, aber pass bloß auf, dass du nicht auch gebissen wirst! Was würde der Professor da sagen?« Argwöhnisch beäugte Rosalyn Hannas verstaubtes Aussehen und die Fossilien in einer der Schalen auf dem Tisch. »Ich nehme an, du bist seine Tochter. Was zum Teufel lässt er dich hier machen? Du siehst aus, als hättest du gerade eine Schlammschlacht verloren!«

Hanna wusste nicht recht, ob Rosalyn unhöflich oder erfrischend ehrlich war. »Nicht dass es Sie etwas anginge, aber ich suche nach vergrabenen Dinosaurier-Schätzen, also Knochenfragmenten oder Zähnen oder Krallen. Alles, was meinem Dad helfen kann, sich ein Bild vom Leben des Juradrachen zu machen.«

»Na, dann ist Xena ja eine ideale Assistentin für dich! Wir sind gerade mal seit drei Minuten hier, und schon hat sie ihre erste Trophäe ausgebuddelt!«

Der Zwergspitz hatte tatsächlich einen marmorierten beigefarbenen Gegenstand, der aus einem Sack ragte, zwischen den Zähnen. Mit aller Verbissenheit, die in ihrem kleinen Körper steckte, zog sie daran und knurrte dabei wie ein Säbelzahntiger. Als Hanna zu ihr ging und sie dazu brachte, den Gegenstand loszulassen, zerriss der Sack, und etwas Schweres fiel heraus.

Mit einem lauten Knall fiel der rundliche Gegenstand auf den Boden und rollte unter einen Tisch, mit einem makabren Grinsen, wie es schien. Hanna hielt schnell Xenas Leine fest, damit sie dem Ding nicht nachlaufen konnte.

»Ich bin ja keine Expertin«, sagte Rosalyn Winter gedehnt, »aber ein Dinosaurier ist das garantiert nicht.«

9
Unverhofft kommt oft

Zu diesem Zeitpunkt radelte Kat zum Ferienpark, der in der Nähe von Durdle Door lag, und versuchte, diesen ziemlich aufreibenden Morgen seelisch zu verarbeiten.

Zuerst hatte sie feststellen müssen, dass Tiny verschwunden war und bei seiner Rückkehr aussah, als hätte er mit einem Seelöwen gekämpft.

Dann hatte Mario Rossi sie überrumpelt und ihr das Dreifache ihres normalen Honorars aufgedrängt, damit sie sich um sein Haustier kümmerte, das, wie er erwähnte, nach einem nicht näher geschilderten Zwischenfall nur noch Aufgetautes fressen durfte. »Ist sicherer«, hatte er gesagt. Inzwischen bereute Kat, dass sie nicht nachgehakt hatte.

Das Frühstück mit ihrer Mutter war durch einen Notruf von einem nahgelegenen Bauernhof unterbrochen worden. »Ein Lamm wurde von einem unbekannten Tier angefallen und schwer verletzt«, sagte Dr. Wolf, als sie wieder auflegte. »Der Albtraum für jeden Bauern.«

»Fuchs oder Hund?«

»Es war dunkel, aber Bob Carmichael meint, weder noch.« Ihre Mutter blickte auf Tiny, der auf der Fensterbank lag und schlief – eines seiner grünen Augen aber offen hielt. »Er glaubt, eine riesige gefleckte Katze gesehen zu haben.«

Zehn angespannte Sekunden lang starrten sie beide auf den Savannahkater. Dr. Wolf fragte nicht, ob Tiny ein Alibi für letzte Nacht hatte, und Kat schwieg.

Ellen Wolf griff nach ihrem Notfallkoffer. »Wie ich schon sagte, war es dunkel, und die Schafe waren auf der Weide. Es könnte auch ein Zebra gewesen sein, soviel Bob weiß. Ich halte dich auf dem Laufenden. Hab einen schönen Tag, Schatz!«

Der erste Punkt auf Kats Agenda waren die Pferde gewesen. Als sie über Feldwege zum Paradise House radelte, versuchte sie, sich davon zu überzeugen, dass Tiny unschuldig war. Ganz bestimmt. Er war zwar groß genug, um sich auf ein dreimonatiges Lamm zu stürzen, aber sie konnte sich nicht vorstellen, dass er das tun würde, selbst wenn er am Verhungern wäre. Klar würde er auf jemanden losgehen, wenn er sich bedroht fühlte, zum Beispiel neulich erst, als Pax in seine Distanzzone eingedrungen war und Kat den Fehler gemacht hatte, dazwischenzugehen. Aber das kam äußerst selten vor. Unter seiner abweisenden und launischen Oberfläche war er eigentlich ein gutmütiger Kerl. Kat hatte noch nie gesehen, dass er auch nur einem Spatz etwas zuleide getan hätte. Gut, er jagte gern Schmetterlinge, aber damit war seine Jagdleidenschaft auch schon erschöpft.

Allerdings war nicht zu bestreiten, dass er letzte Nacht

unterwegs gewesen war. An diesem Abend würde sie ihn auf jeden Fall ins Haus einsperren, und wenn er sich auf den Kopf stellte! Sie wollte verhindern, dass jemand ihn herumstromern sah und möglicherweise zu Unrecht beschuldigte.

Im Stall von Paradise House striegelte sie die beiden Pferde und machte mit Charming Outlaw ein paar Sprungübungen. Die Swanns hatten versprochen, ihr gegen zehn Uhr per SMS mitzuteilen, wann Ethan herkommen würde und wann sie Xena abholen sollte, aber bis Mittag hatten die Hollywoodstars sich noch nicht gemeldet.

Das Warten machte Kat nichts aus. So hatte sie einen Grund, mehr Zeit mit Orkaan zu verbringen. Sie setzte sich im Stall auf den Boden, nahm Hero, die dreifarbige Katze, auf den Schoß und las laut eine Detektivgeschichte. Die schwarze Stute ließ sie keine Sekunde aus den Augen. Friesen waren bekannt dafür, dass sie sehr dankbar und loyal zu Menschen waren, die nett zu ihnen waren, und Kat wollte eine tiefe Verbindung zu dem Pferd der Filmfirma aufbauen.

Fünf Kapitel später gab sie es auf, noch länger auf die Swanns zu warten. Sie hatten vermutlich eine ältere, erfahrenere Tiersitterin gefunden und würden es Kat nachher durch ihren Agenten mitteilen lassen.

Sie schob ihr Rad gerade durch den Obstgarten von Paradise House, als ein schrilles, gackerndes Geschnatter sämtliche Vögel von den Kirschbäumen aufscheuchte. »DEIN GELD ODER DEINE FRAU? WAS IST DIR LIEBER? DEIN GELD ODER DEINE FRAU? WAS IST DIR LIE-

BER? DEIN GELD ODER DEINE FRAU? WAS IST DIR LIEBER?«

Kat wusste sofort, dass die krächzende Stimme Bailey gehörte, der Gelbscheitelamazone, die Hanna netterweise adoptiert hatte. Bei seinem früheren Besitzer Ramón hatte der Papagei so viele Actionfilme gesehen, dass er ständig mit Filmzitaten um sich warf. Es war allerdings noch nie vorgekommen, dass der Schauspieler, der diese Stelle im Film gesprochen hatte, sie für den Papagei beantwortete.

»Vergiss es, ich nehme beides!«, hörte sie Ethan Swann rufen.

Erneutes Gekrächze. »VERGISS ES!«, krächzte Bailey. »ICH NEHME BEIDES!«

Kat ließ ihr Rad fallen und rannte den Gartenweg entlang zum Haus. Zu ihrer Verblüffung stand der Schauspieler in dem Blumenbeet direkt vor dem Fenster und spähte durch das halboffene Wohnzimmerfenster ins Innere. Was um alles in der Welt machte er da? Er hatte keinen Reittermin ausgemacht, und abgesehen von Kat war niemand da. Hanna war mit ihrem Vater unten am Hafen bei dem Dinoskelett, und Nettie war zum Einkaufen auf den Bauernmarkt gefahren.

Der Schauspieler starrte so angespannt und konzentriert ins Haus, dass Kat plötzlich ganz nervös wurde. Das war Unsinn, denn er hatte sicher nicht vor, hier einzubrechen, oder? Wie lächerlich! Ethan Swann war einer der größten Weltstars. Außerdem war er stinkreich. Folglich war es höchst unwahrscheinlich, dass er in seinen Ferien einfache Landhäuser ausrauben wollte, vor allem nicht am helllichten Tag und mit Cowboystiefeln an den Füßen.

Wie zum Beweis für Kats Überlegungen, wirkte Ethan kein bisschen schuldbewusst oder verlegen, als er Kat bemerkte. Er stieg auch nicht aus dem Blumenbeet. Er kniff nur leicht seine eisblauen Augen zusammen.

»Oh, hallo, Kat, die Tiersitterin! Wohnst du hier? Wer immer dort im Zimmer ist, scheint einen meiner Filme zu schauen, aber die DVD hängt offenbar.«

Kat lachte. »Ach, das ist nur Bailey, der Papagei meiner Freundin Hanna. Er steht total auf Actionfilme und muss einen Ihrer Filme gesehen haben.« In diesem Moment kam Bailey in ihr Sichtfeld geflattert und ließ sich auf dem Schädel des Oviraptorskeletts auf dem Tisch nieder. »Da ist er ja, dort auf dem Dinoschädel.« Kat zeigte darauf. »Hannas Vater ist Paläontologe. Er hat letzte Woche den Juradrachen entdeckt.«

»Professor Fox? Ja, ich habe von seinem großartigen Fund gehört.« Wieder lehnte Ethan sich durchs Fenster. »Ist das dort der magische Drache, von dem in den Nachrichten berichtet wurde? Sollte er nicht besser in einem Glaskasten aufbewahrt werden und mit Infrarotalarm oder sonst was gesichert sein?«

Kat musste ein Kichern unterdrücken. »Das hier ist eine ganz andere Art von Dinosaurier und außerdem nur ein Modell. Der echte Dracoraptor befindet sich im Hafen und wird rund um die Uhr bewacht.«

»Ah, verstehe, das wäre auch zu leicht gewesen. Hier draußen, mitten in der Pampa, meine ich.« Ungeduldig schüttelte er sich seine blonden Fransen aus der Stirn. »Gut zu wissen, dass der echte Drache in Sicherheit ist.«

Kat fragte sich, was der Mann da schwafelte. Aber gut, vielleicht war er nicht der Hellste. Dass er in *Saving Billy* einen Neurowissenschaftler gespielt hatte, bedeutete nicht, dass er auch im wahren Leben eine intellektuelle Leuchte war. »Möchten Sie sich jetzt vielleicht den Stall ansehen?«, fragte sie. »Ich habe Orkaan auf die Koppel gebracht, aber ich kann sie gern für Sie satteln, wenn Sie wollen.«

Ethan folgte ihr zur Koppel, und sie beobachteten die beiden Pferde eine Zeitlang. Kat freute sich sehr, als Ethan dann sagte, er hätte Charming Outlaw für seinen Film *Fire Racer* ausgeliehen, wenn er von dessen Existenz gewusst hätte. »Du sagst, er sei schnell?«

»Blitzschnell«, antwortete Kat voller Stolz. »Auf der Rennbahn hatte er den Spitznamen Rakete!«

Obwohl der Schauspieler Reitklamotten trug, sagte er zu Kat, sie brauche sein Pferd nicht zu satteln. Er wirkte nervös, als könne er es nicht erwarten, wieder wegzukommen. »Das Navi hat mich auf dem Weg hierher in die Irre geführt, und jetzt stehe ich unter Zeitdruck. Alicia und ich haben noch etwas vor. Der Ausritt mit Orca muss noch etwas warten.«

»Or*kaan*«, verbesserte Kat ihn automatisch.

»Richtig.«

Sie stand am Tor, als er in einen silberfarbenen Aston Martin V12 Vanquish stieg und sich noch mal aus dem Fenster lehnte. »Bis dann, Kat. Ich melde mich.«

Er trat aufs Gaspedal, und der Sportwagen brauste über den mit Laub übersäten Feldweg davon und knurrte dabei wie ein misslauniger Tiger. Auf dem Weg zu ihrem Fahrrad fiel Kat etwas auf. Wenn man den Aston Martin beim Wegfahren nicht überhören konnte, wieso hatte sie ihn dann nicht kommen gehört?

10
Mr Bojangles

Zwanzig Minuten später, als Kat über den Küstenweg radelte, grübelte sie noch immer über das seltsame Verhalten des Filmstars nach. Mario Rossi wohnte im Ferienpark in der Nähe von Durdle Door, einem imposanten, natürlichen Kalksteinbogen, der Kat immer an ein Pferd erinnerte, das den Kopf gesenkt hatte, um aus dem Meer zu trinken. Dahinter lag die Man-O'War-Bucht. Wie oft war sie schon mit Charming Outlaw über den karamellfarbenen Sand geprescht!

Dort machte sie eine kurze Rast, um ein paar tiefe Atemzüge zu machen. Eine positive Grundeinstellung war wichtig. Falls sich Mr Bojangles tatsächlich als geifernder Pitbull, Dobermann oder Rottweiler entpuppte, durfte er keinesfalls riechen, dass sie Angst hatte.

Marios Wohnmobil stand am anderen Ende des Ferienparks und war ein schmales, dunkelgraues Modell mit verdunkelten Fenstern, doppelt so groß wie die benachbarten Wohnmobile. Als Kat den roten Kartenschlüssel mit dem Tiger in den silbernen Schlitz schob, blieb zu ihrem Erstaunen alles ruhig. Das war schon mal beruhigend. Jeder

Wachhund, der etwas auf sich hielt, würde längst die Tür anbellen. Entweder war Mr Bojangles doch nicht so temperamentvoll, wie Mario behauptet hatte, oder er hatte einen tiefen Schlaf.

Zischend öffnete sich die Tür, und Kat trat vorsichtig ein. Das Erste, was ihr auffiel, war die Temperatur. Aber gut, da Mario vom sonnigen Mittelmeer kam, mochte er es vielleicht heiß und feucht.

Ehrfürchtig blickte Kat sich um. Von Wand zu Wand war alles aus Chrom, mit schwarzen und cremefarbenen Armaturen und Beschlägen. Auf einem ausklappbaren Schreibtisch aus Walnussholz scrollten eindrucksvolle Fotos von Elefanten, Tigern, Schuppentieren und Nashörnern über den Bildschirmschoner eines Laptops. Eine hochmoderne Video- und Audioanlage nahm eine ganze Wand ein, rauschunterdrückende Kopfhörer hingen an einem Haken.

Von einem lebenden Tier war weit und breit nichts zu sehen. Kein Piepsen, kein Zwitschern, kein Schnüffeln, Miauen oder Knurren.

»Mr Bojangles?«, rief Kat leise.

Die Stille war nervenaufreibender, als selbst ein knurrender Deutscher Schäferhund es gewesen wäre. Dann hätte Kat wenigstens gewusst, womit sie es zu tun hatte. So aber lief ihre Phantasie Amok und ließ sie an Panther und Piranhas denken. Bestimmt mit riesigen scharfen Zähnen und Krallen und einer Vorliebe für schmackhafte junge Tiersitterinnen …

Was, wenn Mr B aber gar kein Hund war? Wenn sie es sich recht überlegte, hatte Mario immer nur von seinem *kleinen Liebling* gesprochen. Dann die plötzliche Namensänderung. Hatte er nicht zuerst *Simon* gesagt? Was reimte sich auf Simon? Skorpion? Bison? Chamäleon?

Und welche Tierart könnte zu einem Spitznamen wie Mr Bojangles Anlass geben? War es ein halbwilder Kater wie Tiny, mit dem nicht jeder umzugehen wusste? Oder etwas Exotisches – ein Affe zum Beispiel? Kat blickte an den Oberseiten der Schränke entlang. Versteckte das Tier sich vielleicht, um sie aus dem Hinterhalt anzuspringen?

Oder war es einfach der falsche Zeitpunkt, und Mario ging mit seinem Pudel, Frettchen oder Alligator gerade Gassi? Nein, das war Unsinn. Er hätte er ihr wohl kaum so viel Geld gegeben, wenn er selbst Zeit hätte, seinen Mr B zu bespaßen.

In der Bordküche roch es nach Knoblauch, sonnengetrockneten Tomaten, frischem Basilikum und Pasta. Das fand Kat beruhigend. Auf der Arbeitsfläche lag ein Zettel.

Hi, Kat,
bin froh, dass du dich so kurzfristig um Mr B kümmerst! Zu füttern brauchst du ihn nicht, in dem Punkt ist er sehr heikel, und es ist besser, wenn ich es selbst tue.
Viel Spaß und danke!
Mario

Einerseits war Kat froh, dass sie sich nicht mit aufgetautem Fleisch abgeben musste, aber andererseits wusste sie immer noch nicht, mit was für einem Tier sie es zu tun hatte. Ein Beutel Seelachs hätte da schon weitergeholfen. Ihr kam der Gedanke, dass Mr B eventuell ein Hamster oder ein Leopardgecko war, der in einem Käfig oder Terrarium lebte. Das würde erklären, warum er sie nicht begrüßt hatte.

Sie bewegte sich durch das Wohnmobil wie ein Spion in geheimer Mission. Zwischen den Sofakissen war nichts Pelziges zu entdecken, und es gab auch kein Terrarium und keinen Käfig in der Nähe von Marios Arbeitsplatz oder der Nasszelle. Zwei Schränke, die an die einer Yacht erinnerten, sahen vielversprechend aus. Einer war abgeschlossen. Kat erforschte den anderen, doch auch hier kein Haustier. Der einzig andere Gegenstand, der interessant aussah, war eine Kiste im einem Regal ganz unten, doch darin fand sie nur einen brandneuen Helm, einen Neoprenanzug und eine Schwimmweste vor.

Kat war überrascht. Mario hatte ihr erzählt, dass er einen Coasteering-Kurs machte. Wenn das stimmte, warum hatte er dann seine Schutzausrüstung nicht mitgenommen? Die würde er brauchen, wenn er von Klippen springen, über Felsen klettern oder in gefährlichen unterirdischen Höhlen schwimmen gehen wollte. Aber vielleicht war er auch noch Anfänger, der die Grundkenntnisse an Land erlernte, bevor er sich auf Klippen wagen oder in die tödlichen Strömungen der Juraküste stürzen würde.

Sie ging weiter zu Marios Schlafzimmer, wo sie zu ihrem Entsetzen zwischen anderen Kissen eines aus Schlangenhaut entdeckte. Kat hasste Menschen, die Einzelteile von wilden Tieren zu exotischen Wohnaccessoires machten, und sie beschloss umgehend, dem Mann sein Geld zurückzugeben und ihm zu kündigen. Sollte er sich doch einen anderen Trottel suchen, der sich um sein mysteriöses Haustier kümmerte!

Nachdem sie diesen Entschluss gefasst hatte, intensivierte sie ihre Versuche, Mr B aufzutreiben. Sie konnte das Tier ja nicht im Stich lassen oder seinen Käfig oder sein Terrarium nicht ausputzen, nur weil sein Besitzer einen äußerst fragwürdigen Geschmack hatte.

Am Fuß des Betts stand eine schwarz lackierte Kiste, die mit einem Tuch mit Drachenmuster zugedeckt war. Mit spitzen Fingern hob Kat eine Ecke an und entdeckte ein Terrarium mit Glasfront – die Art, in der Schlangen oder Bartagamen untergebracht waren. Es war mit Weinreben und Grünzeug dekoriert. Der Boden war mit Rindenmulch und Zeitungen ausgelegt, in einer Ecke stand eine Wasserschale. Die Tatsache, dass es an einem Ende eine Heizmatte gab und am anderen einen kühlen Bereich, ließ darauf schließen, dass es sich um das Zuhause eines Pythons oder einer Königsboa handelte. Der Deckel saß etwas schief, so dass eine Lücke entstanden war.

Kat blickte zum Bett, und ihr Puls begann zu rasen. Das Schlangenkissen war verschwunden! Und sie hatte Ethan für dumm gehalten! Ha, sie sollte sich besser an die eigene Nase fassen …

Das Handy in ihrer Tasche vibrierte. Kat sprang vor Schreck fast an die Decke. Falls es Mario war, würde sie sich beschweren, dass er sie nicht gewarnt hatte, dass sein kleiner Liebling ein Ausreißerkönig in Gestalt eines Pythons war.

Oder sich doch nicht beschweren? Die Gelegenheit, sich um ein Tier kümmern zu dürfen, das höchstwahrscheinlich ein Königspython war, würde sich ihr vermutlich nur einmal im Leben bieten. Statt auf den Italiener sauer zu sein, sollte sie sich freuen, dass er ihr Mr B anvertraut hatte.

Sie klappte ihr Handy auf. *Dunkler Lord* stand auf dem Display.

Kat staunte nicht schlecht. Seit Monaten hatte ihr Großvater nichts von sich hören lassen, und ausgerechnet jetzt, wo sie auf Händen und Knien und aus sicherer Entfernung herauszufinden versuchte, ob unter dem Bett vielleicht eine Schlange war, ließ er sich dazu herab, sie anzurufen. So toll sie Pythons auch fand – es war schon etwas verstörend, dass in einem fremden Wohnmobil ein Exemplar frei unterwegs war. Sie hätte ihre Mailbox den Anruf annehmen lassen, wenn sie sich sicher gewesen wäre, dass er sich vor Weihnachten noch einmal die Mühe machen würde, sie anzurufen.

»Hallo, Großvater.« Sie versuchte, ganz cool zu klingen, so, als würden sie jeden Tag miteinander plaudern.

»Katarina, ein Glück, dass ich dich erreiche! Wie geht es dir? Ist alles in Ordnung?«

»Aber ja, alles im grünen Bereich. Und bei dir?«

»Ich, ähm, es mag verrückt klingen, aber mein sechster Sinn hat mir gerade gesagt, dass du Hilfe brauchst.«

Kat richtete sich auf und sagte lautlos: *O mein Gott.* Wie konnte er das spüren? Das war ja richtig unheimlich. »Ha, das ist ja lustig! Nein, alles okay in Bluebell Bay«, schwindelte sie. »Lieb, dass du anrufst und fragst. Aber ich bin gerade bei einem Tiersitterjob, weißt du.«

Er klang erleichtert. »Etwas Interessantes?«

»Och, das Übliche. Katzen, Hunde und – iiih!« Etwas Kühles hatte sie am Knöchel gestreift.

»Hast du Igel gesagt?«

Im Bruchteil einer Sekunde, den Kat brauchte, um zu reagieren, hatte sich ein anderthalb Meter langer Königspython mehrfach um ihre Knöchel gewickelt und ihre Beine aneinandergefesselt. »N-nein, auch ein exotisches Haustier, habe ich gemeint. M-manche Leute haben welche.«

»Nichts Tödliches, hoffe ich.«

Mr Bojangles verstärkte den Druck. Kat quiekte auf. »Hoffentlich nicht.«

»Kat, sagst du mir auch die Wahrheit? Oder steckst du gerade in Schwierigkeiten?«

»Ich bin nur etwas beengt ... zeitlich gesehen. Aber ich hab's im Griff.«

»Gut, dann fasse ich mich kurz. Ich habe mich nur gefragt,

ob … Ich meine, ich habe mir überlegt, ob du und deine Mutter nicht … Also … falls ihr nichts anderes vorhabt … würde ich euch beide gern am Wochenende zu mir nach Hamilton Park einladen. Wie du weißt, habe ich Pferde.«

Es fiel Kat nicht leicht, sich zu konzentrieren. Der Python hielt sie offenbar für einen Baum. Oder für sein Abendessen. Er drückte liebevoll zu. Gleich darauf weniger liebevoll. Kat verlor ihren Kampf ums Gleichgewicht und plumpste rückwärts aufs Bett. Wie ein Käfer auf dem Rücken lag sie da, beide Beine – samt Schlange – in die Luft gestreckt. Der Schlangenkörper war kalt und unerwartet schwer.

Der Dunkle Lord klang etwas pikiert. »Oh, mir scheint, ich habe einen schlechten Zeitpunkt erwischt. Besprich es mit deiner Mutter. Falls ihr keine Lust habt, mich zu besuchen, hätte ich natürlich Verständnis dafür.«

Kats Bauchmuskeln verkrampften sich, als sie vorsichtig nach dem hinteren Ende des Pythons griff. Falls sie es gut zu fassen bekam, könnte sie die Schlange abwickeln. Das Tier schwang den Kopf zurück und machte Anstalten, gleich züngelnd zuzuschlagen. Pythons waren nicht giftig, aber sie hatten vier Reihen Zähne im Oberkiefer und zwei Reihen im Unterkiefer und konnten ziemlich fies zubeißen. Ganz behutsam, um Mr B nicht zu erschrecken, zog Kat ihre Hand zurück.

»Aber ich würde dich gern besuchen«, hauchte sie in ihr Handy.

»Wirklich?«

Königspythons gelten als freundliche, neugierige Tiere, außer sie werden schlecht behandelt oder waren in der Wildnis eingefangen worden, dann waren sie unberechenbar. Hoffentlich traf Marios Aussage zu, dass sein Haustier ein gutes Herz hatte. Sie lächelte zu der Schlange hoch und stellte sich das Gesicht des Dunklen Lords vor, wenn er sie so sehen könnte. »Ich komme gern nach Hamilton Park. Und ich würde auch gern deine Pferde sehen.«

»Ausgezeichnet. Die Einladung gilt übrigens auch für deine Freundin, Hanna Fox. Falls sie mitkommen möchte, ist sie herzlich willkommen.«

»Danke, Großvater. Hanna hilft ihrem Vater beim Freilegen des Juradrachen, aber ich werde sie fragen, ob sie Zeit und Lust hat. Hast du in den Nachrichten schon von Professor Fox' großem Fund gehört?«

Es knackte in der Leitung.

»Großvater? Großvater, bist du noch da?«

Die Schlange zischte bedrohlich.

»Sei vorsichtig, Kat«, sagte der Dunkle Lord. »Solche Ausgrabungen locken nicht selten skrupellose Personen an, die vor nichts zurückschrecken, um ein Stück des Kuchens abzubekommen. Ich möchte nicht, dass du ihnen in die Quere kommst.«

Der Python drückte erneut zu; Kats Beine waren schon fast taub geworden. »Entschuldige, Großvater, ich muss los. Das Tier, das ich hüte, wird mich auffressen, wenn ich nicht gleich mit ihm spiele.«

Er lachte. »Nun, das möchte ich natürlich nicht. Sag deiner Mutter, ich werde mich wegen des Wochenendes bei ihr melden. Und noch eins, Kat –«

»Ja, Großvater?«

»Ich hoffe, dass du weißt: Wenn du ein Problem hast, bin ich immer für dich da.«

Er legte auf, ohne auf eine Antwort zu warten. Kat warf ihr Handy zur Seite und widmete sich dann mit all ihrer Kraft wieder dem Abwickeln des Pythons. Zum Glück ging es jetzt, mit zwei Händen, relativ leicht.

Kat war heilfroh, dass sie weder gebissen (möglich) oder zerquetscht (eher unwahrscheinlich) worden war, und machte sich daran, das Terrarium zu putzen und das Wasser auszutauschen. Trotz des dubiosen Starts war sie zuversichtlich, dass sie und Mr B gute Freunde werden würden. Sie mochte seine draufgängerische Art.

Als sie ihn gerade über die Weinreben in seinem Terrarium hängte, läutete ihr Handy erneut. Sie stellte sicher, dass der Deckel seiner Behausung richtig geschlossen war, bevor sie einen Satz zu ihrem Handy machte. »Hallo, Hanna.«

»Kat, nur kurz, weil Sergeant Singh gerade vorgefahren ist, mit Blaulicht und allem. Halte dich fest, denn du wirst nicht glauben, was wir gefunden haben. Nicht ich, sondern der Hund. Kat, er hat … er hat …« Hanna hatte es vor Entsetzen offenbar die Sprache verschlagen.

»Du machst mir Angst, Hanna. Beruhige dich, atme tief durch. Was habt ihr gefunden?«

»Einen Schädel ...«

»Noch einen Dino-Schädel?«

»Nein, einen *menschlichen* Schädel! Alicias Zwergspitz hat ihn ausgebuddelt!«

»Einen *menschlichen* Schädel?« Kat wollte ihren Ohren nicht trauen. »Wo um alles in der Welt hat Xena einen Schädel gefunden? Wurde im Garten des *Majestic* eine Leiche vergraben? Oder ist es ein alter Schädel – von einem römischen Soldaten oder so?«

»Ach, ist 'ne lange Geschichte, und nein, das ist ja das Schlimme. Es ist noch zu früh, um zu sagen, wie oder wann dieser Mensch gestorben ist, aber Dad meint, es könne der junge Mann sein, der vor zwei Jahren von der Klippe gestürzt ist. Wir fanden den Schädel bei dem Gestein und dem Geröll, das am Strand vom Fuß der Klippe mitgenommen wurde.«

Kats Nackenhaare sträubten sich. Sie wäre ja selbst um ein Haar abgestürzt. »Hanna, ich komme. In maximal zehn Minuten bin ich bei dir. Und mach dir keine Sorgen! Wenn es ein Rätsel um diesen Schädel gibt, so werden wir beide es lösen!«

Ohne Rücksicht auf den empörten Blick der Schlange deckte sie das Terrarium mit dem Drachentuch zu. Drachen und Skelette – sie schienen überall zu sein.

11
Tod durch Unfall?

»Mag eine von euch ein warmes Crumpet mit Kokosnusscreme und Ahornsirup?«, fragte Edith Chalmers, ihres Zeichens Chef-Bibliothekarin des Clubs der Sesselabenteurer. »Sie sollen eine wunderbare Nervennahrung sein.«

»Danke, nein, aber trotzdem danke«, sagte Hanna und ließ sich in einen Sitzsack plumpsen. »Mir ist irgendwie der Appetit vergangen, seit ich weiß, dass ein Mensch gestorben ist.«

»Vor *Jahren*, wie dein Dad meint«, gab Kat zu bedenken, legte zwei Crumpets auf einen Teller und ließ sich neben ihre beste Freundin fallen. »Das macht es zwar nicht weniger schlimm, aber ich glaube nicht, dass er etwas dagegen hätte, wenn wir frühstücken.«

Edith setzte sich neben Toby, ihren Golden Retriever, auf das Sofa. »Dein Mitgefühl in Ehren, Hanna, aber es ist genauso wichtig, dass du bei Kräften bleibst. Falls Sergeant Singh und der Gerichtsmediziner letzte Nacht festgestellt haben, dass Fremdeinwirkung im Spiel war, gibt es einen neuen mysteriösen Fall, den wir zu lösen haben.«

Hannas Mundwinkel zuckten. Als Kat vor einigen Monaten nach Bluebell Bay gezogen war und angefangen hatte, mit Ediths Hund Gassi zu gehen, hatte sich die pensionierte Schulbibliothekarin *aufs Abstellgleis gestellt* gefühlt, wie sie es selbst ausgedrückt hatte. Mit ihrer Einsamkeit und ihren vielen Zipperlein hatte sie sich innerlich bereits auf eine eintönige Zukunft in einem seelenlosen Altersheim eingestellt, in dem es ständig nach Kohl roch.

Was alle, einschließlich ihres eigenen Sohns, nicht bedacht hatten, war die Tatsache, dass Edith wie fast alle Bibliothekarinnen über ein unglaublich breitgefächertes Wissen und erstaunliche, bis dahin unentdeckte Talente verfügte. Für den Großteil ihrer siebzig-noch-was Jahre hatte sie mittels Büchern die ganze Welt bereist, den Mount Everest bestiegen, Schmuggler und Mörder entlarvt, war auf hoher See gesegelt, über die Seidenstraße gereist, mit Delphinen geschwommen und hatte den *Schwanensee* getanzt.

In achtzig Tagen auf Buchseiten um die Welt zu reisen, schaffte sie innerhalb eines einzigen Tages. Und so ganz nebenbei hatte sie beim Lesen ein oder zwei Dinge gelernt, zum Beispiel, wie man Geheimnisse und Rätsel entwirrt.

Kat und Hanna hatten Edith wieder vor Augen geführt, dass sie im Grunde ihres Herzens eine Abenteuerin war, und zum Dank dafür hatte sie in ihrem umfassenden Bücherbestand nachgesehen und ihnen entscheidende Tipps gegeben, die ihnen bei der Lösung ihres ersten gemeinsamen Falls enorm weiterhalfen. Als Ediths malerisches Cottage durch eine Verquickung glücklicher Umstände zur offiziellen Bücherei von Bluebell Bay wurde, hatte Edith die neue Bücherei *Club der Sesselabenteurer* getauft. Und wenn sie nicht gerade Kinder-Lesestunden veranstaltete, recherchierte sie gern über die neuesten kriminaltechnischen Methoden. Falls Sergeant Singh jemals auf die Idee käme, ihren Internet-Suchverlauf nachzuprüfen, sagte sie gern augenzwinkernd, würde er mit Entsetzen sehen, dass sie verdächtig oft nach nicht nachweisbaren Giften und tödlichen Waffen suchte und auch nach Tipps, wie man eine Leiche spurlos beseitigen konnte.

»Man kann nie wissen, was davon noch nützlich sein kann, wenn das Detektivteam *Miss Mystery* seinen nächsten Fall hat«, sagte sie zu Kat und Hanna. »Falls dieser Fall ähnlich kompliziert wird wie euer letzter, möchte ich wieder mit von der Partie sein und euch helfen, ihn zu lösen.«

In der Stadtbücherei, in der Edith zugleich auch wohnte, fand man eine umfangreiche Mischung von sowohl gebrauchten als auch brandneuen Büchern vor, frisch gebackene Kekse und Kuchen sowie gemütliche Lesesessel und Ecken, in denen man ungestört schmökern konnte. An Schultagen machte Kat hier sehr gern ihre Hausaufgaben, an einem der Tische mit Blick auf den Hafen.

»Eine Minute vor neun!«, rief Hanna plötzlich.

Edith richtete sich auf. »Ach ja!« Sie drückte auf ihre Fernbedienung, und zwischen den Bücherregalen glitt ein Fernseher hervor. Der Trommelwirbel, der die *Blitz-News*-Nachrichten ankündigte, dröhnte durch den Raum. Xenas

Schädelfund war gleich die zweite Nachricht: *DRACHEN-FORSCHER FINDEN AN DER JURAKÜSTE GRAUSIGE SPUR ZU DEM RÄTSEL UM DEN VERSCHWUNDENEN MANN.*

»Grausig?«, sagte Hanna. »Sag bloß!«

»Ein gängiges Adjektiv von Kriminalreportern«, meinte Edith sachlich.

Kat beugte sich vor. »Pssst!«

Ein viel zu tief gebräunter Moderator sagte sehr ernst: *»Das idyllische Bluebell Bay galt lange Zeit als eines der Juwelen in der Krone der britischen Badeorte: historisch gewachsen, malerisch und vor allem ungefährlich. Letzteres hat sich am vergangenen Sonntag auf einen Schlag geändert, als nach einem Klippenrutsch ein zweihundert Millionen Jahre alter* Drachen-*Dinosaurier zum Vorschein kam. Und jetzt, nur vier Tage später, hat ein freiwilliger paläontologischer Mitarbeiter eine grausige Entdeckung gemacht – mit Hilfe des Hundes eines berühmten Ehepaars. Wir schalten jetzt live nach Dorset, wo unsere* Blitz-News-*Reporterin Rosalyn Winter exklusiv für uns berichtet.«*

Eine windumtoste Rosalyn füllte nun den Bildschirm aus. Sie stand auf der Hafenmauer, im Sprühregen der hinter ihr aufschlagenden Wellen, mit einer orangefarbenen Regenjacke und einem sehr ernstem Gesichtsausdruck.

»Als das bekannte Hollywood-Paar Ethan und Alicia Swann entschieden hat, hier in Bluebell Bay ein paar Tage auszuspannen, dachte es nicht im Traum daran, dass ihr geliebter Zwergspitz hier ein Geheimnis ausbuddeln würde, das zwei Jahre lang begraben lag.

Noch erstaunlicher ist, dass ausgerechnet ihr Hündchen den Schädel zwischen den Steinen und dem Geröll fand, die am Tag des Fossilienfundes von Professor Theo Fox und seinem Team am Fuß der Klippe eingesammelt worden waren, um sie später näher zu untersuchen – von dem Team, das letzten Sonntag im Felsgestein den Dracoraptor entdeckt hat.

Die intensive gestrige Suche von Polizei und Kriminaltechnikern förderte am späten Abend weitere menschliche Überreste und einen Personalausweis zutage. Die engsten Verwandten des Opfers wurden bereits informiert. Bei dem Toten handelt es sich um Johnny Roswell …«

Edith drückte ihren Retriever so fest an sich, dass dieser aufjaulte. Kat sah sie erschrocken an, doch die Bibliothekarin starrte wie hypnotisiert auf den Bildschirm.

»Roswell wurde im Juni vor zwei Jahren in Tooting, London, als vermisst gemeldet«, fuhr Rosalyn Winter fort. *»Der zum Zeitpunkt seines Verschwindens vierundzwanzig Jahre alte Mann war ein begeisterter Amateur-Fossiliensammler. Ich konnte vorhin mit Alicia Swann sprechen und habe sie gefragt, wie es ihr damit geht, in dieses Dramas verwickelt worden zu sein.«*

Auf dem Bildschirm war nun die Ocean-View-Suite des *Majestic* zu sehen. Die Schauspielerin war von Kopf bis Fuß in dezentes Trauerschwarz gekleidet, und sie blickte mit leicht geröteten Augen in ihrem perfekt geschminkten Gesicht in die Kamera. Der Zwergspitz saß auf ihrem Schoß, mit einer schwarzen Schleife auf dem pelzigen Köpfchen.

»Xena sieht lammfromm aus«, kommentierte Hanna.

»Kein Mensch würde denken, dass sie das Temperament eines Werwolfs mit Aggressionsbewältigungsproblemen hat.«

»Es gibt keine bösen Hunde, nur böse Besitzer«, gab Kat zu bedenken.

»Aber Alicia ist so charmant, ich verstehe nicht –«

»Pssst!«, zischte Edith.

Auf dem Bildschirm glänzten Alicias Augen vor Rührung. *»Es war ehrlich gesagt ein schlimmer Schock, Rosalyn. Als ich meine kleine Kriegerprinzessin in Tagespflege gab, habe ich keine Sekunde damit gerechnet, dass sie die Polizei zu einem Vermissten führen würde. Ich kann nur hoffen, dass die Sache auch etwas Gutes hat, da die Ungewissheit für die Familie des verunglückten jungen Mannes nun endlich vorbei ist. Mein Mann und ich möchten der Familie unser herzliches Beileid aussprechen. Und wir möchten an dieser Stelle auch Viktor, unserem Hotelmanager, danken, dass er Verständnis dafür hat, dass Xena nach dem gestrigen Schock liebevolle Zuneigung und unsere Nähe braucht.«*

»Das ist doch verständlich«, sagte Rosalyn heuchlerisch. *»Unsere britische Polizei hat in fünfundzwanzig Monaten nicht geschafft, was Xena innerhalb von Minuten fertiggebracht hat – Johnny Roswell zu finden. Die Queen sollte ihr eine Medaille verleihen. Aber eins würde ich noch gern wissen, Alicia: Warum haben Sie Bluebell Bay als Urlaubsort gewählt? Haben Sie und Ethan von der Entdeckung des Juradrachens erfahren und sich gedacht: Wow, daraus ließe sich sicher ein guter Film machen?«*

Die Schauspielerin zupfte an Xenas Schleife herum. *»Aber nein, wir haben diesen Urlaub schon vor Monaten geplant, nachdem* *wir hörten, dass Bluebell Bay der ideale Ort zum Ausspannen ist. Von dem Dinosaurierfund haben wir erst erfahren, als wir hier ankamen und sahen, dass das Städtchen völlig überlaufen war. Es war ein Schock zu merken, dass auch an malerischen Orten ein Unglück passieren und es auch nette Menschen treffen kann. Doch davon lassen wir uns den Urlaub nicht verderben. Wir freuen uns schon darauf, in den nächsten Tagen die nähere Umgebung zu erkunden und eventuell auch das Drachenskelett zu sehen.«*

Kat, die Alicias Auftritt genauestens verfolgte, dachte sich: *Ich glaube dir kein Wort. Du hast gelogen, als du ins* Majestic *geschwebt bist und behauptet hast, ihr hättet ein Zimmer gebucht.* Zumindest dieser Teil des Urlaubs der Swanns war definitiv nicht geplant gewesen. Aber wenn sie nicht wegen des Dinosauriers gekommen waren, was wollten sie dann *wirklich* mit ihrem silberfarbenen Sportwagen und dem Traumpferd hier in Bluebell Bay?

Dieses Hollywood-Paar war zu gut, um wahr zu sein, das spürte Kat ganz genau. Xena war nicht grundlos so aggressiv. Kat nahm sich vor, diesen Grund herauszufinden.

Im Fernsehen interviewte Rosalyn Winter nun Sergeant Singh. Hinter ihm wurde das Foto eines hohlwangigen jungen Mannes mit Bambi-Augen eingeblendet.

»Dieser tragische Fall führt einem vor Augen, wie gefährlich die Klippen der Juraküste sind«, sagte der Polizist. *»Ich appelliere an alle Familien und Fossiliensammler, sich diesen Sommer von ihnen fernzuhalten. Außerdem möchte ich hiermit eventuelle Augenzeugen bitten, sich zu melden. Falls Sie Johnny Roswell gekannt haben oder*

Informationen darüber haben, was er zum Zeitpunkt seines Todes in Bluebell Bay gemacht hat, melden Sie sich bitte bei der Polizei von Dorset. Es gibt keine Hinweise auf Fremdeinwirkung. Alles deutet darauf hin, dass es ein Tod durch Unfall war.«

12
Ein Polizist steht vor der Tür

»Was heißt hier *Tod durch Unfall?*«, sagte Hanna kopfschüttelnd. Sie konnte nicht länger widerstehen und griff nun doch zu einem Sesselabenteurer-Crumpet. Falls sie es hier mit einem mysteriösen Unfall zu tun hatten, musste sie zusehen, dass sie bei Kräften blieb.

Edith schaltete den Fernseher aus und goss für jede ein Glas Limonade ein. »So nennt man es, wenn jemand freiwillig ein großes Risiko eingeht. Falls Johnny Roswell sich aus freien Stücken an diese steile Klippe gewagt hat, um nach Fossilien zu suchen, wird der Staatsanwalt sagen, dass er um das hohe Risiko wusste, sich davon aber nicht abschrecken ließ.«

Hanna und Kat rutschten nervös auf ihren Sitzsäcken herum und bekamen ein schlechtes Gewissen, weil Kat ebenfalls aus freien Stücken ein enorm großes Risiko eingegangen war, um Pax zu retten.

Edith wischte sich eine Träne ab. »Ich kann es nicht glauben, dass dieser nette junge Mann tot ist.«

Jetzt hatte sie die volle Aufmerksamkeit der beiden Mädchen.

»Sie waren mit Johnny befreundet?«, fragte Hanna verdutzt.

»Himmel, nein. Ich habe nur zweimal mit ihm gesprochen, aber er hat einen bleibenden Eindruck bei mir hinterlassen. Ich sehe ihn noch vor mir, wie er mir mit leuchtenden Augen einen Ammoniten gezeigt hat, den er in der Kimmeridge Bay gefunden hatte. Auf seinem T-Shirt stand *Rettet die Bäume von Sheffield*, und er war so mager, dass man, wenn man ihn von der Seite sah, fast glauben konnte, er habe plötzlich einen Tarnmantel an. Er hat mir erzählt, er sei Naturschriftsteller, aber offenbar hat er damit nicht genug verdient, um sich genügend zu essen kaufen zu können. O ja, er war ein genügsamer Mensch, dem es nur um Fossilien und um die Rettung der Umwelt ging.«

Edith schlang die Arme um den Retriever, der ihr eine Träne von der Wange leckte. »Wie es aussieht, hat ihn eine dieser Leidenschaften das Leben gekostet.«

»Hat Johnny hier Urlaub gemacht?«

»Das kann ich dir nicht sagen, meine Liebe, aber ich kenne einen Mann, der es bestimmt weiß. Harry Holt und Johnny waren eine Zeitlang unzertrennlich. Ich habe die beiden von meinem Fenster aus gesehen, wie sie zu den unmöglichsten Zeiten an den Klippen herumgeklettert sind, um Ammoniten zu suchen, Schlangensterne, *Brachiopoden*-Muscheln und andere Sachen. Sie waren bei Wind und Wetter unterwegs.«

Hanna legte ihre Gabel weg. »Harry Holt? Ist das nicht

der exzentrische Spinner, der mit dem blutbefleckten Schild gegen die Freilegung des Dracoraptors protestiert hat?«

»Ach ja, Ollie Merriweather hat gesagt, Harry sei einer der einheimischen schrägen Vögel, die immer aus der Versenkung kriechen, sobald Paläontologen irgendwo zu Gange sind«, steuerte Kat kichernd bei. »Wir haben gesehen, wie dieser Harry Ollie fast an die Gurgel gesprungen ist und wirres Zeug gestammelt hat. Er sagte, Professor Fox hätte keine Ahnung, welche Kräfte er entfesselt.«

Sie ahmte Harrys Dorset-Akzent und seine tiefe Stimme nach: *»Wenn es zu Blutvergießen kommt, und das ist so sicher wie das Amen in der Kirche, sagt nicht, Harry hätte euch nicht gewarnt!«*

»Es war zum Schieflachen«, fügte Hanna, ebenfalls kichernd, hinzu. »Seither steht er mit seinem Plakat da draußen und labert einen voll von wegen vorzeitlicher Finsternis. *Oooh, Professor, schlafende Drachen darf man nicht wecken.*«

Die beiden Mädchen verstummten, als sie sahen, dass Edith nicht mitlachte. In ihrem Blick lag eine Mischung aus Traurigkeit und Enttäuschung.

Kat schlug sich die Hand vor den Mund. »Ach je, Harry ist ein Freund von Ihnen, stimmt's?«

Auch Hanna wurde verlegen. »Edith, es tut mir leid. Wir haben uns nichts dabei gedacht.«

»Stimmt«, sagte Edith. »Das habt ihr nicht. Wenn ich euch nicht kennen würde und wüsste, wie nett ihr seid, würde ich euch wegen Vorverurteilung eines unschuldigen Mannes für einige Zeit von der Bibliothek ausschließen.

Gerade ihr als Detektivinnen solltet euch schämen. Könnt ihr mir sagen, aus welchem Grund ihr Harry als *exzentrischen Spinner* bezeichnet – um euren Ausdruck zu gebrauchen? Sind es seine ungepflegten Haare und seine schiefen Zähne?«

Hanna starrte betreten auf den Boden.

»Oder liegt es an seiner zerlumpten, fleckigen Kleidung? Oder an dem, was er über die Kräfte der Finsternis und das Blutvergießen sagte?«

Kat wand sich innerlich. »Mhmm.«

»Edith hat recht, Kat«, sagte Hanna. »Wir nennen uns Detektivinnen, aber die wesentliche Frage haben wir uns nicht gestellt: Warum? Wieso denkt Harry, dass Dad nicht weiß, was er ausgegraben hat? Ging er bei Johnnys Verschwinden vor zwei Jahren gleich von einem Verbrechen aus? Oder ist er ein Hellseher? Es ist tatsächlich bereits zu Blutvergießen gekommen. Gut, es ist altes Blut, aber immer noch Blut.«

»Wir haben uns nicht dafür interessiert, weil wir Harry bereits in eine Schublade mit der Aufschrift *Spinner* gesteckt hatten«, sagte nun Kat betreten. »Entschuldigung, Edith.«

»Ach, seid nicht so streng zu euch. Viele ältere und klügere Detektive als ihr haben den gleichen Fehler gemacht. Ihr solltet euch bei Harry entschuldigen, nicht bei mir.«

Edith erhob sich mit sichtlicher Mühe und setzte den Wasserkessel auf. »Ihr habt gefragt, ob Harry und ich befreundet sind. Früher ja, würde ich sagen. Als ich noch Schulbibliothekarin war, war er mein schüchternster Schüler, der von den anderen gemobbt wurde, weil er schon damals nach Fossilien verrückt war. Ich bilde mir gern ein, dass es nicht zuletzt mein Einfluss war, dass Bücher seine besten Freunde wurden. Er wurde zu einem richtigen Bücherwurm. Und wie es häufig der Fall ist, haben die Bücher ihm geholfen, echte Freunde zu finden.«

»So ähnlich wie bei uns dreien?«, fragte Kat, die ihren Fehler unbedingt wiedergutmachen wollte.

Edith schmunzelte. »Richtig, meine Liebe.«

»Was hat Harry später gemacht, nach der Schule?«

»Er wäre intelligent genug gewesen, um auf die Universität zu gehen, doch leider musste er die Schule abbrechen, um sich um seine kranke Mutter zu kümmern. Bei den seltenen Gelegenheiten, bei denen wir uns noch trafen, unterhielten wir uns über Bücher und Fossilien. Er hat sich ein phänomenal breites Wissen angeeignet. Ich würde sogar behaupten, dass er deinem Vater, Hanna, noch das eine oder andere über Fossilien an der Juraküste erzählen könnte. Nach dem Tod seiner Mutter war er sehr einsam, und ich war froh, als er in Johnny, der ebenfalls ein großer Fossilienfan war, einen Freund gefunden hat.«

Ediths Hände zitterten, als sie Darjeelingblätter in eine Teekanne füllte. »Ich muss euch ein Geständnis machen: Letztes Jahr hörte ich, dass Harry seinen Job im Eisenwarengeschäft gekündigt hatte und praktisch zum Einsiedler geworden war. Ich war zu der Zeit zu sehr mit meinen eigenen Problemen beschäftigt, um mich zu fragen, warum. Dann, vor etwa einem Monat, kam er hierher in den *Club der Sesselabenteurer*, um sich ein Buch auszuleihen. Er wusste genau, was er wollte, und war nach ein paar Minuten wieder weg. Ich war gerade mit ein paar Kindern beschäftigt und hatte nicht viel Zeit für ihn. Aber ich habe mich bei ihm nach Johnny erkundigt und gefragt, warum man ihn in letzter Zeit nicht mehr sieht. Ich dachte, er sei vielleicht krank oder weggezogen.«

»Und was hat Harry geantwortet?«, fragte Hanna gespannt.

»Etwas sehr Merkwürdiges, ehrlich gesagt. Er sagte kurz angebunden: *Ihnen hat nicht gefallen, was er tat, und deshalb haben sie ihn aus dem Verkehr gezogen.*«

Ein Kribbeln lief über Kats Rücken. »Wie hat er das gemeint?«

»Ich dachte, dass er und Johnny sich zerstritten hatten und dass es nur eine Ausrede war. Doch bevor ich etwas dazu sagen konnte, schlurfte er schon davon. Ich glaubte, ihn noch murmeln zu hören, es sei alles seine Schuld, aber ganz sicher bin ich mir nicht. Ich wusste damals nicht, dass Johnny seit fast zwei Jahren verschollen war.«

Hanna stupste Kat mit dem Ellbogen an, was so viel bedeutete wie: *Denkst du dasselbe wie ich?*

Edith rührte unnötig heftig in ihrem Tee. »Für den Fall, dass eure zwei argwöhnischen Köpfchen jetzt zwei und zwei zusammenzählen und auf fünf kommen, lasst euch sagen, dass ich mir absolut sicher bin, dass Harry nichts mit Johnnys Tod zu hat. Er ist die Sanftmut und Liebenswürdigkeit in Person.«

Kat war skeptisch. Der Mann, der sich fauchend auf Ollie stürzen wollte, war ihr gefährlich und fanatisch vorgekommen – ganz bestimmt nicht sanftmütig und liebenswürdig.

Doch weil sie merkte, dass sie wieder voreingenommen war, ermahnte sie sich, ihre Phantasie im Zaum zu halten. Falls Johnny Roswell einen Unfall hatte, als er bei Wind und Wetter an den Klippen herumkletterte, so wäre das nicht weiter erstaunlich. Dann aber gab es keinen Fall, der gelöst werden musste, und sie und Hanna sollten lieber den Sommer genießen.

Doch ihr Verstand hatte bedauerlicherweise ganz andere Ideen. Ungeklärte Fragen schwirrten ihr durch den Kopf. Wenn Harry und Johnny gern gemeinsam auf Fossiliensuche gegangen waren, wo war Harry dann gewesen, als Johnny von der Klippe stürzte? Oder falls Johnny allein unterwegs gewesen war, *warum* dann allein? Hatten sie sich zerstritten, wie Edith meinte, oder suchte Johnny ein Fossil, von dem er Harry nichts erzählen wollte? Etwas Wertvolles wie zum Beispiel den Dracoraptor?

Hanna dachte ebenfalls fieberhaft nach. »Edith«, fragte sie dann, »was für ein Buch hat Harry sich ausgeliehen?«

»Lass mich kurz nachdenken«, sagte Edith. »Es liegt mir auf der Zunge ... Er hat es nie zurückgebracht, das weiß ich sicher. Er hat es bis lange nach dem Rückgabetermin behalten und mir dann einen Zettel in den Briefkasten geworfen, auf dem stand, er habe Kaffee darauf verschüttet. Als Ersatz bekam ich ein halbzerfleddertes Exemplar vom *Hobbit* und ein paar Magazine …«

Ein resolutes Klopfen unterbrach sie. In Kats Ohren klang es verdächtig nach dem Klopfen eines Mannes, der schon kurz nach halb zehn am Morgen im Wettlauf mit der Zeit war, um Antworten zu finden. Wie das einer Amtsperson in einer dienstlichen Angelegenheit.

»Ich hab's gewusst!«, rief sie triumphierend, als sie die Tür öffnete und Sergeant Singh vor ihr stand. »Ich hätte Ihnen gleich sagen können, dass Johnnys Tod kein Unfall war.«

»Sieht ganz danach aus«, antwortete er mit deutlich hörbarer Missbilligung. »Und wo ist deine Komplizin? Ist sie auch da?«

»Welche Komplizin? Meinen Sie Hanna?«

Er klemmte sich seinen dunkelblauen Helm unter den Arm. »Wie viele Komplizen hast du bitteschön, Miss Mystery?«

Unsichere Schritte näherten sich dem Flur. »Kat, willst du Bluebell Bays besten Polizisten auf der Türschwelle stehen lassen? Kommen Sie doch auf eine Tasse Tee herein, Sergeant Singh!«

»Danke, Edith, aber ich bin in Eile. Ich möchte nur kurz ein Wörtchen mit den jungen Damen Wolf und Fox reden, wenn's recht ist.«

In der Bibliothek erhob Hanna sich aus ihrem Sitzsack und strahlte ihn an. »Sind Sie gekommen, weil Sie bei der Lösung Ihres neuen Falls unsere Hilfe brauchen, Sergeant Singh?«

»Ganz recht!«

»Ach wirklich?« Kat war auf der Hut. Meist verriet ein amüsiertes Funkeln in den Augen des Sergeants, dass unter seiner formellen Art durchaus auch Sinn für Humor verborgen lag. An diesem Morgen aber war da kein Funkeln. Unter seinen Augen lagen violette Halbmonde, die von Schlaflosigkeit und Verdrießlichkeit zeugten.

Er zückte sein Notizbuch. »Ich habe aus zuverlässiger Quelle erfahren, dass ein Mädchen, auf das deine Beschreibung zutrifft, Kat Wolf, am letzten Samstag gegen halb fünf dabei beobachtet wurde, wie es auf den Klippenstufen herumturnte, nur wenige Minuten bevor die Klippenwand abrutschte.«

Kats Herz begann zu pochen. »Ich war nicht … ich bin nicht …«

Der Polizist nahm nun Hanna ins Visier. »Und ich weiß aus *zwei* verschiedenen Quellen, dass zum gleichen Zeitpunkt ein Mädchen, auf das *deine* Beschreibung zutrifft, Hanna Fox, auf der Terrasse von Avalon Heights gesehen wurde – einem Haus, das seit Monaten abgeschlossen ist und leer steht. Ich darf euch belehren, dass es sich in diesem Fall um Einbruch handelt, was definitiv eine Straftat ist.«

»Sergeant Singh, ich muss gegen derartige Anschuldigungen protestieren«, sagte Edith empört. »Meine engagierten jungen Bibliotheksassistentinnen würden nie auf den Klippen *herumturnen*, wie Sie es nennen, oder auch nur im Traum daran denken, in ein fremdes Haus einzubrechen!«

»Danke, Edith, aber ich war tatsächlich auf den Klippenstufen«, sagte Kat, wohl wissend, dass jedes Leugnen zwecklos war. »Allerdings nicht aus Spaß. Ich musste ein Leben retten.«

»Wessen Leben?«, fragte Sergeant Singh argwöhnisch.

»Das Leben eines Hundes. Hanna und ich haben einen verletzten herrenlosen Hund entdeckt – einen Border Collie. Wir haben ihn gerettet und in die Tierklinik gebracht, wo meine Mum ihn wieder zusammengeflickt hat.«

Der Polizist wandte sich wieder an Hanna. »Und was ist deine Ausrede, Miss? Wie erklärst du deine Anwesenheit auf der Terrasse eines abgeschlossenen Hauses? Lass mich raten! Du hast ein herrenloses Kätzchen gerettet?«

»Sie stellen die falsche Frage«, antwortete Hanna gelassen.

»Ach ja?« Sergeant Singh begann, innerlich zu kochen. »Und was wäre deiner Meinung nach die *richtige* Frage?«

»Sie sollten fragen, ob wir etwas Ungewöhnliches beobachtet haben.«

Kat begriff sofort, worauf Hanna hinauswollte, und sie ergriff die Chance, die Befragung in eine neue Richtung zu lenken. Sie und Hanna hatten bereits darüber gesprochen, ob die Klippe eventuell mit Absicht gesprengt worden war, doch die Entdeckung des Juradrachens hatte diesen Gedanken wieder verdrängt.

»Hanna wollte Folgendes sagen«, erklärte sie. »Falls Sie endlich gemerkt haben, dass die Klippe nicht von allein abgerutscht ist, dann wollen Sie sicher wissen, ob uns etwas aufgefallen ist.«

Der Polizist sah verdächtig wie ein Schellfisch an Land aus. »Wie könnt ihr …? Wo habt ihr gehört …? Ich habe nicht behauptet …«

»Um Himmels willen, Sergeant, geben Sie sich einen Ruck!«, sagte Edith ungeduldig. »Warum hacken Sie auf Belanglosigkeiten herum und fragen die Mädchen nicht einfach, was sie gesehen haben?«

»Einbruch in ein leerstehendes Haus ist keine *Belanglosigkeit*!«

»Wenn Sie versprechen, dass Sie uns keine Schwierigkeiten machen, sagen wir Ihnen, was wir wissen«, schlug Hanna vor.

Sergeant Singh fiel aus allen Wolken. »Du willst einen Polizisten erpressen?«

»Unsinn, Sergeant«, tadelte Edith. »Es ist nur logisch, dass es dem Gedächtnis der Mädchen auf die Sprünge hilft, wenn Sie ihnen versprechen, dass sie nicht dafür bestraft werden, einen verletzten Hund gerettet zu haben. Habe ich das richtig zusammengefasst, Kat und Hanna?«

Kat grinste. »Ja, so ziemlich.«

Sergeant Singh stöhnte. »Drei gegen einen, das ist unfair. Ich will euch nichts versprechen, Mädchen, aber wenn die Sache mit dem Hund stimmt, bin ich bereit, über andere Vergehen hinwegzusehen. Also, noch mal: Habt ihr vor dem Klippenrutsch etwas Ungewöhnliches bemerkt?«

»Ja, einen gigantischen Hai!«, verkündete Hanna.

»Der Collie hat ihn auch gesehen«, ergänzte Kat. »Er hat sich fast heiser gebellt.«

Der Polizist starrte sie an. »Soll das ein Scherz sein?«

»Nein, kein Scherz«, sagte Kat. »Ich habe auch etwas Orangefarbenes aufblitzen sehen, ähnlich wie ein SOS-Signal. Sekunden später hat die Klippe angefangen zu beben, als wenn an ihrem Fuß eine Bombe hochgegangen wäre.«

Sergeant Singh rieb sich über die Bartstoppel am Kinn. »Interessant. Das passt zu dem, was wir gestern entdeckt haben – Beweise für zwei Explosionen, die per Fernsteuerung ausgelöst wurden.«

Aufgeregt sagte Hanna: »Das würde die Vibrationen erklären, die wir im …« Sie biss sich auf die Lippen. Um ein Haar hätte sie zugegeben, dass sie im Haus gewesen waren.

»Was für ein Irrer würde riskieren, Menschenleben in Gefahr zu bringen oder Bluebell Bays historische Klippen zu zerstören?«, fragte Edith.

»Sie würden sich wundern.« Sergeant Singh machte sich ein paar Notizen. »Vandalen, übermütige Teenager, Kaninchenjäger, Fossiliensammler oder eventuell sogar ein Laden- oder Hotelbesitzer, der schnell reich werden möchte. Eine

Menge Leute haben in der vergangenen Woche 'ne Menge Geld verdient.«

»Ich verstehe nicht, warum das eine Rolle spielt, wenn es doch um eine Leiche geht«, sagte Kat. »Was, wenn der Tod von Johnny Roswell kein Unfall war? Was, wenn ihn jemand aus dem Weg schaffen wollte?«

Sergeant Singh steckte sein Notizbuch weg. »Genau genommen handelt es sich nicht um eine Leiche, sondern um ein Skelett. Und wer hätte den jungen Mann deiner Meinung nach ermorden wollen? Ein anderer Ammonitensammler? Die gibt es hier wie Sand am Meer, weißt du, sowohl Ammoniten als auch Sammler. Oder denkst du eher, dass ein Konkurrent, der ebenfalls über die Natur schreibt und auf Johnnys Artikel mit Titeln wie *Wie man eine Autobahn für Igel baut* oder *Spitzentipps fürs Kompostieren* so neidisch war, dass er ihn unter einen herabfallenden Felsblock gestoßen hat?«

Das Bibliothekstelefon läutete. Edith griff danach, aber erst, nachdem sie dem Polizisten einen vorwurfsvollen Blick zugeworfen hatte.

Etwas besänftigter fuhr er fort: »Kat, ich habe nicht vergessen, wie hilfreich ihr in dieser anderen Angelegenheit Anfang des Jahres gewesen seid, und du, Hanna, bist sicher leicht traumatisiert, nachdem du gestern dabei warst, als der Schädel gefunden wurde. Aber lasst euch von mir einen Rat geben: Sucht nicht nach Rätseln, wo es keine gibt. Wie Mrs Swann heute Morgen in den Nachrichten sagte, kann auch an malerischen Orten ein Unglück passieren, und es kann auch nette Menschen treffen.«

»Das ist aus einem Film«, sagte Hanna spontan.

»Hä?«

»Dieser Spruch – er stammt aus Alicias Film *Apfelkuchen und Lügen.*«

Edith kam mit dem Hörer an. »Für Sie«, sagte sie zu Sergeant Singh.

»Entschuldigung, Edith, mein Akku ist leer, und ich habe im Revier gesagt, dass ich hier bin.« Er ging mit dem Hörer ans Fenster. »Ja, Constable Tibs, aber kann das nicht warten? Verstehe. NEIN! Sind Sie sicher? Ich komme SOFORT!«

Er beendete das Gespräch und blickte verstört auf die anderen. »Wie es scheint, habe ich mich schwer getäuscht. Hinter dem Tod von Johnny Roswell steckt mehr, als es den Anschein hatte. Harry Holt kam gerade ins Revier und hat den Mord gestanden.«

13
Abenteuer im Cyberspace

Es war äußerst unbefriedigend, wenn ein mysteriöser Fall innerhalb weniger Stunden gelöst war.

»Ihr seht aus wie Katzen, die nicht ans Sahnetöpfchen kommen«, stichelte Nettie im Paradise House, als sie ein Tablett mit toskanischer Bohnensuppe und warmem Sauerteigbrot auf den Esstisch stellte, der größtenteils vom Oviraptor belegt war. Das Frühstück war schon lange her, und die beiden Mädchen waren hungrig. »Ihr seid wie ein Fass ohne Boden«, scherzte Nettie gern. Als Kat nun unter den Rippen des Dinosauriers ihre Suppe löffelte, rechnete sie fast damit, dass er brüllend zum Leben erwachen und sie verschlingen würde, während sie selbst aß.

»Warum so niedergeschlagen, Hanna?«, hakte die Haushälterin nach. »Ihr habt Ferien, die Sonne scheint, und der Strand ist wieder geöffnet, falls ihr Lust zum Schwimmen habt. Oder macht es dir noch zu schaffen, Hanna, dass das Hündchen der Schauspielerin in dem Geröll den Schädel gefunden hat? Könnte ich dir nicht verdenken. Das war übel. Kein Wunder, dass dein Vater dir für eine Weile den Zutritt zur alten Halle verboten hat.

Trotzdem bin ich mir sicher, dass du genauso erleichtert bist wie ich, dass es jetzt eine Verhaftung gab. Margo vom Deli hat mir erzählt, dass ein Einheimischer sich heute Morgen gestellt hat. Sergeant Singh ist sicher heilfroh, dass er diesen Fall so schnell zu den Akten legen kann. Ein nicht aufgeklärter Mord hätte dem idyllischen Image von Bluebell Bay enorm geschadet.«

Falls Nettie mit einer schockierten Reaktion der beiden Mädchen gerechnet hatte, so wurde sie enttäuscht. Die beiden murmelten etwas vor sich hin und aßen unbeirrt weiter. Doch als die Tür hinter Nettie zugefallen war, schob Hanna ihren Teller zur Seite.

»Sie hat recht, weißt du. Wir sollten uns freuen – weil die Sonne scheint, der Fall gelöst ist und wir der Polizei wieder mal einen Schritt voraus waren. Warum also fühle ich mich so fad wie eine abgestandene Limo?«

Kat war ähnlich niedergeschlagen. »Gestern Abend, als ich dachte, wir hätten wieder einen mysteriösen Fall zu lösen, war ich richtig euphorisch. Ich habe jede Mengen Spuren gesehen, die in alle möglichen Richtungen wiesen. Jetzt ist es vorbei. So ähnlich muss Sherlock Holmes sich gefühlt haben, wenn er wochenlang in der Baker Street 221b saß und kein Mensch vorbeikam und ihn bat, eine verschwundene Rubinhalskette aufzuspüren oder einen Mord aufzuklären, der in einem verschlossenen Raum stattgefunden hatte. Wie können wir uns weiterhin *Miss Mystery* nennen, wenn kein Mensch unsere Hilfe braucht?«

Hanna pickte ein paar Kürbiskerne von ihrem Brötchen und gab sie dem Papagei, der auf ihrer Schulter thronte. »Lustig, als Edith uns davon überzeugen wollte, dass Harry Holt ein Heiliger ist, war ich mir zu hundert Prozent sicher, dass er der Mörder ist. Doch seit er ein Geständnis abgelegt hat, denke ich nur noch: Was, wenn nicht.«

»Stimmt, es fühlt sich falsch an«, stimmte Kat ihr zu. »So einfach kann es nicht sein. Mir geht dauernd durch den Kopf, was er zu Edith sagte, als sie ihn fragte, warum Johnny sich nicht mehr blicken lässt: *Ihnen hat nicht gefallen, was er tat, und deshalb haben sie ihn aus dem Verkehr gezogen.* Wer sind *sie*? Was hat Johnny getan, was *ihnen* nicht gepasst hat? Und was, wenn sie ihn wirklich *aus dem Verkehr gezogen* haben – für immer?«

Bei der Aussicht auf neue Nachforschungen begann Hanna zu strahlen wie ein Weihnachtsbaum. »Die erste und wichtigste Regel für Detektive ist es, alles in Frage zu stellen. Also, fangen wir an! Warum sollte Harry einen Mord gestehen, den er gar nicht begangen hat? Das ergibt keinen Sinn.«

»Drei Gründe«, begann Kat und zählte sie an den Fingern ab. »Erstens: Er hat Angst vor etwas oder jemandem. Zweitens: Er will Aufmerksamkeit, weil er ein starkes Geltungsbedürfnis hat, und/oder er ist geisteskrank. Drittens: Er fühlt sich schuldig an Johnnys Tod, obwohl er ihn nicht getötet hat, vielleicht weil er ihn ermutigt hat, an einer wackligen Klippe nach Fossilien zu suchen.«

»Wenn du damit ausdrücken willst, was ich auch glaube, dann haben wir unseren mysteriösen Fall«, erklärte Hanna. »Falls Harry am Tod seines Freundes tatsächlich schuldig ist, müssen wir herausfinden, warum er es getan hat, und Sergeant Singh zusätzliche Beweise liefern. Und falls Harry unschuldig ist, müssen wir ihn retten.«

Als Nettie erneut hereinkam, um die leeren Teller abzuräumen, waren die Mädchen wie verwandelt. Sie hüpften herum und lächelten sich immer wieder zu. Nettie schob es auf ihre Suppe, ein Geheimrezept, das sie von ihrer walisischen Großmutter hatte.

Bailey saß wieder auf seinem Lieblingsplatz auf dem Dinosaurierschädel. Er plapperte einen Spruch aus *Tote schlafen fest* nach, einem Krimi, der er mindestens schon zehnmal gesehen hatte.

»Ich werde von Minute zu Minute niedlicher«, gackerte er und rülpste einen Kürbiskern hoch.

»Wir müssen rauskriegen, wen Harry meinte, als er sagte, *ihnen* hat nicht gefallen, was Johnny tat«, schlug Kat vor. »Hat er die Chefs von einem der Naturmagazine gemeint, für die Johnny geschrieben hat, oder konkurrierende Fossiliensammler? Oder ging es um etwas Persönliches? Vielleicht war Johnny in London in schlechte Gesellschaft geraten? Wenn wir herausfinden, wer gemeint war, finden wir auch den Schlüssel, mit dem wir diesen mysteriösen Fall knacken können.«

»Hmmm«, murmelte Hanna, während ihre Finger über die Tastatur ihres Laptops flogen.

In der realen Welt fühlte Hanna sich oft zwangsläufig erdgebunden. Schon vor ihrem Reitunfall war sie nie eine große Sportlerin gewesen. Doch seit sie dann von Charming Outlaws Rücken stürzte, war auch das Reiten, ein Sport, für den sie ein gewisses Talent hatte, für sie gestrichen. Und obwohl sie es niemals zugegeben hätte, hatte sie auch keinen Mumm mehr.

Doch all das war vergessen, sobald sie an einem Computer saß. Sie war noch klein gewesen, als Carmen, ihre kubanisch-amerikanische Archäologen-Mutter, verstorben war, doch deren Talent für Sprachen und höhere Mathematik hatte sie geerbt. Online fühlte Hanna sich frei wie ein Vogel. Hacken und Programmieren verliehen ihr Flügel. Wann immer sie auf einem ihrer Hacker-Streifzüge war, stellte sie sich gern vor, sie säße nicht an der Tastatur ihres PCs, sondern im Cockpit eines Kampfjets. Im Geiste zog sie sich dann eine Fliegerjacke an, eine Schutzbrille auf und einen Schal um (wie Amelia Earhart) und salutierte zu ihrem Flügelmann (Bailey), bevor sie abhob.

An diesem Tag aber beschränkte sie sich auf einen Schluck Ingwerlimonade. Google-Suchen waren schließlich etwas, das jedes Kleinkind hinbekam.

Sie begann mit den Basics. Wer war Johnny Roswell, und was hatte er getan?

Es war wirklich kinderleicht. Sie fand Einträge über ihn

sowohl als Journalist als auch als Vermissten. Die Ergebnisse waren innerhalb von Sekunden auf ihrem Bildschirm.

Johnny hatte seine Karriere als Blogger begonnen und bald schon regelmäßig für Garten- und Naturmagazine geschrieben. Seine ersten Artikel klangen nicht sehr vielversprechend, doch er war schnell besser geworden. Kurz vor seinem Verschwinden hatte er für seinen Beitrag *Füchse müssen in Städten geduldet werden* einen Preis namens *Retter wildlebender Tiere* gewonnen.

»Er muss ein guter Mensch gewesen sein«, sagte Kat, als Hanna einen Artikel nach dem anderen anklickte, in denen Johnny sich für bedrohte Tier- und Pflanzenarten eingesetzt hatte. *Wie man Bienen in seinen Garten lockt*, *25 Möglichkeiten, auf Plastik zu verzichten* oder *Verwaiste Vogelbabys retten.*

»Ich kann mir nicht vorstellen, dass man Mordgelüste kriegt, wenn man diese Sachen hier liest«, meinte Hanna. »Ganz im Gegenteil.«

»Und was ist mit dem Fossiliensammeln? Hat er darüber je geschrieben? Vielleicht wurde er umgebracht, weil er etwas Seltenes oder Wertvolles entdeckt hat.«

Hanna fand zwar einen Blog von Johnny auf einer Fossilien-Website, doch von einem speziellen Fund war darin nicht die Rede. Es ging darum, beim Sammeln verantwortungsbewusst vorzugehen und keinen Vögeln oder Pflanzen zu schaden. Fossilien waren Johnnys Hobby, doch wie es aussah, ging es ihm in erster Linie um Umweltschutz. Er zitierte mit Vorliebe eine Prophezeiung von Indianerhäuptling Seattle:

Erst wenn der letzte Baum gerodet,
der letzte Fluss vergiftet,
der letzte Fisch gefangen ist,
werdet ihr merken, dass man Geld nicht essen kann.

Kat sah auf die Uhr. »Entschuldige, Hanna, aber ich muss los. Ich habe Alicia versprochen, heute Nachmittag mit Xena Gassi zu gehen.«

Als Kat weg war, widmete Hanna sich wieder den Vermisstenmeldungen im Internet. Sie begriff schnell, warum das Verschwinden von Johnny Roswell so wenig Aufsehen erregt hatte. In seiner Wohnung war eine getippte Nachricht gefunden worden, in der er seine Freunde und Verwandten wissen ließ, dass er allem ein Ende setzen wollte.

Der einzige Mensch, der nicht an seinen Selbstmord glaubte, war seine Schwester Joanne, eine Meeresbiologin, die in Florida lebte. Nach Johnnys Verschwinden hatte sie dem *Guardian* gegenüber gesagt, ihr sei der Selbstmord ihres Bruders suspekt, da mit ihm auch sein Laptop spurlos verschwunden war. Doch die Polizei hatte ihr nicht geglaubt.

Ich weiß, dass Johnny diesen Abschiedsbrief nicht geschrieben hat, denn darin nannte er mich Joanne, was er normalerweise nie tat. Er hat immer meinen Spitznamen aus Kindertagen benutzt, JoJo, oder manchmal auch JK, eine Anspielung auf J. K. Rowling, die Autorin von Harry Potter. Wir waren als Kinder große Fans ihrer Bücher.

Gespannt las Hanna weiter.

Johnny war viel zu versessen darauf, die Welt zu verändern, als dass er an Selbstmord gedacht hätte. Eine Woche vor seinem Verschwinden sagte er mir, er arbeite an einer Story – einer Enthüllungsgeschichte, die enorme Wellen schlagen würde. Er war richtig aufgeregt und sagte: »Wenn ich damit fertig bin, JoJo, wird jeder sehen, was für Monster diese Leute sind.« Ich bekam eine Gänsehaut, so wie er es sagte. Aber weil ich dringend zu einem Meeting musste, wünschte ich ihm nur viel Glück und sagte ihm tschüs. Das war unser letztes Telefonat. Ich würde alles dafür geben, wenn ich die Uhr zurückdrehen und ihn fragen könnte, welche Monster er gemeint hat.

Hanna fröstelte, als sie die Seite wegklickte. Eine Enthüllungsstory nannte man es, wenn ein Reporter etwas Unangenehmes oder Böses aufdeckte. Hatte Johnny kurz davor gestanden, die Wahrheit über eine umweltzerstörende Firma zu veröffentlichen? Vielleicht die Firma, die das Unkrautvernichtungsmittel herstellte, vor dem er die Leser in seinem Artikel über Biogemüse gewarnt hatte?

Nettie kam ins Zimmer, lächelnd und in Plauderlaune. »Na, was treibst du, Hanna?«

Hanna drückte auf eine bestimmte Taste, und ihr Latein-Lernprogramm dröhnte durch den Raum. Es gab nur wenige Themen, die ihr so viel Ruhe verschafften wie eine Lateinlektion. *»Amor vincit omnia«*, intonierte sie. »Die Liebe besiegt alles.«

Fünf Sekunden später fiel Nettie ein, dass sie etwas auf dem Herd stehen hatte.

Kaum war Hanna wieder allein, wählte sie die Nummer des Restaurants im *Grand Hotel Majestic.* Es war ihre erste Gelegenheit, herauszufinden, mit wem Ollie Merriweather sich letzten Mittwoch zum Lunch getroffen hatte. Sie hatte sich eine tolle Ausrede ausgedacht, nämlich dass ihr Chef, Oliver Merriweather, seinem Geschäftspartner, mit dem er dort zu Mittag gegessen hatte, gern eine Dankeskarte schicken würde, aber leider dessen Nachnamen vergessen hatte. Vielleicht stand es in der Reservierung?

Die Frau am Telefon ging ihr leider nicht auf den Leim. Sie war höflich, aber wenig hilfreich. Sie dürfe solche Details nur preisgeben, wenn Mr Merriweather persönlich anriefe.

Professor Fox konnte jeden Moment nach Hause kommen. Hanna hatte keine Zeit mehr zu verlieren und wandte sich wieder ihrem Laptop zu, zog ihre Phantasie-Fliegeruniform an, salutierte Bailey und schlüpfte mit wenigen Klicks und Codierungstricks wie ein unsichtbares Gespenst durch die Firewall des *Grand Hotel Majestic.*

Jasper, ein genialer Computerfreak und früherer Student von Professor Fox, hatte ihr beigebracht, wie man sich gefahrlos durchs Internet bewegte. Sie selbst war quasi noch Lehrling und besaß nur einen Bruchteil von Jaspers Fähigkeiten, aber sie lernte schnell. Am hauchdünnen Sicherheitssystem des *Majestic* vorbeizukommen, war ein Kinderspiel für sie, und bald schon flitzte sie so flink wie jeder Angestellte durch das interne Reservierungssystem des Hotels.

Der Lunch war auf Ollies Namen gebucht worden, was ihr leider gar nichts über seinen Tischgefährten verriet. Sie fand zwar die Rechnung, die sich für zwei Personen auf atemberaubende 199,76 Pfund belief und Sachen wie Hummer und Champagner mit einschloss. Hanna konnte sich beim besten Willen nicht vorstellen, dass Oliver Merriweathers Studienkredit das hergab. Sie musste dringend weitere Recherchen über ihn anstellen.

Es war sehr aufschlussreich, einen Einblick in das Leben hinter den Kulissen des *Majestic* zu bekommen. Kein Wunder, dass Viktor Karlsson immer so gestresst war. Dreiste Gäste klauten Bademäntel, machten Lampen und Kaffeemaschinen kaputt oder verschütteten Rotwein auf cremefarbene Teppiche und stritten hinterher alles ab. Unzuverlässige Angestellte kündigten fristlos, stritten untereinander, stahlen Filetsteaks und richteten immer wieder irreparable Schäden an teuren Besitztümern der Hotelgäste an.

Aus reiner Neugier sah Hanna sich auch die Buchung der Swanns an. Genau wie Kat und sie spontan vermutet hatten, hatte Viktor ihnen die Suite gegeben, die ursprünglich von einem anderen Paar gebucht worden war. Das bewies allerdings nicht, dass Alicias Behauptung, reserviert zu haben, gelogen war. Durchaus möglich, dass ihr Reisebüro Mist gebaut hatte.

Als Hanna die Ocean-View-Suite anklickte, entdeckte sie zahlreiche E-Mails zwischen Viktor und den Swanns, bei denen es hauptsächlich um Beschwerden über Xena ging. Der Zwergspitz hatte auf einen Teppich gepinkelt, ein Kissen zerkaut, die anderen Hotelgäste mit seinem Kläffen bis tief in die Nacht wach gehalten und die Zimmermädchen attackiert. Er musste ihnen inzwischen das Dreifache des üblichen Lohns bezahlen, damit sie die Suite der Swanns weiter sauber machten.

Auf jede flehentliche Mail von Viktor schickte Alicia ihm die immer gleiche Antwort:

> Sorry, mein lieber Viktor! Und danke für Ihr Verständnis. Wir kommen selbstverständlich für alle entstandenen Schäden auf!

Ihre letzte Mail war offenbar versehentlich an Viktor verschickt worden. Es sah aus wie ein unfertiger Entwurf, der definitiv nicht für den Hotelmanager bestimmt war.

> Mein Guter, du regst dich ganz umsonst auf. Was kann KW schon machen? Sie ist doch nur …

Hanna stockte der Atem. Sie hatte das sichere Gefühl, dass es eine äußerst wichtige Nachricht war, eine düstere und unheilvolle Nachricht. Gut, Millionen Menschen hatten dieselben Initialen wie Kat Wolf. Die Wahrscheinlichkeit, dass Alicia jemand ganz anderen meinte, lag bei neunundneunzig Komma neun Prozent. Aber was, wenn es doch Kat war?

Sie ist doch nur … Was? Nur ein Mädchen? Nur eine Tiersitterin? Und wem wollte Alicia das schreiben? Ethan? Ihrem Agenten? Einem Freund? Einem heimlichen Verehrer?

Hanna war seit Jahren ein großer Fan von Alicia und hatte sich riesig gefreut, dass ihr Idol ausgerechnet in Bluebell Bay Urlaub machte. Doch diese E-Mail ließ alles in einem ganz anderen Licht erscheinen. Falls sie tatsächlich Kat meinte, dann hatte das berühmte Ehepaar ein Geheimnis. Wer weiß, vielleicht misshandelte Alicia ihr Hündchen heimlich und hatte Angst, Kat könnte es herausfinden?

Hanna klappte ihren Laptop zu. Sie würde online etwas im Leben der Swanns herumstochern müssen, um mehr über sie zu erfahren. Und sie würde alles über sie herauskriegen, und sei es auch nur ein unbezahlter Strafzettel wegen Falschparkens.

Sie würde alles Menschenmögliche tun, um ihre beste Freundin zu beschützen. Wirklich alles!

14
Wie hypnotisiert

Als Tochter einer vielbeschäftigten Tierärztin, die sich hier am Ort erst einen Namen machen musste, war Kat es nicht gewöhnt, wie ein VIP behandelt zu werden, und nachdem der Manager des *Majestic* sie mit dem unterwürfigen Respekt begrüßt hatte, der normalerweise nur Filmstars und Milliardären vorbehalten war, merkte Kat, dass sie absolut keinen Wert darauf legte.

»Kat Wolf, es ist unserem Haus eine Ehre, dich erneut im *Grand Hotel Majestic* willkommen zu heißen! Du willst sicher Mrs Swanns einzigartigen Zwergspitz abholen. Ich rufe schnell in ihrer Suite an. Darf ich dir für die Wartezeit einen Drink spendieren? Ich kann unseren berühmten gesalzenen Karamell-Milchshake empfehlen. Danach kann Belinda, unsere Hausdame, dich zur Ocean-View-Suite begleiten.«

Doch als der Aufzug in der dritten Etage ankam und Kat auf den langen Flur hinaustrat, fiel Belinda plötzlich ein, dass sie woanders einen wichtigen Termin hatte.

»Du findest die Suite sicher auch allein«, sagte sie zu Kat und drückte hektisch auf den Knopf nach unten. »Es ist die letzte Tür rechts.« Sie hatte noch nicht ausgesprochen, als die Aufzugtür sich schloss und sie in die Eingeweide des Gebäudes gesaugt wurde.

Kat war auf sich allein gestellt.

Der Korridor schimmerte in einem zarten Vanilleton. Als Kat all ihren Mut zusammennahm und in Richtung des fraglichen Eingangs marschierte, flog direkt vor ihr eine Tür auf. Ein beleibter Mann mit behaarten Armen hätte sie fast umgerannt. Er entschuldigte sich aber nicht.

»Ich glaube, Sie haben etwas verloren«, rief Kat, als sie hinter ihm etwas auf dem Teppich erspähte.

Der Mann zog einen Mundwinkel hoch. »Gehört mir nicht, aber gib her. Ich geb's unten an der Rezeption ab.«

Kat hatte es vor ihm in der Hand. »Danke, aber vielleicht gehört es meiner Klientin. Ich frage sie zuerst.«

Sie umklammerte den Gegenstand, der wie eine Kreditkarte aussah, und ging langsam weiter. Erst als die Aufzugstür sich hinter dem unhöflichen Typen geschlossen hatte, blieb sie stehen und studierte ihren Fund etwas genauer. Es war ein Kärtchen aus schwarzem Metall, in das ein goldener Drache geprägt war, dessen Schwanz so gebogen war, dass er das Unendlichkeitssymbol bildete. Kat drehte das Kärtchen um, doch da war nichts, keine Zahl, kein Name und auch keine Unterschrift.

Weil sie schon ziemlich spät dran war, steckte sie das Kärtchen in die Gesäßtasche ihrer Jeans und ging zur Ocean-View-Suite weiter. Als sie die Hand hob, um zu läuten, hörte sie Alicia im Inneren schimpfen.

»Du brauchst mich nicht mit diesem Unschuldsblick anzuschauen. Mommy ist böse auf dich. Was soll ich jetzt zu Daddy sagen? Das sind seine Lieblings-Krokodillederstiefel aus Italien!«

Kat drückte auf die Klingel neben der Tür. Alicia begrüßte sie mit einem theatralischen Augenrollen. »Ah, du bist's, Kat Wolf! Gut, dass du hier bist, um meine Kriegerprinzessin auszuführen! Die vielen Regeln und Vorschriften in diesem spießigen Hotel nehmen ihr die Luft zum Atmen. Sie macht nur Unfug.«

Ein Lächeln huschte über ihr Gesicht, als sie sah, wie Xena in Kats Arme sprang und ihr wie wild übers Gesicht leckte. »Sieh nur, was ihre spitzen Zähnchen mit Ethans Lieblingsstiefeln gemacht haben!«, sagte sie gleich darauf anklagend.

Insgeheim war Kat der Meinung, dass Xena Ethan damit einen Riesengefallen getan hatte. Die Stiefel waren absolut scheußlich. Sie hatte den Zwergspitz wieder abgesetzt und wollte höflicherweise einen bedauernden Kommentar zu dem angenagten Leder abgeben, als ihr Blick auf Alicias Reisetasche mit dem Leopardenmuster fiel, die auf dem Tisch stand. Als sie sie neulich unten in der Lobby gesehen hatte, hatte sie angenommen, es sei Kunstfell. Doch aus der Nähe betrachtet, sah die Tasche so seidig und schimmernd aus, als wäre sie aus echtem Fell. Aber ganz gewiss würde kein Mensch mit einem Funken Anstand im Leib auf die Idee kommen, sich eine Tasche aus echtem Leopardenfell zu kaufen, oder? Sie musste sich irren.

Doch da stellte Xena sich kläffend vor die geschlossene Badezimmertür und kratzte daran, was Kat aus ihren Gedanken riss. Alicia schenkte ihrem Hündchen keine Beachtung.

»Ich sollte besser ein anderes Paar Stiefel bestellen, bevor Ethan merkt, dass diese hier hinüber sind, und ausflippt«, vertraute sie Kat an. Sie reichte ihr eine Leine, die mit falschen Diamanten besetzt war, und winkte sie mit einem strahlenden »Okay, Kinder, habt Spaß!« hinaus.

Als Kat Xena von der Badezimmertür wegholte, stieg ihr ein intensiver Kräuterduft in die Nase. Ein Schaumbad? Eine Duftkerze? Sie drückte den sich windenden Zwergspitz an ihre Brust. »Ich bringe Xena in einer Stunde zurück, Mrs Swann.«

»Oh, Schätzchen, du musst sie länger behalten! Geh mit ihr an den Strand. Habt Spaß! Du kannst sie gern auch über Nacht behalten. Der Miesepeter von Viktor würde sich freuen.«

Kat wollte protestieren und sagen, dass es nicht ging, weil sie noch Mr Bojangles besuchen und mit Pax Gassi gehen musste, wenn sie nach Hause kam, doch die Schauspielerin strahlte sie an.

»Kat Wolf, dein Talent im Umgang mit Tieren ist einfach fabelhaft. Ich bin voller Bewunderung. Ethan sagt, dass du auch ein unglaubliches Händchen für Pferde hast. Ich kann dir gar nicht genug danken, dass du dich um unsere Tiere kümmerst.«

Kat fühlte sich so geschmeichelt, dass sie das mit Pax und

Mr Bojangles nicht über die Lippen brachte, so wenig wie die Tatsache, dass weder sie noch die Fox' bisher auch nur einen Penny für Stall, Pferdefutter, Striegeln und das Hundesitten gesehen hatten.

»Aber gern doch«, murmelte sie, plötzlich eingeschüchtert.

Als Kat wenig später mit Xena das Hotel verließ, war sie ganz benommen. Dauernd sah sie Alicias gelassenes, wissendes Lächeln vor sich, als die sie in den höchsten Tönen gelobt hatte. Mit demselben Lächeln hatte Alicia auch Viktor bedacht, als der ihre Buchung nicht fand.

Es war fast, als sei sie hypnotisiert worden, dachte Kat später.

15
Ausreißerkönige

Der hypnotische Zauber, den Alicia auf sie ausgeübt hatte, wirkte auch noch Stunden später, als Kat vor Mario Rossis Wohnmobil stand. Sie zögerte. In der einen Hand hatte sie Xenas Leine, in der anderen ihr Handy. Sie hatte fünf Anläufe gemacht, um Alicia eine SMS zu schreiben, in der sie ihr erklärte, dass Zwergspitze und Pythons sich nicht vertragen, und dass es für alle das Beste wäre, wenn sie Xena nun ins *Majestic* zurückbringen würde. Doch sie löschte ihre SMS auch diesmal wieder.

Schließlich band sie die Hundeleine an einer Metallstange fest. »Sitz, Xena!«, befahl sie. »Und bleib schön sitzen. Bin gleich wieder da.«

Der Zwergspitz legte sich brav hin und drückte das Näschen auf die sandfarbenen Pfoten. Er war erschöpft. Der Strand von Bluebell Bay war einer der wenigen Strände in der Nähe, an dem auch im Sommer Hunde erlaubt waren, und Xena war geschwommen und war mit zwei ausgelassenen Jack-Russell-Terriern Bällen nachgejagt. Während Xena herumtollte, hatte Kat den Hafenmeister gesehen, der Plastikmüll aufsammelte, und ihn gefragt, ob letzten Samstag, ungefähr zum Zeitpunkt des Klippenrutsches, irgendwelche Haifische gesichtet worden waren.

»*Haifische?* Wir sind hier nicht in Martha's Vineyard, weißt du, wo der hungrige Weiße Hai zu Hause ist. Hier gibt es ein paar aggressive Krabben und Weißfische, die ich dir zeigen könnte, aber ansonsten ist es hier absolut sicher. Du kannst also unbesorgt ins Wasser gehen.« Sein Gelächter hatte sie noch verfolgt, als sie davonrannte, um Xena einzufangen, die einem Kind sein Eis stibitzt hatte.

Als sie Marios hypermodernes Wohnmobil betrat, fragte sie sich erneut, womit der Mann wohl seinen Lebensunterhalt verdiente. Auf dem Couchtisch stand ein neueres Foto von ihm in einem Rahmen. Seine schwarzen Haare unter dem Helm waren klatschnass, und er saß auf einem umgedrehten Kajak in Tarnfarben und grinste in die Kamera.

Da Kat bis in die Fingerspitzen Detektivin war, konnte sie der Versuchung nicht widerstehen und inspizierte den Schrank, in dem sie am Vortag die brandneu aussehende Coasteering-Ausrüstung entdeckt hatte. Helm, Neoprenanzug und Schwimmweste waren zwar noch da, aber jetzt sahen sie aus, als seien sie benutzt worden. In diesem Punkt hatte Mario ihr also die Wahrheit gesagt.

Im Schlafzimmer stöhnte sie auf. Der Deckel des Terrariums hing herunter. Mr B war erneut entschlüpft!

Sie wollte sich gerade auf die Suche nach ihm machen, als ein stechender Kräutergeruch ihre Nase kitzelte. Der Duft erinnerte sie an den in der Suite der Swanns und auch an eine chinesische Tinktur, mit der ihre Mutter und Tierarzthelferin Tina Tiere einrieben, die Muskelschmerzen hatten. Kat folgte dem Geruch, der sie zu dem schwarzen Lackschränkchen führte.

Die oberste Schublade war abgeschlossen, doch die untere, größere ließ sich mit einem leisen Klirren öffnen. Abgesehen von einem Beutel mit Shitake-Pilzen waren Fläschchen mit gelborangen oder dunklen Flüssigkeiten darin, in anderen Gläsern befanden sich Beeren und Ingwerstückchen. Aha, TCM – traditionelle chinesische Medizin. Mit Ausnahme von zwei Etiketten waren alle anderen mit chinesischen Schriftzeichen versehen. Es gab auch eine Salbe, auf der *Linderung von Migräne*, und ein gelbes Fläschchen, auf dem *Propolis zur Wundheilung* stand, beide in Chinatown, London, gekauft.

Kat studierte die Sachen. Benutzte auch Alicia solche Kräutermedizin? Litten sie oder Ethan unter Migräneanfällen oder brauchten sie ein Wundheilmittel, weil sie hin und wieder von Xena gebissen wurden?

Ein ersticktes Japsen riss sie aus ihren Überlegungen. Sie rannte in den Wohnbereich. Die Tür stand offen. Was, wenn der Python entkommen war und sich in diesem Moment durch den Ferienpark schlängelte?

Das wäre an sich schon schlimm genug gewesen, doch es wurde noch schlimmer, als Kat aus dem Wohnmobil rannte und eine mit Diamanten besetzte Hundeleine auf dem Boden liegen sah – leer. Xena war fort!

Kat schlug die Tür hinter sich zu und begann mit einer hektischen Suche. »Mann, du hast echt ein Händchen mit Tieren, Kat Wolf!«, beschimpfte sie sich, als sie die Wege zwischen den Wohnmobilen und Campingwagen entlangrannte. »Zumindest das Talent, sie zu verlieren!«

Sie rannte den Freizeitpark in seiner ganzen Länge und Breite ab und fragte jeden, den sie traf. Niemand hatte einen Zwergspitz gesehen. Xena war entweder davongelaufen oder von Hundedieben gestohlen worden. Zwergspitze – besonders solche von Hollywoodstars – waren bestimmt sehr gefragt. Und es wäre allein Kats Schuld! Wie sollte sie Alicia Swann jemals wieder unter die Augen treten?

Wie betäubt vor Panik schleppte sie sich schließlich zum Wohnmobil zurück. Xenas Verschwinden war nicht ihr einziges Problem. Soweit sie wusste, schlängelte auch Mr B frei herum und konnte die Campingurlauber am Durdle Door jeden Moment in Angst und Schrecken versetzen.

Doch als sie ihn dann zusammengerollt auf dem Fahrersitz entdeckte, die Schwanzspitze um das Lenkrad geschlungen, als wollte er gleich selbständig davonfahren, kamen ihr vor Erleichterung fast die Tränen. »Mr B, du kannst nicht ständig diese Houdini-Nummer abziehen! Das macht mein Herz auf Dauer nicht mit!«

Der Python wickelte sich langsam ab und glitt zwischen die Sitze, wo er jedoch stecken blieb. Als Kat sich vorbeugte, um ihm herauszuhelfen, sah sie mit Schrecken, *warum* er nicht mehr weiterkam. Sein Bauch hatte eine Ausbuchtung, etwa so groß wie ein Zwergspitz. Man konnte sogar die Umrisse von zwei Beinstummeln erkennen, als ob Xena noch einen letzten Fluchtversuch gemacht hätte, bevor sie sich in ihr Schicksal fügte.

Halte Mr B von allem fern, was klein und pelzig ist, hatte Mario ihr eingeschärft.

Kat sank aufs Sofa, so schockiert, dass sie nicht mal weinen konnte. Wie hatte sie so blöd sein können? Da war sie wie eine Bekloppte durch den Ferienpark gerast, ohne auch nur eine Sekunde daran zu denken, dass es sehr viel wahrscheinlicher war, dass ein kleiner, eingeschüchterter Hund eher seiner Bezugsperson ins Wohnmobil folgte, als sich in die große weite Welt hinauszuwagen. Während Kat draußen erfolglos gesucht hatte, war die arme kleine Xena in den Wohnwagen geschlüpft und hier in einem Stück verschluckt worden.

Wie um alles in der Welt würde sie es über sich bringen, Alicia Swann zu beichten, dass ihre Kriegerprinzessin als Zwischenmahlzeit eines Königsphythons geendet war?

Und wie sollte sie Mario Rossi gestehen, dass Mr B eine Magenverstimmung hatte, weil er den Zwergspitz eines Hollywoodstars verspeist hatte? Allein schon das Fell würde der Schlange fürchterliche Magenkrämpfe einbringen.

Es war definitiv der schlimmste Tag in Kats Leben.

Sie trauerte um die süße kleine Xena. Ein derart grässliches Ende hatte sie nicht verdient.

Da klopfte es an der Tür. Kats erster Impuls war es, sich

in einem Schrank zu verstecken. Sie war noch nicht in der Lage, Mario unter die Augen zu treten. Doch dann wurde ihr klar, dass er wohl kaum anklopfen würde, da er einen Schlüssel hatte.

Sie spähte durch die Einwegscheibe. Eine gestresst aussehende Frau mit einem Kinderwagen und einem kleinen Mädchen mit Pferdeschwanz an der Hand blickte an dem Wohnmobil hoch.

Kat zeigte Mr B, der immer noch zwischen den Sitzen klemmte, einen warnenden Zeigefinger. »Keine Bewegung und mit keinem Muskel zucken!« Dann öffnete sie die Tür einen schmalen Spalt. »Bedauere, Mario ist im Moment nicht da.«

Die Frau sagte ohne Umschweife: »Haben Sie zufällig einen Zwergspitz?«

Kat schluckte. Hatte die Frau Xenas grauenvolles Ableben mit angesehen? War sie etwa vom Tierschutz? War das Video bereits auf YouTube hochgeladen, zusammen mit Clips von Anakondas, die Alligatoren und Kühe verschlangen?

Sie stellte sich vor die Tür und rang sich ein freundliches Lächeln ab. »Was für einen Zwergspitz?«, versuchte sie, Zeit zu schinden.

»Einen ganz besonders kleinen.« Die Frau zeigte in ihren Kinderwagen. »Zeig ihn her, Imogen!«

Widerwillig hob das Mädchen die Decke mit dem *Peter-Hase*-Muster an. Darunter lag Xena, den Kopf auf ein Babykissen gedrückt. Sie schlief tief und fest.

Kat verschlug es die Sprache. Wenn das hier Xena war – wen oder was hatte Mr B dann gefressen? »Ähm, ja, das ist mein Hündchen. Danke, dass Sie es mir zurückbringen.«

»Ich bitte vielmals um Entschuldigung«, sagte die Mutter. »Seit meine Immie reden kann, bettelt sie mich ständig um einen Hund an. Als sie deinen gesehen hat, begann sie sofort, mit ihm zu spielen. Ich weiß nicht, was in sie gefahren ist. Du hast dir sicher schon große Sorgen gemacht.« Die Mutter stieß einen tiefen Seufzer aus. »Sie wollte aber nur mit ihm spielen«, versicherte sie Kat. »Sie wollte ihn nicht stehlen, das musst du mir glauben. Sag sofort, dass es dir leidtut, Immie.«

Kat hatte das kleine Mädchen sofort ins Herz geschlossen. »Kein Problem, Immie, wirklich. Ich mag Hunde genauso gern wie du, deshalb kann ich dich verstehen. Xena ist Fremden gegenüber aber manchmal etwas nervös. Hat sie dich angeknurrt oder versucht, dich zu kneifen?«

Der Pferdeschwanz schwang hin und her. »Nein, sie mag mich. Sie war ganz lieb zu mir.«

Kat musterte sie. »Immie, hättest du Lust, noch ein paar Minuten mit Xena zu spielen?«, fragte sie, befestigte die Leine am Halsband des Zwergspitzes und hob Xena behutsam aus dem Kinderwagen. »Ich habe drinnen noch etwas zu erledigen.«

»Das macht Immie sehr gern«, sagte die dankbare Mutter. »Du findest uns in dem Caravan dort drüben.«

Als Kat, ungemein erleichtert, wieder im Wohnmobil war,

entdeckte sie einen Zettel von Mario, der gut sichtbar auf der Küchentheke lag. Wenn sie ihn früher gesehen hätte, wäre ihr viel Kummer erspart geblieben.

Hi, Kat,
wie du sicher siehst, hat Mr B über Nacht etliche Kilos zugelegt! Nach wochenlangem Fasten hat er heute früh beschlossen, das Hähnchen zu verschlingen, das ich zum Auftauen auf die Küchentheke gelegt hatte. Mein Abendessen war somit futsch!
Danke, dass du dich um ihn kümmerst.
Mario

Kat gähnte. Es war ein anstrengender Tag gewesen. Das Frühstück im *Club der Sesselabenteurer* mit Edith und Hanna und die überraschende Nachricht über Harry Holt fühlten sich an, als seien sie keine acht Stunden, sondern mindestens schon eine Woche her. Dass Harry jetzt in einer Gefängniszelle saß, war ein seltsamer Gedanke, und die beiden Miss-Mystery-Mädchen Wolf & Fox hatten eine neue Mission: seinen Namen reinzuwaschen oder aber Beweise dafür finden, dass er Johnny Roswell tatsächlich auf dem Gewissen hatte.

Mit dem Hähnchen im Bauch wog Mr B doppelt so viel wie sonst. Kat brauchte ziemlich viel Kraft und all ihr Pythonflüsterin-Geschick, um ihn zwischen den beiden Sitzen herauszuhieven und zu seinem Terrarium zu tragen. Er wirkte müde und voller Selbstmitleid.

Verdauungsbeschwerden waren für niemanden lustig, auch nicht für Königsschlangen.

Bevor Kat ihn wieder verließ, streichelte sie ihn noch eine Weile und entschuldigte sich dafür, dass sie ihn zu Unrecht verdächtigt hatte, Xena verschlungen zu haben. Es war ihr egal, was alle anderen sagten – ihrer Überzeugung nach hatten auch Pythons Gefühle.

16
Hamilton Park

Der Bentley war perlgrün und glitzerte wie ein Winterwald. Die Nachbarn kamen aus ihren Häusern, um ihn zu bestaunen, während der livrierte Chauffeur die eher schäbigen Reisetaschen der Wolfs im Kofferraum verstaute. Kat setzte sich auf die Rückbank zwischen ihre Mutter und Hanna.

»Ein Wunder! Ich kann gar nicht glauben, dass wir endlich nach Hamilton Park fahren!«

Der Chauffeur steckte den Schlüssel ins Zündschloss. Dann blickte er in den Rückspiegel und lächelte Kats Mutter an. »Wenn alle gemütlich sitzen, Dr. Wolf, können wir losfahren.«

»Ja, danke! Nein, warten Sie!«, rief die Tierärztin quasi in einem Atemzug, weil das Handy in ihrer Handtasche anfing zu läuten.

»Nicht rangehen!«, bettelte Kat – aber natürlich vergebens.

»O nein, das ist ja schrecklich!«, hörte sie ihre Mutter sagen. »Eine Katastrophe! Warten Sie kurz, ich versuche, eine bessere Verbindung zu bekommen.« Und schon sprang sie aus dem Wagen.

Kat stieg ebenfalls aus, und vor Enttäuschung wurde ihr Herz schwer. »Was drückt der gemeine Premierminister meinem Großvater jetzt wieder aufs Auge?«, fragte sie, als ihre Mutter das Gespräch beendet hatte. »Welche Ausrede hat der PM heute?«

»Denk an deine Manieren, Katarina!« Ihre Mutter warf dem Chauffeur einen entschuldigenden Blick zu. Der programmierte gerade sein Navi und versuchte, ein Grinsen zu unterdrücken.

Dr. Wolf führte Kat am Ellbogen ein Stück weit weg. »Schatz, Janey Nowaks Katze wurde von einem Auto angefahren und muss dringend operiert werden. Falls sie überlebt, bedarf sie intensiver Überwachung. Was hältst du davon, wenn Hanna und du ohne mich nach Hamilton Park fahrt? Dort seid ihr sicher in guten Händen. Tut mir leid, aber es geht nicht anders.«

»Warum müssen die Leute auch ständig rasen?«, schimpfte Kat. »Zuerst Pax, und jetzt Janeys Kater. Hoffentlich kommt er durch. Aber klar, keine Sorge, Mum – ich verstehe es.«

Das tat sie wirklich. Sie war stolz, eine Mutter zu haben, der die Rettung eines Tieres allemal wichtiger war als ein Luxuswochenende in einem herrschaftlichen Anwesen. Obwohl es Kat natürlich tausend Mal lieber gewesen wäre, wenn das Schicksal nicht zugeschlagen hätte und ihre Mutter mitkommen könnte. Kat war ohnehin schrecklich nervös, weil sie zu ihrem Großvater fuhren, den sie kaum kannte.

»Wie wär's, wenn du stattdessen Pax mitnimmst?«, schlug ihre Mutter vor, die offenbar Gedanken lesen konnte. »Sie könnte an meiner Stelle auf dich aufpassen.«

Kat blickte auf die edlen Ledersitze des Bentleys. »Großvater möchte sicher keinen Hund in seiner Luxuslimousine haben.«

Sie fragten den Chauffeur. »Ich denke nicht, dass Seine Lordschaft etwas dagegenhätte, wenn seine Enkelin ihren Hund mitnehmen möchte. Er ist ebenfalls ein großer Tierfreund.«

Kat korrigierte ihn nicht, als er *ihren Hund* sagte. Sie fand, es klang gut.

Wenig später verließ der Bentley Bluebell Bay auf der schmalen, steil ansteigenden Straße. Pax hängte den Kopf aus dem Fenster, und ihre mokkabraunen Ohren flatterten im Fahrtwind. Die Schafe auf den smaragdgrünen Wiesen Dorsets glänzten in der Sonne wie Edelsteine.

Hanna lächelte Kat an, und in ihrem Lächeln lag die Botschaft: *Sieh nur, wir zwei in einem Bentley auf dem Weg zu einem neuen Abenteuer.* Sie wusste, dass Kat sich unwohl fühlte, weil ihre Mutter nicht mitkommen konnte und sie zu einem Großvater fuhren, den Kat kaum kannte.

Kat grinste zurück und lachte laut, als Pax ihr ihre bandagierte Pfote reichte. Auch der Chauffeur lachte und sagte den Mädchen, sie könnten sich gern mit Ingwerlimonade und hausgemachtem veganem Bananenbrot aus dem Picknickkorb bedienen. Und es dauerte nicht lange, bis die beiden Mädchen sich wirklich wie auf der Fahrt in einen Abenteuerurlaub fühlten.

»Danke, dass du mitkommst, Hanna«, sagte Kat. »Ich war mir nicht sicher, ob dein Vater dich entbehren kann.«

»Machst du Witze? Ich glaube, er ist froh, dass ich dem ganzen Wirbel um den Juradrachen für ein paar Tage entkomme. Seit die Sache mit Johnnys Schädel publik wurde, kann mein Dad sich vor Reportern nicht mehr retten. Er musste einen zusätzlichen Sicherheitsmann einstellen. Kostet ein Vermögen.«

Hannas Handy piepte. Es war eine Nachricht von Edith, die ihnen ein wunderschönes Wochenende wünschte.

P. S. Das Buch, das Harry sich ausgeliehen und nie zurückgebracht hat, hieß: Das Sechste Sterben – Wie der Mensch Naturgeschichte schreibt. Er hat sich schon immer dafür interessiert, warum die Dinosaurier ausgestorben sind und ob es ein weiteres Massenaussterben geben kann. Er kommt übrigens nicht auf Kaution frei. Fluchtrisiko, sagt der Richter. LG

Ein Betonmischer rumpelte vorbei. Hanna nutzte den Lärm, um Kat ins Ohr zu flüstern: »Falls Harry schuldig ist, hat der Richter vermutlich das Richtige getan. Wenn er aber unschuldig ist, müssen wir das so schnell wie möglich beweisen.«

»Gut, dann ermitteln wir auch in Hamilton Park weiter«, versprach Kat ihr.

»Aber *wie*? Dad hat darauf bestanden, dass ich meinen Laptop zu Hause lasse. Er meint, ich müsse dringend mehr an die frische Luft.«

»Uns wird schon etwas einfallen.«

Die Fahrt zu den Chiltern Hills in der Grafschaft Buckinghamshire dauerte zweieinhalb Stunden. Hanna schlief unterwegs ein, während Kat die Landschaft betrachtete, die am Fenster vorbeizog. Sie fragte sich, ob Mr B sich von seinen Bauchschmerzen erholt hatte und wie Tina mit Xena zurechtkam. Kat hatte die Tierarzthelferin überredet, sich übers Wochenende um den Zwergspitz zu kümmern, nachdem Alicia Kat am Freitagabend gesimst hatte, sie sei erkältet, und Ethan habe Fieber.

Wäre doof, wenn wir sie mit unseren Schniefnasen ANSTECKEN würden! Bist du so lieb, unsere KRIEGERPRINZESSIN bis Montag zu behalten?? Natürlich gegen DOPPELTES Honorar!! Danke, liebste Kat! Bist die TOLLSTE Tiersitterin der Welt! A. S.

Als Kat Alicia fünf Stunden davor gesehen hatte, war diese noch fit wie ein Turnschuh gewesen, und deshalb konnte sie es kaum glauben, dass die Schauspielerin plötzlich quasi dem Tod ins Auge blickte, wie sie behauptete. Aber andererseits war eine Kräuterduftwolke aus ihrem Badezimmer gewabert, und deshalb war es durchaus möglich, dass sie

Eukalyptus- oder Teebaumöl inhaliert hatte, um ihre Stirnhöhlen freizubekommen.

Kein Problem! Gute Besserung!, hatte Kat zurückgeschrieben, obwohl es für sie ein Riesenproblem war, in letzter Minute einen Aufpasser für einen Hund mit Xenas Charakter zu finden. Ohne Tina hätte sie in der Tinte gesessen.

Auf der Fahrt überlegte sie, ob sie Alicia schreiben sollte, dass sie im Hotelflur ein schwarzes Metallkärtchen mit einem goldenen Drachen darauf gefunden hatte und ob es ihr oder Ethan gehöre. Letztendlich beschloss sie aber, es nicht zu tun. Wenn das Kärtchen den Swanns gehörte, würde Alicia eventuell darauf bestehen, dass der Chauffeur umkehrte und augenblicklich zum *Grand Hotel Majestic* fuhr. Kats Meinung nach konnten sie ruhig noch bis Montag warten. Sie würde jetzt erst mal nach Hamilton Park fahren, und wenn es das Letzte war, was sie tat.

Wenig später döste sie ebenfalls ein und wurde erst wieder wach, als der Bentley vor einem massiven, verstärkten Eisentor abbremste, das von fauchenden Betonlöwen flankiert wurde. Die Überwachungskameras waren unübersehbar. Ein bewaffneter Wachmann mit einem Klemmbrett bückte sich, um die Mädchen und den Hund zu inspizieren. Dann fuhr der Chauffeur durch eine Allee, die von fünfhundertjährigen Eichen gesäumt war, deren Wurzeln so dick wie Dinosaurierfüße waren. Über ihren Köpfen waren die Äste miteinander verflochten.

Winselnd drückte Pax die Schnauze ans Fenster. Ein rotbraunes Pferd flog über eine Wiese, der sehnige Reiter mit kurzer Igelfrisur saß so weit im Sattel vorgebeugt, dass er fast auf dem Hals des Tieres lag. Während Kat die beiden noch fasziniert beobachtete, schoss vor ihnen ein Fasan aus dem hohen Gras. Das Pferd scheute so heftig, dass es fast gestürzt wäre.

Wegen der dicken Eichen konnte Kat einen Moment lang nichts mehr sehen. Erschrocken hielt sie die Luft an und war sich sicher, dass der Reiter zerschmettert auf dem Boden liegen würde. Doch Pferd und Reiter tauchten sogleich wieder auf, als sei nichts geschehen. Der Reiter saß fest im Sattel, der Fuchs galoppierte in gleichmäßigem Rhythmus weiter. Die beiden sprangen über ein aus fünf Querbalken bestehendes Hindernis und waren gleich darauf verschwunden.

»Wer war *das*?«, rief Kat verblüfft.

»Wer war wer?«, fragte der Chauffeur.

Hanna richtete sich auf. »Hab ich was verpasst?«

»Ja, den besten Reiter, den ich je gesehen habe. Ein Junge, noch ein Teenager, würde ich sagen. Sein Pferd wurde von einem Fasan erschreckt.«

Der Chauffeur bremste ab, um ein Eichhörnchen über die Straße zu lassen. »Muss ein Gast gewesen sein. Haben wir viele. Wild lebende Tiere auch. Seine Lordschaft erlaubt nicht, dass auf seinem Grundstück gejagt wird.« Er lachte in sich hinein. »Manchmal glaube ich fast, dass er Tiere lieber mag als Menschen.«

Kat fühlte sich schlagartig besser. Wenn ihr Großvater

Tiere genauso liebte wie sie, würden sie sich wunderbar verstehen.

»Er ist ein herzensguter Mensch«, fuhr der Chauffeur fort, »aber das würde man nicht glauben, wenn man ihn nur aus den Zeitungen kennt. Sie nennen ihn den *Dunklen Lord*, aber nicht nur, weil er früher dunkelhaarig war. Er ist taff, ganz klar, sonst wäre er wohl kaum Verteidigungsminister geworden. Aber auf dem ganzen Anwesen werdet ihr kein einziges böses Wort über ihn hören.«

Das herrschaftliche Wohnhaus von Lord Hamilton-Crosse war eher ein Schloss und stand auf der Kuppe eines bewaldeten Hügels. Als der Bentley knirschend auf dem Kies der kreisförmigen Zufahrt abbremste, war Kat drauf und dran, den Chauffeur anzuflehen, sie wieder zurückzufahren. Sie wollte nach Hause zu ihrer Mutter und zur Tierklinik, wo alles herrlich normal war und nicht nach großem Pomp und Reichtum roch.

An Hamilton Park dagegen war nichts normal. Weder die Koppeln mit den glänzenden Pferden noch die Weiden, auf denen gepflegt aussehende Ziegen und Kühe grasten. Und auch nicht die kunstvoll angelegten Gärten mit Rosen und viel Lavendel. Oder das Labyrinth. Und ganz bestimmt nicht das Herrenhaus im jakobinischen Stil, das aus dem siebzehnten Jahrhundert stammte und über achtundvierzig Schlafzimmer verfügte, wie der Chauffeur sie wissen ließ.

»Ob es hier wohl spukt?«, murmelte Hanna, und Kat kicherte.

Ein Butler öffnete ihnen die Wagentüren, und eine Frau mit gepflegten Locken und einem Gesicht voller Lachfältchen kam aus dem Haus gelaufen und schüttelte ihnen die Hand.

»Herzlich willkommen, Hanna. Ich bin entzückt, dich endlich kennenzulernen, Kat. Ich bin Freya, die persönliche Assistentin Seiner Lordschaft. Es tut mir sehr leid, dass deine Mutter nicht mitkommen konnte. Sie hat angerufen, um mir zu sagen, dass sie wegen eines Notfalls verhindert ist. Leider hatten wir auch hier ein kleines Problem. Kat, dein Großvater hat sich sehr auf deinen Besuch gefreut, und es tut ihm aufrichtig leid, dass er nicht hier sein kann, um euch zu begrüßen. Bedauerlicherweise wurde er wegen einer dringenden Angelegenheit weggerufen.«

Kat wurde so wütend, dass sie lieber nichts sagte. Sie bezweifelte, dass ihr Großvater überhaupt wusste, was *aufrichtig leidtun* bedeutete. Denn sonst würde er begreifen, was er ihr damit antat. Immer wenn sie anfing, ihn ins Herz zu schließen, wurde sie enttäuscht.

»Und wen haben wir hier?«, fragte Freya, als Pax auf drei Beinen an ihr vorbeihumpelte, um einen anderen Border Collie zu beschnüffeln, der schwer nach Arthritis aussah und ergraute Barthaare hatte. Pax knurrte ihren Artgenossen freundschaftlich an, der seinerseits erfreut mit dem Schwanz wedelte, bevor die beiden zusammen in den Garten liefen.

»Pax!«, rief Kat.

»Lass sie ihren Spaß haben«, sagte Freya lächelnd. »Flush – so heißt der Hund deines Großvaters – wird gut auf Pax aufpassen, genau wie James, unser Stallmeister. Er ist ein großer Hundenarr. Aber jetzt kommt mit, Mädchen. Ich möchte euch euer Zimmer zeigen.«

Sie folgten der persönlichen Assistentin in eine riesige Eingangshalle mit Engeln und Triumphwagen an der Decke. Sie war komplett mit Marmor ausgelegt und verkleidet, so dass ihre Schritte widerhallten. Von der Decke hing ein Kronleuchter, der so groß war, dass damit ganz London hätte erleuchtet werden können. Eine breite, geschwungene Treppe, deren Stufen mit einem purpurroten Teppich ausgelegt waren, führte zu einer Bildergalerie, die es lässig mit so manchem Kunstmuseum aufnehmen konnte.

»Sind das deine Vorfahren?«, fragte Hanna im Flüsterton und legte den Kopf in den Nacken, um zu einem der vielen Gemälde in Goldrahmen hochzublicken, auf denen sehr ernst dreinblickende Männer bei der Fuchsjagd unter Einsatz ihrer Reitgerte ihre Pferde hinter Hunden hertrieben.

»Hoffentlich nicht«, schnaubte Kat, immer noch stocksauer, weil ihr Großvater durch Abwesenheit glänzte.

Freya erklärte ihnen, dass die meisten Zimmer und Suiten in diesem Flügel hohen Regierungsbeamten, wichtigen Staatsgästen und Geschäftsleuten vorbehalten waren, während die Zimmer im Nordflügel als Büroräume dienten. Als sie daran vorbeigingen, konnte Kat ein Labyrinth von beigefarbenen Zimmern und Beamten sehen, die mindestens ebenso einschüchternd wirkten wie die Männer auf den Gemälden.

»Ihr werdet im Südflügel wohnen, dem persönlichen Wohntrakt Seiner Lordschaft«, erklärte Freya. »Er ging davon aus, dass es euch im Turmzimmer am besten gefallen würde.«

Hanna erschrak. Der Begriff *Turmzimmer* weckte in ihr Assoziationen an den eisigen Tower von London, in dem Anne Boleyn eingesperrt worden war, bevor Heinrich der Achte sie köpfen ließ. Es hatte bestimmt nur Schlitze als Fenster, und draußen auf der Fensterbank saßen krächzende Raben. Hilfe, da würde sie Albträume bekommen.

Doch die erste Überraschung war, dass der Südflügel keinerlei Ähnlichkeit mit dem Rest des herrschaftlichen Hauses hatte. Kat hatte erwartet, es würde der dekadenteste, kitschigste, schwülstigste Bereich sein. In Wirklichkeit war das Dekor kein bisschen überladen, sondern sehr geschmackvoll.

Das nach Bienenwachspolitur riechende Parkett knarrte unter ihren Schritten. Alt und edel aussehende Teppiche erzählten Geschichten von orientalischen oder neumexikanischen Nächten. Die Bücherschränke quollen über von unzähligen Romanen und Sachbüchern, die aussahen, als seien sie tatsächlich gelesen worden, und an den Wänden hingen Tiergemälde aller Art: mit Hasen, Vögeln und jungen Füchsen, die sich im Schnee wälzten. Und doch strahlten die Räume etwas Verlassenes aus.

»Das Arbeitszimmer Seiner Lordschaft«, sagte Freya, als sie an einer verschlossenen Tür vorbeigingen. Sie stiegen weitere Treppen hoch. »Ich wette, ihr denkt, dass ihr einen Kompass braucht, um zurückzufinden.« Sie lachte. »Das Haus wirkt auf den ersten Blick überwältigend. Ich werde euch eine Karte geben.«

Als Hanna das Turmzimmer betrat, war es Liebe auf den ersten Blick. Es war ein runder, gemütlich eingerichteter Raum mit einem Rundumblick auf den Wald und die Rosengärten. Und das Tollste waren die beiden Himmelbetten mit einem Baldachin aus Damast.

»Das Bett rechts ist deins, Hanna«, sagte Freya.

Auf dem Kissen lag ein neuer Pyjama, auf dem Nachttisch ein Buch über die Kryptoanalytiker von Bletchley Park, den Codeknackern einer militärischen Dienststelle, die während des Zweiten Weltkriegs erfolgreich den deutschen Nachrichtenverkehr entschlüsselt hatten, sowie ein Gedichtband von Emily Dickinson. Und da lag noch etwas – ein glänzender, rosé-goldener Laptop. Ehrfürchtig strich Hanna mit den Fingerspitzen darüber.

»Seine Lordschaft war sich nicht sicher, ob du deinen eigenen mitbringst«, erklärte Freya. »Und er nahm an, dass du während deines Aufenthalts gern ein bisschen ins Netz gehen würdest.«

Auf Kats Nachttisch lagen Krimis für Jugendliche und ein wunderschöner Fotoband über Pferde. Und auch auf ihrem Kissen lag ein Pyjama.

Doch das änderte nichts an Kats mieser Stimmung. Es war offensichtlich, dass Freya das alles organisiert hatte. Ihr Großvater hatte nämlich schlichtweg keine Zeit, ein Großvater zu sein; er bezahlte lieber andere dafür, dass sie ihm alles abnahmen. Doch wie ihre Mutter ihr eingeschärft hatte, erinnerte sie sich an ihre Manieren und sagte: »Danke für all Ihre Mühe, Freya. Das ist sehr freundlich von Ihnen.«

»Du brauchst mir nicht zu danken! Das hat alles Seine Lordschaft besorgt. Abgesehen von den Pyjamas natürlich. Dieser Kauf hätte ihn überfordert.« Sie lachte. »So, aber nun lasse ich euch allein, damit ihr euch frischmachen könnt. Das Abendessen wird in der Orangerie serviert.«

Kaum waren sie allein, hüpfte Hanna übermütig auf ihrem Bett herum. »Falls das ein Traum ist, weck mich bitte nicht auf. Coole Pyjamas, ein superschneller Laptop und ein Himmelbett wie eine Prinzessin in einem Schloss! Was für ein verwunschener Ort!«

»Na ja, wenn man auf solche Sachen steht«, brummte Kat. Wortlos ging sie dann nach unten, um nach dem Badezimmer zu suchen.

»Sei nicht sauer auf deinen Großvater, sondern hör dir erst an, was er für eine Entschuldigung hat«, rief Hanna ihr nach. »Vielleicht gibt es einen nationalen Notstand. Oder ein Krieg ist ausgebrochen.«

Oder mein Besuch ist ihm vielleicht einfach nur lästig, dachte Kat säuerlich, während sie sich daran zu erinnern versuchte, hinter welcher Tür sich das Gästebad verbarg. Aus Versehen öffnete sie den Besenschrank, und ein Mopp fiel ihr entgegen. Sie fand auch die Bücherei, den Wäscheraum und ein weiteres Gästezimmer.

Die letzte Tür führte ins Arbeitszimmer ihres Großvaters. Kat konnte der Versuchung nicht widerstehen, einen kurzen Blick hineinzuwerfen. Ein Erkerfenster gab den Blick auf das Heckenlabyrinth und eine Pferdekoppel frei. An der gegenüberliegenden Wand stand ein Bücherschrank, daneben hing ein Gemälde, auf dem der Dunkle Lord mit einem Clydesdale, einem schottischen Kaltblutpferd, abgebildet war und mit Flush, dem Border Collie. Auf seinem ordentlich aufgeräumten Schreibtisch stand nur ein gerahmtes Foto seines Surfer-Sohns Rufus (Kats Vater), und außerdem lagen eine Zeitung und zwei Füllfederhalter da.

Urplötzlich bekam Kat ein schlechtes Gewissen, weil sie in die Privatsphäre ihres Großvaters eingedrungen war, und sie wandte sich zur Tür. Erst da entdeckte sie die Kinderzeichnungen an der anderen Wand. *Ihre* Zeichnungen. Daneben hingen ein Foto von ihrem ersten Schultag und eines von ihr im zarten Alter von etwa zwei Jahren, auf dem sie mit wenigen Zähnchen in die Kamera strahlte. In einem weiteren Rahmen war ein Pferdebild, von ihr gemalt, daneben hing ein mit einem goldenen Stern ausgezeichneter Schulaufsatz sowie eine Collage von dem Strandpicknick in Bluebell Bay. Genau in der Mitte war ein Foto von ihr mit zerzausten Haaren zu sehen, wie sie zu ihrem Großvater hochgrinste. Er war recht formell gekleidet, mit Hemd und einer eleganten Hose, aber er sah recht glücklich aus – zumindest für seine Maßstäbe.

»Wow«, sagte da Hanna, die lautlos hinter sie getreten war. »Ich weiß nicht, wie du das siehst, aber ich würde sagen, das beweist, dass ihm sehr wohl etwas an dir liegt.«

Ein Grinsen huschte wie ein Sonnenstrahl über Kats Gesicht. »Kann sein, vielleicht ein bisschen.«

Doch sie lächelte auf dem ganzen Weg zur Orangerie vor sich hin.

17
Monster

Kat konnte nicht einschlafen. Ihr schwirrten zu viele Gedanken durch den Kopf. Das ging von der Kat-Wolf-Wand im Arbeitszimmer ihres Großvaters über das Welsh-Mountain-Pony, das sie auf einem Rundgang durch die Stallungen gesehen hatte, bis hin zu dem veganen Festessen bei Kerzenlicht, das der Küchenchef eigens für Hanna und sie gekocht hatte.

Die Gedanken an das Pony führten unweigerlich zu Pax, die sich mit Flush angefreundet hatte, und da merkte sie, wie sehr sie die Tiere in Bluebell Bay vermisste: Tiny, Xena, Charming Outlaw, Orkaan und den Ausreißerkönig Mr B. Sie bekam immer noch einen Schreck, wenn sie an die Beinahe-Katastrophe mit dem Zwergspitz zurückdachte, und das wiederum ließ sie an die Swanns und den Juradrachen denken. Von dem Dinosaurier ging es automatisch weiter zu Johnny Roswells Leben und seinem mysteriösen Tod und dann zu Harry Holt, der schuldig sein konnte oder nicht.

Und die ganze Zeit spitzte Kat die Ohren, damit sie auch das leiseste Geräusch hören würde, das auf die Heimkehr ihres Großvaters schließen ließ. Freya hatte steif und fest behauptet, dass er noch in der Nacht nach Hause kommen würde.

Nachdem Kat sich eine ganze Weile hin und her geworfen hatte, setzte sie sich schließlich auf. Es war zwanzig nach eins. Wo war er nur? Wieder machte sich Enttäuschung in ihr breit. Würde sie das ganze Wochenende hier in Hamilton Park verbringen, ohne ihn zu Gesicht zu bekommen?

Da hörte sie, wie unten in der Einfahrt eine Autotür leise zugeschlagen wurde, und sie tapste auf den Zehenspitzen an Hannas Bett vorbei ans Fenster. Unten stand eine Limousine. Ihr Großvater schüttelte dem Chauffeur die Hand und ging dann ins Haus. Kat kletterte wieder in ihr Bett. Jetzt, wo er zu Hause war, würde sie sicher einschlafen können.

Doch weit gefehlt. Gegen Viertel vor zwei gab sie auf. Sie hatte Durst. Wenn sie sich kurz in die Küche stahl, um ein Glas Wasser zu holen, würde sie danach sicher einschlafen können.

Doch als sie nach unten kam, sah sie, dass im Arbeitszimmer ihres Großvaters Licht brannte. Lautlos versuchte sie, sich daran vorbeizuschleichen, doch die Tür stand halb offen, und sie konnte ihn sehen. Er saß an seinem Schreibtisch, den Kopf in den Händen vergraben, und sah alt und gebrochen aus. Genau dieses Wort schoss Kat durch den Kopf: *gebrochen.*

Ohne lange zu überlegen, klopfte sie zweimal leise an und trat dann ein.

Erschrocken fuhr er auf und sprang auf die Füße. »Kat!

Wieso bist du um diese Zeit noch wach? Ist alles in Ordnung? Ist dir kalt? Brauchst du noch eine Decke oder ein Kissen? Hast du Hunger? Kann ich dir etwas zu essen oder zu trinken holen?«

Kat musste lachen. »Großvater, du bist derjenige, der hier bis spät gearbeitet hat, nicht ich. Kann ich *dir* etwas holen?«

Sein Lächeln breitete sich bis zu seinen müden Augen aus. »Danke, Kat. Weißt du, mir geht es jetzt schon besser, wenn ich dich sehe. Es tut mir aufrichtig leid, dass ich bei deiner Ankunft nicht hier sein konnte, besonders da … nun, ja, da wir in den letzten Monaten nicht viel Kontakt hatten – ähm, beziehungsweise gar keinen. Falls es dir ein Trost ist: Ich denke jeden Tag an dich, wenn ich mein Arbeitszimmer betrete und deine Bilder sehe. Deine Mutter hat mir früher zu Weihnachten immer welche geschickt. Es waren die schönsten Geschenke, die ich je bekommen habe. Und sind es immer noch.«

»Warum hast du dann nie Kontakt mit uns aufgenommen?«, fragte Kat und nahm sich die Freiheit, sich in einen Sessel zu kuscheln.

Er seufzte, stritt es aber nicht ab. »Zu viele Bedrohungen.«

»*Bedrohungen?* Woher?«

»Wodurch?«, korrigierte ihr Großvater. »Zu vieles, um alles aufzuzählen. Die meisten Leute glauben, dass es seit Ende des Kalten Kriegs keine Spionage mehr gibt. Aber in Wahrheit ist es schlimmer als je zuvor. Wenn es irgendwo militärische, wirtschaftliche oder Cybergeheimnisse gibt, ist immer jemand daran interessiert, sie zu stehlen. Zudem habe ich derzeit ein besonders großes Problem am Hals. Aus diesem Grund kam ich heute auch erst so spät nach Hause.«

Kats Neugier war geweckt. Sie hatte sich schon oft gefragt, ob er selbst auch ein Spion gewesen war. »Was für ein großes Problem?«

»Über laufende Ermittlungen darf ich nicht sprechen. Ich kann dir aber sagen, dass es ein Wettlauf gegen die Zeit ist. Es gibt Menschen auf dieser Welt, die alles zerstören wollen, was schön und gut ist. Und die müssen wir aufhalten, koste es, was es wolle. Und wenn wir dabei sterben.«

Diese Aussage erinnerte Kat an Johnny Roswells letzte Worte an seine Schwester: *Wenn ich damit fertig bin, JoJo, wird die ganze Welt diese Monster als das sehen, was sie sind.* Nach seinem mysteriösen Verschwinden hatte JoJo bitterlich bereut, dass sie ihren Bruder nicht gefragt hatte, wen er meinte.

Um sich selbst später nicht auch Vorwürfe machen zu müssen, fragte Kat: »Wer sind sie, diese Monster?«

»Monster?« Er schreckte aus seinen düsteren Gedanken. »Wer hat etwas von Monstern gesagt? Himmel – ist es wirklich schon so spät?«

Er hatte noch nicht ausgesprochen, als Kat plötzlich ein Pi-Craft-Fernglas auf seinem Schreibtisch erspähte. Es sah ganz ähnlich aus wie das in der quasi herrenlosen Aktenmappe, die sie nach dem Verschwinden von Ramon, Baileys früherem Besitzer, in Avalon Heights gefunden hatte. Sie hatte versucht, es zu benutzen, aber kein scharfes Bild hinbekommen. Auch der Füllfederhalter ihres Großvaters sah genauso aus wie der Füllfederhalter in ebenjener Aktenmappe. Auch den hatte Kat ausprobiert, und er taugte ebenfalls nichts. Die Feder kratzte und kleckste, so dass Kat hinterher ganz blaue Finger gehabt hatte.

Wenn aber auch der Verteidigungsminister Pi-Craft-Produkte verwendete, waren sie weder gewöhnlich noch fehlerhaft. Kat beschloss, sich den Füllfederhalter aus der Aktenmappe genauer anzusehen. Wer weiß, vielleicht konnte man damit sogar Gespräche aufzeichnen …

»Dieses Fernglas – taugt es etwas?«, fragte sie wie beiläufig.

Er nahm es in die Hand. »Es ist ein Nachtsichtgerät. Das Beste, das es gibt.« Er polierte die Linsen. »Da kommt mir eine Idee. Bist du müde, meine liebe Kat?«

»Nein, hellwach.«

»Hast du Lust auf ein Abenteuer? Zu Pferde?«

»*Jetzt?* Um zwei Uhr in der Nacht?«

Sein eben noch gequältes Gesicht verzog sich zu einem spitzbübischen Grinsen. »Carpe diem – nutze den Tag, heißt es, und das gilt auch für die Nacht. Also: carpe noctem.«

Kat grinste zurück. »Aber gern.«

Er öffnete eine Schranktür und holte eine Schachtel heraus, in braunes Papier eingewickelt. Darauf stand ihr Name. »Dann zieh dir die hier an. Dort, wo wir hingehen, könnte es etwas kühl werden.«

18
Nächtlicher Ausritt

Durch einen geheimen Tunnel gingen sie zu den Stallungen.

»Es gibt ihn schon, seit das Haus gebaut wurde, damit der Lord des Herrenhauses im Kriegsfall oder in einer anderen Notlage die Möglichkeit hatte, per Pferd zu fliehen«, erklärte Kats Großvater, während er in seinem Arbeitszimmer einen Läufer wegzog, unter dem eine Falltür zum Vorschein kam. »Außer mir weiß keiner von diesem Geheimgang, mit Ausnahme von Freya, James, meinem Stallmeister, und jetzt auch dir.«

»Gehst du öfter hier lang?«, fragte Kat, als sie hinter ihm und dem Strahl seiner Taschenlampe unter den Grundmauern des alten Hauses herging. Die Luft war so abgestanden, dass sie mehrmals niesen musste. Die neuen Reitstiefel an ihren Füßen quietschten leise.

»Nein, aber früher oft, als ich noch ein Junge war – genau wie später auch dein Vater. Er und seine Freunde waren viel hier unten und spielten Schmuggler und Polizisten oder was weiß ich. Aber heutzutage hindert mich meine Arbeit an so vielem. Ich wünschte, ich könnte öfter in den Stallungen sein. Im Umgang mit Tieren kann man seinen Stress am schnellsten vergessen, findest du nicht auch?«

Unter den Holzspänen in der Box der Clydesdale-Stute kamen sie wieder nach oben.

»Hat der Stallmeister nichts dagegen, wenn du ihn mitten in der Nacht aufweckst?«, fragte Kat, während sie über die Blesse am Kopf der Stute strich.

»Warum sollten wir James' Hilfe brauchen?« Ihr Großvater führte das Pferd zum Aufsitzblock. »Du kannst ein Pferd doch wohl allein aufzäumen, oder?«

»Ja, aber –«

»Und ich denke, dass ich eine Satteldecke auf mein eigenes Pferd schnallen kann. Faith und ich sind seit über achtzehn Jahren dicke Freunde. Sie ist eine sanfte Riesin. Ich nehme die Zügel, und du kannst dich an mir festhalten. Falls du noch nie auf einem Clydesdale gesessen hast, keine Bange. Es ist wie Reiten auf einem Sofa.«

Ein buttergelber Dreiviertelmond beschien ihren Weg. Als sie in den Wald hineinritten, erlosch das sanfte Licht, und sie ritten im Dunkeln. Vor nicht sehr langer Zeit hätte Kat der Gedanke, mitten in der Nacht mit ihrem geheimniskrämerischen Großvater in einen stockdunklen Wald zu reiten, Angst gemacht. Jetzt aber fühlte sie sich absolut sicher und behütet. Es hatte viel damit zu tun, wie er mit Tieren umging. Sie hatte ihn mit Pax bekannt gemacht, die nun mit Flush in der Sattelkammer einen Korb teilte, und er und die Collie-Dame hatten einander sofort ins Herz geschlossen.

»Was für intelligente Augen sie hat!«, hatte er begeistert gesagt und alles über ihre Herkunft und die verletzte Pfote wissen wollen. Den Anfang, nämlich wie sie Pax von der wenig später abrutschenden Klippenwand gerettet hatte, ließ Kat wohlweislich weg. Flush und Faith, die ihren Großvater schon ihr Leben lang kannten, hatten jede seiner Bewegungen mit vertrauensvollen braunen Augen beobachtet. Deshalb vertraute Kat ihm nun auch, obwohl sie nicht wusste, wohin ihr nächtlicher Ausritt führen würde, denn das hatte er ihr nicht verraten.

Faith dagegen schien es zu wissen. Die Clydesdale-Stute bewegte sich wachsam und trittsicher über den Waldweg und ließ sich durch nichts beirren, weder von knackenden Ästen noch vom Pfeifen des Winds oder von der Eule, die mit gespenstischen Flügelschlägen an ihnen vorbeiglitt. Kat war beeindruckt. Charming Outlaw wäre unter diesen Umständen längst durchgegangen und inzwischen auf halbem Weg nach Schottland.

Zweimal glaubte Kat, Hufschläge zu hören, als würden sie von einem Phantomreiter begleitet, doch beide Mal war niemand zu sehen gewesen.

Als zwischen den Bäumen das Schimmern eines Sees zu sehen war, zügelte ihr Großvater das Pferd und half Kat herunter. Er band Faith an einem Baum fest und führte Kat zu einem Erdwall, zwischen zwei Kiefern gelegen. Unter einem Blätterhaufen versteckt, befand sich eine hölzerne Falltür, und als ihr Großvater sie öffnete, kamen Betonstufen zum Vorschein. Ihr Großvater setzte seinen Fuß auf die zweite Stufe und reichte ihr eine Hand, als sei es die normalste Sache der Welt, seine Enkelin aufzufordern, weit nach Mitternacht in einem finsteren Wald in ein grabähnliches Erdloch hinunterzusteigen.

Kat blieb zögernd an der obersten Stufe stehen. Ein Jammer, dass Hanna nicht hier war, die garantiert gerufen hätte: *Kat Wolf, sag mal, spinnst du?!* Doch ihre Freundin schlief im Moment tief und fest in einem fernen Turmzimmer.

Die Clydesdale-Stute warf den Kopf hoch und wieherte leise zu den dunklen Bäumen hinauf.

»Ist da etwas?«, flüsterte Kat erschrocken.

»Komm schon, Katarina«, sagte ihr Großvater ungeduldig. »Es ist nur ein Eichhörnchen.«

Kat zog den Kopf ein und wagte sich die Stufen hinunter. Zu ihrer Überraschung gelangten sie in einen gemütlich eingerichteten kleinen Raum, mit einer Sitzbank, Kissen und Teppichen sowie einer Menge verblichener, eselsohriger Bücher. Es war ein Versteck, eigens gebaut, um Wildtiere zu beobachten. Ihr Großvater legte die Taschenlampe aufs Regal, und Kat sah die Miniaturbücherei durch, während er die Decken ausbreitete und aus einer mitgebrachten Thermoskanne heiße Schokolade in zwei Becher goss. Kat stellte sich vor, wie ihr Vater Rufus in ihrem Alter hier gewesen war, Vögel beobachtet und Bücher wie *Im Schwalbental, David Copperfield* und *Der Ruf der Wildnis* gelesen hatte. Mit einem Mal fühlte sie sich ihm näher als je zuvor. Und als sie sah, wie ihr Großvater einen Keks in seine heiße Schokolade tunkte, kam auch er ihr plötzlich viel menschlicher vor.

Er schaltete die Taschenlampe aus. Surrend glitt ein schmales Paneel zur Seite und gab den Blick auf einen Ausschnitt des Seeufers frei. Von der Bank aus konnte Kat die Umgebung nun aus dem Blickwinkel einer Ameise sehen. Ihr Großvater legte ihr eine Decke um die Schultern und reichte ihr sein Nachtsichtglas.

»Jetzt warten wir«, raunte er ihr zu.

Kat war bisher nur einmal in einem Erdversteck gewesen, bei einem Klassenausflug an einem regnerischen Tag in East London. Sie hatte gebibbert und wäre von kleinen Mücken fast aufgefressen worden, während ihre Klassenkameraden und sie ewig gewartet hatten, bis sie endlich ein paar traurige Enten und braune Vögel zu sehen bekamen.

Hier dagegen war ihr angenehm warm in ihrer neuen Fleecejacke, und dank des Nachtsichtgeräts fühlte sie sich fast, als hätte sie Superkräfte. Sie hatte noch keine zwei Schluck von ihrer heißen Schokolade getrunken, als auch schon ein majestätischer Hirsch ans Ufer trat und aus dem See trank. Anschließend hob er den Kopf und schüttelte sein Geweih, und dabei verspritzte er Tröpfchen, die glänzten, als bestünden sie aus Quecksilber.

Kat war mehr als fasziniert. Fische sprangen aus dem Wasser. Otter raschelten im Schilf. Eine Nachtigall sang. Weiteres Rotwild kam anmutig zwischen den Eichen hervor.

Kat justierte das Nachtsichtgerät und erspähte dann die gestreifte Schnauze eines Dachses. »Großvater, schau!«, flüsterte sie, doch leider etwas zu laut. Der Dachs zog sich augenblicklich zurück. Traurig musste Kat mit ansehen, wie sich auch das Rotwild verzog. Die Nachtigall verstummte.

Danach geschah lange Zeit nichts mehr. Kat fielen schon die Augen zu, als ihr Großvater sie anstupste.

Ein Hase stand direkt vor ihrem Versteck. Er wirkte mehr wie ein Geist als wie ein lebendiges Tier, seine Umrisse waren von goldenem Mondlicht gesäumt, seine Schnurrhaare schimmerten silbrig. Der Hase war so nah, dass Kat nur die Hand hätte ausstrecken müssen, um ihn zu berühren. Fest davon überzeugt, dass er allein war, begann er sich zu putzen. Näschen, Pfoten und der flauschige Stummelschwanz wurden intensiv abgeschleckt. Dann schien ihn etwas erschreckt zu haben, denn er verschwand so blitzschnell, als hätte es ihn nie gegeben. Kat wusste, dass sie diesen Moment ihr Leben lang nicht mehr vergessen würde.

»Schön?«, fragte ihr Großvater.

Um den Zauber des Augenblicks nicht zu brechen, nickte sie nur. Für sie war es das Schönste gewesen, dass die Tiere nicht gewusst hatten, dass sie beobachtet wurden. Es war, als hätten sie ihr freien Zutritt in ihre private Welt gewährt. Und auch in die ihres Großvaters …

»Dass du hier bist, gibt mir Hoffnung, Kat«, sagte er. »Es hat mir wieder in Erinnerung gerufen, dass es hinter all der Finsternis noch Licht gibt. Ganze Ozeane davon. Und deine

Anwesenheit hier führt mir vor Augen, dass es sich lohnt, dafür zu kämpfen.«

Auf seiner Armbanduhr blitzte ein rotes Licht auf. Er fluchte leise. Mit einer einzigen schnellen Bewegung drückte er auf den Knopf, mit dem das Paneel geschlossen wurde. Er zog Kat auf die Beine. »Kat, der Einfassungszaun wurde beschädigt. Keinen Mucks mehr. Du musst zum Haus zurück. Mein Bodyguard passt auf dich auf.«

Das rotbraune Pferd, das sie am Nachmittag über die Wiesen hatte galoppieren sehen, wartete neben Faith. Sein jugendlicher Reiter war ganz in Schwarz gekleidet und im Schatten kaum zu erkennen. Der Chauffeur hatte behauptet, es handle sich vermutlich um einen Gast. Doch wie sich jetzt herausstellte, war er der Bodyguard ihres Großvaters, und in diesem Fall war er älter, als es auf den ersten Blick und aus der Ferne den Anschein gehabt hatte. Während Kat noch zu begreifen versuchte, was vor sich ging, blitzte die Uhr ihres Großvaters grün auf. Eine Nachricht scrollte über das Display.

Er ließ ihre Hand los. »Falscher Alarm. Ein Kaninchen gräbt sich offenbar unter dem Zaun durch. Entschuldige, dass ich dir einen Schreck eingejagt habe, Kat. Mir war eigentlich klar, dass es riskant ist, dich hierherzubringen. Ich hätte es nicht tun sollen.«

»Doch«, sagte Kat mit Nachdruck. »Ich habe jede Sekunde genossen.«

Der Rotbraune und der Bodyguard verschmolzen wie

Phantome der Nacht mit dem Wald. Kat fand es erschreckend, dass ihr Großvater mit einem möglichen Attentäter gerechnet hatte, der an diesem friedlichen Ort zuschlagen könnte. Oder war der Bodyguard immer in seiner Nähe? Hatte Kat vorhin nicht leise Hufschläge gehört, als sie auf der Clydesdale-Stute durch den Wald hierhergeritten waren?

»Großvater, kommt das öfter vor?«, fragte sie. »Bist du ständig bedroht?«

»Ach was, nur von Kaninchen! So, Kat, sollen wir Faith jetzt fragen, ob sie uns nach Hause tragen wird? Ich weiß nicht, wie es dir geht, aber ich könnte eine Mütze Schlaf brauchen.«

19
Verborgene Drachen

Hanna verstellte die Rückenlehne ihrer Liege und kippte den Sonnenschirm so weit, dass ihr Laptop-Bildschirm im Schatten war. Dann nahm sie einen Schluck von ihrem frisch gepressten Ananassaft. »Okay, Kat, jetzt stürze ich mich rein!«

Kat unterdrückte ein Gähnen. »Hast du nicht gesagt, das Wasser im Pool sei dir zu kalt?«

»Ach was, ich stürze mich nicht ins Wasser«, antwortete Hanna. »Ich mache eine kleine Paddeltour durch die trüben Strömungen in Johnny Roswells Leben. Falls sich Haie im Cyberspace herumtreiben, sollten sie sich besser in Acht nehmen!«

Kat legte sich auf den Rücken und zog sich ihre Baseballcap über die Augen. Sie hatte nur drei Stunden geschlafen, bevor eine Bogenschießübungsstunde im Wald, ein kleiner Ausritt durch den Park und ein Picknick an einem mit rosa Seerosen übersäten Teich auf dem Programm gestanden hatten. Das Bogenschießen und das Picknick hatten den beiden Mädchen gefallen, doch den Ausritt hatte Hanna bestimmt, aber höflich abgelehnt. Ihr Puls hatte schon gerast, als sie Kat auf einem lebhaften Welsh-Mountain-Pony davonreiten sah.

Der Dunkle Lord (wie Hanna ihn insgeheim noch immer nannte) war zu ihr gekommen, als Kat am Horizont entlanggaloppierte, und hatte sie gefragt, ob sie nicht vielleicht Lust auf eine Partie Schach hätte. Sie hätte gewettet, dass er ganz genau wusste, dass sie in den Staaten Junior-Schachmeisterin gewesen war.

Sie hatten sich am Schachbrett gegenübergesessen und sich einen erbitterten Kampf geliefert, als ihr Gegner in den Nordflügel gebeten wurde, um einen Besucher zu begrüßen. Als Freya ihm den Namen des Mannes nannte, der ihn so dringend zu sprechen wünschte, hatte Hanna genau gesehen, wie er seinen Springer so fest umklammerte, als wolle er ihn entzweibrechen.

»Entschuldige, Hanna«, hatte er gesagt. »Wir spielen ein andermal weiter.« Und nach einer steifen Verbeugung stakte er davon, und seine breiten Schultern hatten sich vor Unmut verkrampft.

Freya blickte ihm ebenfalls nach. »Ich kann ihm seine Verärgerung nicht verdenken. Sir Haslemere spielt sich immer wie eine Primadonna auf. Der Mann hat Geld wie Heu, aber ich habe schon Frösche mit besseren Manieren gesehen, als er sie hat. Dummerweise ist er der beste Freund des Premierministers und sein größter Geldgeber, so dass Seiner Lordschaft und dem Rest von uns nichts anderes übrigbleibt, als ihn zu ertragen. Das ganze Personal stöhnt, wenn er zu Besuch kommt, denn er bringt immer eine Liste mit den absonderlichsten Forderungen mit, so lang wie sein Arm.«

Hannas Neugier war geweckt. »Zum Beispiel?«

»Mal überlegen. Einmal wollte er unbedingt eine Erstausgabe vom *Hobbit* haben. Das war eine mühsame Sucherei und hat ein Heidengeld gekostet. Oh, und neuerdings hat er einen Uhrentick und will unbedingt digitale *und* analoge Uhren für sämtliche Zeitzonen der Welt im Zimmer haben, für den Fall, dass mal der Strom ausfällt. Weiß der Himmel, wie er bei all dem Ticken und Blinken um sich herum überhaupt schlafen kann. Als er das letzte Mal kam, war er ganz dünn und geschwächt, nach irgendeiner scheußlichen Operation, aber wenn er morgens zum Frühstücken herunterkam, sah er immer aus, als hätte er einen Monat in einem Wellnesshotel zugebracht.«

Freya hatte das Gesicht verzogen. »Entschuldige, Hanna – ich bin normalerweise nicht so indiskret. Du wirst es doch nicht in deinen sozialen Medien posten, oder?«

»Nein, ich bin in keinem«, hatte Hanna ihr versichert. »Viel zu unsicher. Großes Indianerehrenwort!«

Als Hanna nun mit Kat, die von ihrem Ausritt zurück war, zusammen am Pool saß, überlegte sie sich, ob hinter der Verärgerung des Dunklen Lords mehr steckte als nur die Forderungen und Ansprüche eines verwöhnten reichen Typen. Während des Schachspiels hatte Kats Großvater eine Nachricht erhalten, die ihn aus der Fassung zu bringen schien. Drei Worte davon hatte sie lesen können: *Bedrohung Level 6.*

Doch das sagte ihr leider nichts. Sechs konnte *mittel* oder *sehr ernst* bedeuten. Und diese Bedrohung konnte so gut wie alles bedeuten – eine Reise in ein Kriegsgebiet oder seine eigene Sicherheit. Aber sie hatte ihn wohl kaum fragen können.

Ihr war nicht danach, es Kat zu erzählen. Ihre beste Freundin wirkte so glücklich seit ihrem nächtlichen Ausritt im Mondschein. Hanna wollte sie nicht damit belasten und ihr sagen, dass hinter dem Zwischenfall mit dem *Kaninchen unter dem Zaun* mehr stecken könnte, als ihr Großvater behauptet hatte.

Hanna beschloss, lieber an etwas anderes zu denken, und wandte sich dem Laptop zu. Sie war fest entschlossen, in ihren Bluebell-Bay-Ermittlungen weiterzukommen.

»Haben Sie irgendwelche Fragen bezüglich unseres neuesten Falls, Miss Mystery Wolf? Miss Mystery Fox wird versuchen, sie Ihnen zu beantworten.«

Kat schob ihre Baseballcap zurück. »Fragen zu Johnnys mysteriösen, vermutlich nicht durch einen Unfall verursachten Tod? Ja, habe ich, Miss Mystery Fox, Hunderte sogar.«

Hannas Finger verharrten über der Tastatur. »Ich bin bereit, Miss Mystery Wolf!«

»Zu welcher Tageszeit ist die Klippe damals vor zwei Jahren abgerutscht, als Johnny angeblich von herabstürzenden Felsblöcken erschlagen wurde?«

Hanna begann zu tippen und sagte dann: »Ganz leicht. Gegen ein Uhr nachts.«

Kat setzte sich auf. »Als es total dunkel war, richtig?«

»Logisch.«

»Wer, der noch alle Tassen im Schrank hat, würde mitten in der Nacht an den Klippen nach Fossilien suchen? Das allein beweist doch schon, dass Johnny ermordet wurde!«

»Nicht unbedingt«, erwiderte Hanna. »Es könnte sein, dass er ein unglaublich wertvolles Fossil entdeckt hatte, das er im Schutz der Dunkelheit ausgraben wollte.«

»Dann wäre dieses Fossil so wertvoll gewesen, dass es sich lohnte, dafür zu sterben. Oder umgebracht zu werden.«

»Stimmt! Nächste Frage?«

»Sergeant Singh sagte, es gebe Spuren, die darauf hindeuten, dass die Klippenwand gesprengt wurde. Als ich Pax rettete, habe ich ja auch einen roten Lichtblitz über dem Meer gesehen. Du hast im selben Moment die schattenhaften Umrisse eines Riesenhais gesehen. Was, wenn dein Riesenhai in Wirklichkeit ein graues oder marineblaues Boot war, das mit der Farbe des Meers verschmolzen ist? Oder … gibt es so etwas wie ein gläsernes Kanu?«

Hannas Finger huschten über die Tasten. »Nein, kein gläsernes Kanu, aber das hier …« Sie drehte den Laptop zu Kat.

»Ein Tarnkajak! Logisch! Jäger benutzen sie. Und auch die Marine.«

Noch während sie das sagte, schoss ihr ein irritierender Gedanke durch den Kopf. Mario Rossi hatte ein Foto von sich auf dem Couchtisch, auf dem er lächelnd neben einem umgedrehten Tarnkajak zu sehen war. Was, wenn *er* die Klippe gesprengt hatte?

Sergeant Singh hatte ihnen gegenüber erwähnt, einer der möglichen Gründe für diesen Klippenrutsch könnte gewesen sein, dass ein Geschäftsinhaber oder Ladenbesitzer von Bluebell Bay schnell reich werden wollte und es deshalb darauf angelegt hatte, massenhaft Touristen hierherzulocken, die den freigelegten Dinosaurier oder andere Fossilien zu besichtigen gedachten. Könnte es sein, dass Mario mit dem italienischen Besitzer des *Taste of Tuscany* unter einer Decke steckte? Dessen Restaurant war nach der Entdeckung einer Maus im Parmesankäse in Schwierigkeiten geraten. Doch jetzt, nach dem Fund des Juradrachen, war sein Lokal jeden Abend gerammelt voll.

Kat beschloss, lieber nichts zu sagen, bis sie sich ganz sicher war. Sie mochte Mr B und wollte sich nicht einmal *vorstellen*, dass sein Besitzer ein Krimineller sein könnte. Jeder galt als unschuldig, solange seine Schuld nicht bewiesen war, oder?

Doch gleich darauf kam ihr ein weiterer, nicht minder erschreckender Gedanke: Was, wenn die Person in diesem Tarnkajak die Klippenwand auch schon vor zwei Jahren gesprengt hatte und Johnny dabei aus Versehen ums Leben gekommen war?

»Ein Serienklippenwandsprenger? Halte ich für unwahrscheinlich.« Hanna rief einen Zeitungsartikel von damals auf. »Hier steht, dass der Klippenrutsch damals durch mehrtägige schwere Regenfälle verursacht worden ist. Der Reporter schreibt, dass die Klippen danach ungefähr so massiv waren wie ein Keks, den man in Tee getunkt hat. Falls Johnny so dumm war und an den Klippen herumgeturnt ist, dann hat er sein Leben riskiert. Entweder war er total versessen darauf, etwas Bestimmtes zu finden, oder er hat der falschen Person vertraut.«

»Zum Beispiel seinem Freund Harry Holt?«, fragte Kat.

»Finden wir es heraus! Dann betätige ich mich mal kurz als Hackerin«, sagte Hanna und grinste. »Schau weg, falls es dich nervös macht.«

»Ist es legal?«, erkundigte sich Kat nervös.

»Legal, piepegal«, frotzelte Hanna. »Ich bin das, was man gemeinhin einen White-Hat-Hacker nennt – also jemand mit einer weißen Mütze, der sich an Ethikregeln hält und folglich immer auf der Seite der Engel ist.«

»Und wer ist heute der Engel?«, frotzelte Kat zurück.

»Johnnys Schwester, JoJo. Sie hat gesagt, der Computer ihres Bruders sei gleichzeitig mit ihm verschwunden. Ich versuche jetzt herauszufinden, an was für einer Geschichte er damals gearbeitet hat. Vielleicht hat er sie in einer Cloud gespeichert oder in einem Filehosting-Dienst wie Dropbox.«

Kat sah nicht weg. Sie *konnte* nicht. Es war zu spannend,

Hanna dabei zu beobachten, wie sie im Internet quasi durch Wände *spazierte.*

Die Ergebnisse waren innerhalb von Sekunden da. Es gab drei Links zu Geschichten über den Blauflossenthunfisch, allerdings in einem, wie sich herausstellte, nicht sehr sicheren Filesharing-Archiv.

»Thunfisch?« Kat rümpfte die Nase. »Ich kann mir nicht vorstellen, dass Johnny wegen eines Thunfisch-Sandwiches ermordet wurde.«

»Oder wegen einer California Roll«, ergänzte Hanna.

»Blauflossenthunfisch ist für Sushi allerdings sehr gefragt und schweineteuer.«

Sie überflog einen Artikel. »Moment mal, das ist ja interessant. Vor zehn Jahren stand in einer Zeitung namens *Independent* ein Artikel darüber, dass ein japanischer Mischkonzern Hunderte Tonnen Blauflossenthunfisch in riesigen Gefrierkammern hortet. Und sie haben jedes Jahr weltweit weitere Blauflossenthunfische aufgekauft, um sie auf den Fischmärkten von Tokio zu verhökern.«

»Blauflossenthunfisch ist eine der gefährdetsten Fischarten unseres Planeten!«, rief Kat entsetzt. »Warum hat diese Firma immer weitere aufgekauft, wenn sie sie schon tonnenweise eingefroren hatte? Ist es diesen Leuten egal, dass sie diese Tierart damit ausrotten?«

»Sieht ganz so aus«, meinte Hanna. »Ihnen geht es nur ums Geld. Ah, hier ist noch ein Artikel, in dem steht, dass die Preise in die Höhe geschossen sind, seit die Blauflossenthunfische vom Aussterben bedroht sind. Im Januar 2019 wurde ein Blauflossenthunfisch – man beachte: *ein* einzelner Fisch – in Tokio für drei Komma drei Millionen Dollar verkauft. Es gibt auch gezüchtete Blauflossen, aber die wilden sind sehr viel gefragter. Ich denke, das bedeutet, dass jedes der Exemplare in den Gefrierschränken gut zehn oder mehr Millionen Dollar wert sein wird, sobald diese Thunfischart aus den Ozeanen verschwunden ist.«

Blauflossenthunfische, wie Goldbarren gehortet! Was für ein schrecklicher Gedanke.

Kat brach das Schweigen. »Das ist total krank, aber ich kann mir nicht vorstellen, dass Johnny an der englischen Juraküste ermordet wurde, weil er sich darüber empört hat, dass in Gefrierschränken in Japan Thunfische gehortet werden. Sieh doch mal nach, ob du sonst noch etwas über ihn findest.«

Doch jede weitere Suche verlief im Sande. »Das ergibt keinen Sinn«, sagte Hanna und versuchte es erneut. »Fast jeder hinterlässt Spuren von sich in Cloud-Accounts. Wenn Johnnys einziger Fußabdruck aus drei Thunfisch-Geschichten besteht, dann finde ich das ziemlich fischig, sprich: suspekt. Ich vermute fast, dass seine persönliche Online-Geschichte womöglich professionell gelöscht wurde.«

Kat starrte sie an. »Meinst du, es war Harry?«

»Niemals! Dafür muss man ein ziemlich begabter Hacker sein. Jemand von irgendeinem Geheimdienst oder vielleicht ein Black-Hat-Hacker. Die sind übrigens Kriminelle.«

Eine E-Mail-Meldung blitzte über den Bildschirm. »Ah, von Edith«, sagte Hanna und rief die Mail auf. »Ihr ist eingefallen, dass Harry als Junge ein großer Fan von Mary Anning war.«

Kat hatte sich wieder auf den Rücken gelegt. »Mary – wie?«

Hannas Kinnlade kippte herunter. »Sag bloß, du hast noch nie von Mary Anning gehört, der legendären britischen Fossiliensammlerin im neunzehnten Jahrhundert! Sie ist auch meine Heldin. Sie und ihr Bruder Joseph sind in Lyme Regis aufgewachsen, nicht weit weg von Bluebell Bay. Sie war erst zwölf, als sie ihren ersten Seedrachen entdeckt hat. So wurden die Ichthyosaurier damals genannt.«

Hanna holte kurz Luft, ehe sie fortfuhr: »Damals durften Frauen keine Wissenschaftler sein. Doch die besten männlichen Paläontologen und Einkäufer von Museen von überall her pilgerten nach Lyme Regis, um Marys Fossilien zu kaufen oder sie um Rat zu fragen. Angeblich brauchte sie nur einen Blick auf einen Dinosaurierknochen zu werfen und wusste sofort, um welche Spezies es sich handelt. Doch wie damals üblich, haben Männer den ganzen Ruhm für sich beansprucht, während sie selbst arm und von der Wissenschaft nicht anerkannt verstarb.«

»Meinst du, Harry fühlte sich auch irgendwie nicht anerkannt?«, fragte Kat. »Offenbar hat er Johnny alles beigebracht, was er über Fossilien wusste. Und vielleicht wurde er später neidisch, dass Johnny der bessere Sammler wurde, oder weil er mit seinen Fundstücken mehr Geld verdient hat als er.«

Hanna las gerade einen Artikel auf Wikipedia. »Ein seltsamer Zufall! Harrys Idol, Mary Anning, ist 1833 ebenfalls beinahe ums Leben gekommen, als ein Sturm Teile der Klippe wegriss, an der sie gerade nach Fossilien suchte. Ihr Hund Tray, der sie überallhin begleitete, ist damals ums Leben gekommen.«

»O nein!«, rief Kat und dachte daran, wie sie Pax an der Klippe gerettet hatte. »Hat Edith deshalb diese Mail geschickt – um uns zu sagen, dass auch Mary Anning einen Klippenrutsch miterlebt hat?«

»Nein, sie wollte uns über einen Artikel informieren, den Harry vor einigen Jahren für ein Wissenschaftsmagazin über Mary Anning geschrieben hat. Er war am Boden zerstört, als der Artikel abgelehnt wurde, und hat Edith das Schreiben des Verlegers gezeigt. Er wollte es nicht zurückhaben. Sie hat es im Anhang mitgeschickt, für den Fall, dass es eventuell von Bedeutung ist.«

Sehr geehrter Mr Holt,

besten Dank für die Zusendung des Artikels über Mary Annings verschollene Briefe an die Redaktion von Fossils Forever. Wären wir ein Groschenheft, wäre es ja eine amüsante Lektüre, doch wir sind ein seriöses wissenschaftliches Magazin.

Es ist absurd, ohne jeden Beweis zu behaupten, dass die große Mary Anning angedeutet haben soll, dass es unter den Klippen von Bluebell Bay Drachen gebe oder dass die Briefe, die Ihre Behauptung untermauern könnten, vor über einem Jahrhundert von einem Orden mit dem abenteuerlichen Namen Drachenorden gestohlen wurden. Wenn wir Ihre Verschwörungstheorien veröffentlichten, würde sich unser Verlag zum Gespött seiner seriösen Leserschaft machen.

Ich wünsche Ihnen alles Gute für Ihre zukünftige Karriere als Romanschriftsteller und bedauere, dass ich Ihnen keinen positiveren Bescheid geben kann.

Walter Block
Chefredakteur

Mit müder Stimme sagte Kat: »Wohin man blickt, nur Drachen! Was hat es mit diesem Drachenorden auf sich, Miss Mystery Fox?«

Doch sobald Hanna auf *Enter* gedrückt hatte, poppte auf ihrem Bildschirm ein grellrotes Banner auf.

ZUGANG ZU DIESER SEITE IST BESCHRÄNKT.
JEDER WEITERE VERSUCH KANN ZU

STRAFVERFOLGUNG FÜHREN UND ZUR KONFISZIERUNG SÄMTLICHER INVOLVIERTEN COMPUTER.

Hastig klickte Hanna die Seite weg. »Himmel, das kam unerwartet. Ich fürchte, wir werden in nächster Zeit nichts über diesen Drachenorden herausfinden.«

Kat schloss die Augen. »Ich kann nicht sagen, dass es mir leidtut. Für heute habe ich wahrlich genug von Drachen gehört.« Und innerhalb von Sekunden war sie eingeschlafen.

Es war so heiß, dass man auf der Terrasse am Pool ein Spiegelei hätte braten können. Da Hanna nichts mehr hatte, um sich abzulenken, wurde sie ruhelos, und ihr war langweilig. Sie griff nach Kats Krimi, war aber zu nervös, um sich zu konzentrieren. Der Verteidigungsminister hatte ihr seinen Ersatz-Laptop anvertraut. Was, wenn er jetzt Ärger bekam, weil sie versucht hatte, eine verbotene Seite zu öffnen? Kat würde ihr das nie verzeihen.

Sie war drauf und dran, Kat aufzuwecken, als sie plötzlich eine körperlose Stimme donnern hörte: »Finden Sie Kinder nicht auch *unerträglich*? Sie sind so was von schwierig, schwer kontrollierbar und widerlich!«

Hanna brauchte einen Moment, um zu ergründen, woher diese Stimme kam. In den Steinplatten unter ihrer Liege gab es einen Lüftungsschlitz. Darunter befanden sich die Souterrainbüros des Nordflügels. Die durch ein Eisengitter heraufdringenden Worte waren klar und deutlich hörbar.

Ein zweiter Mann sagte: »Ich selbst habe drei Kinder, und ich muss sagen, ich habe sie recht gern.«

»*Drei?!* Himmel, wie schaffen Sie das nur? Aber ich nehme an, Sie haben Kindermädchen. Entschuldigen Sie, falls ich Sie gekränkt habe. Es ist nur so, dass Kinder, abgesehen von der Hygiene oder besser gesagt deren Fehlen, so etwas Irritierendes an sich haben. Es ist, als würden sie Dinge *sehen.*«

Ein kehliges Lachen war zu hören. »Sehen einem in die Seele, meinen Sie das? Haben Sie von Ihrer neulich mal die Spinnweben weggewischt, um auf andere Gedanken zu kommen?«

»Sehr witzig. Da ist dieser Junge – der Sohn des Arztes, mit dem wir Schwierigkeiten haben. Er führt etwas im Schilde, das spüre ich. Er hat so etwas Wachsames an sich, als würde er etwas aushecken. Aber egal, sobald wir ihn und seinen Vater nicht mehr brauchen, werden die beiden eliminiert.«

Eine Gänsehaut breitete sich an Hannas Armen aus. Das hier klang wie eine Bedrohung Level 10, keine Lachnummer.

Der Mann fuhr fort: »Wie ich schon sagte, ist Hamilton Park eigentlich der letzte Ort, an dem man mit Kindern rechnen würde, und jetzt sind gleich zwei da. Zu wem gehören sie? Gibt es eine Chance, sie loszuwerden?«

»Viel Glück dabei! Es ist die Enkelin des Verteidigungsministers und deren Freundin, die übers Wochenende hier sind. Soweit ich gehört habe, liebt er seine Enkelin Katarina über alles.«

»Ach ja, stimmt, ich habe seine lästige Schwäche für Kinder und Tiere ganz vergessen. Erinnern Sie sich an damals, als wir die Terrasse am Pool volle drei Monate nicht betreten durften, weil dort Mauerschwalben nisteten? Aber ich schweife ab. Ich gebe morgen eine neue Bestellung auf. Brauchen Sie auch etwas?«

»O ja, unbedingt. Meine Arthritis ist wieder schlimmer geworden. Zwei schwarze T-Shirts für mich und ein gestreiftes für meine Frau. Sie will ihren Stil ändern. Und falls weißes Plastik verfügbar ist, würde ich gern eine Bestellung aufgeben – eine weiße Schnitzerei für ihren Geburtstag.«

»Ist gebongt.«

Hanna wurde von Neugier übermannt. Sie schob ihre Liege ein Stück zur Seite, kniete sich auf den Boden und drückte ein Auge ans Gitter. Doch sie konnte nur ein Paar Männerschuhe sehen. Schwarze Halbschuhe mit himmelblauen Schnürsenkeln!

»Hey, was spionierst du da herum?«, fragte Kat plötzlich.

Hanna fuhr erschrocken auf und stieß dabei an das Tischchen. Eine volle Kanne mit Ananassaft kippte um, und der Inhalt ergoss sie durch das Gitter.

»Was zum ...«, stotterte einer der Männer. »Wer ist da oben?«

»Kat, *Code rot, Code rot!*«, zischte Hanna, wie sie es vereinbart hatten, falls ein Notfall sofortiges Handeln erforderte und Fragen bis später warten mussten.

Die Mädchen rafften das Buch, den Laptop und ihre Handtücher zusammen und rannten an den Tennisplätzen vorbei durch den Torbogen, der zum Südflügel führte. Erst als sie glücklich oben im Turmzimmer angekommen waren, merkte Hanna, dass sie ihre Sonnenbrille am Pool vergessen hatte.

20
Killer-Moves

In dieser Nacht träumte Kat, sie habe sich im Labyrinth von Hamilton Park verlaufen. Tiny war auch dabei. Und egal, wie schnell sie lief und wie laut sie rief – sie konnte ihn nie erreichen, da sein gefleckter Schwanz immer gerade um die nächste Biegung der Eibenhecken verschwand. Plötzlich verformte sich Tinys Schwanz zu einem schuppigen roten Drachen. Als er sich umdrehte, schossen ihr glühend heiße Flammen entgegen, und er trug eine Maske.

»Feigling!«, schrie sie lautlos. »Zeig dich! Wer bist du?«

»Es ist nur ein Traum«, sagte Hanna und schüttelte sie aus ihrem Albtraum. »Soll ich Freya oder deinen Großvater holen?«

»Nein, nicht!« Kat wollte kein Aufhebens. Sie wollte nur wieder zu Hause sein, in ihrem eigenen Bett, im Idealfall mit ihrem Kater neben sich. Hätte sie mitten in der Nacht aus dem Herrenhaus mit den knarrenden Fußböden, den finsteren Porträts und zwielichtigen Besuchern fliehen können, hätte sie ohne zu zögern ihre Siebensachen gepackt und das Weite gesucht.

Man musste kein Psychologe sein, um zu wissen, warum

Kat Albträume hatte. Sie war in Sorge um Tiny. Allem Anschein nach bestand absolut kein Grund dazu. Dr. Wolfs Textnachrichten zufolge ging es Tiny gut, es ging Xena gut, Janeys Katze ging es gut, Charming Outlaw ebenfalls, und Orkaan ging es natürlich auch gut. Aber genau das war das Problem. Da waren zu viele *Gut.* Das machte Kat misstrauisch.

Und wie gefällt es euch in Hamilton Park?, hatte ihre Mutter sich per SMS erkundigt.

Gut!, hatte Kat zurückgeschrieben.

Und wie kommst du mit deinem Großvater zurecht?

Gut!

Pah, was ihre Mutter konnte, konnte sie auch. Dieses Spielchen konnte man auch zu zweit spielen.

Tina, die Tierarzthelferin und Freundin ihrer Mutter, war etwas mitteilsamer gewesen: *Xena ist mir vielleicht eine Diva! Besteht darauf, auf meinem Kissen zu schlafen. Und was meine Sneakers betrifft, der linke ist futsch. Zum Glück wollte ich mir sowieso neue kaufen. P. S. Komm bald nach Hause. Tiny vermisst dich.*

Nun, im Turmzimmer, umarmte Kat ihre Freundin Hanna. »Danke, dass du mich vor dem Drachen gerettet hast. Ich bin froh, dass du mich geweckt hast, sonst hätte er mich bei lebendigem Leib verschlungen!«

Hanna grinste. »Gern geschehen. Wofür sind beste Freundinnen da, wenn nicht dafür, einander vor bösen Drachen zu retten?«

Kats Herzschlag normalisierte sich wieder. Gleich am

nächsten Morgen sollte der Chauffeur sie nach Bluebell Bay zurückfahren. Spätestens gegen Mittag wäre sie wieder bei Tiny. Dann wäre wirklich alles wieder gut. Sie musste nur zusehen, dass sie bis dahin überlebte.

Entschlossen schlug sie ihre Bettdecke zurück. »Freya hat gesagt, wir könnten uns in der Küche jederzeit heiße Schokolade holen. Hast du Lust?«

Hanna ließ sich nicht lange bitten. »Klar komm ich mit!«

Kat hatte gehofft, ihr Großvater wäre vielleicht in seinem Arbeitszimmer, wenn sie auf dem Weg in die Küche daran vorbeigingen. Sie hätte wirklich gern mit ihm geredet. Tiny war nicht ihre einzige Sorge. Dass sie die Drachenkarte verloren hatte, machte ihr ebenfalls zu schaffen …

Früher an diesem Abend hatte Kat sich vor dem Abendessen von den Pferden verabschiedet, als sie oben auf dem Heuboden ein Kätzchen miauen hörte. Nach diesem Kätzchen zu suchen, war ihr erster Fehler gewesen. Der zweite war, dass sie nicht sofort kehrtgemacht hatte, als sie die zwischen zwei Balken aufgehängte Hängematte sah. Sie fand auch einen Campingkocher vor, Konservendosen, einen vollen Rucksack und auf einem Heuballen einen Stapel Bücher. Und eines dieser Bücher war Kat zum Verhängnis geworden. Kaum hatte sie den Titel gesehen – *Der Weg des Mungos: Fünfundzwanzig Killer-Moves* –, hatte sie sich darauf gestürzt.

Der Weg des Mungos war eine relativ unbekannte Kampfsportart, die aus Shanghai, China, kam. Seit Monaten verbrachte Kat viel Zeit damit, sich einige der insgesamt über hundert Würfe und Abwehrtechniken, die sie im Internet gefunden hatte, selbst beizubringen. Doch sämtliche Experten waren sich darin einig, dass man unbedingt genau dieses Buch gelesen haben musste, um ein wahrer Mungomeister zu werden. Bedauerlicherweise war das Buch jedoch vergriffen.

Kat wusste instinktiv, dass dieses Exemplar dem Reiter des rotbraunen Pferds gehören musste. Allein schon die Vorstellung, dass der Beschützer ihres Großvaters ein Mungomeister sein könnte, war unglaublich aufregend.

Dass sein Bodyguard jedoch so ärmlich untergebracht war, warf unangenehme Fragen auf. Warum war er hier auf den Heuboden verbannt worden, statt in den geräumigen Räumen der Bediensteten wohnen zu dürfen? Behandelte ihr Großvater seine Angestellten so mies?

Niemand sonst war in der Nähe gewesen. James, der Stallmeister, war außer Haus, um die Schafe zu füttern, und hatte die Hunde mitgenommen. Nachdem Kat in dem Buch geblättert hatte, beschloss sie, den Killer-Move 18 auszuprobieren: den *Schmetterlingsschwung.*

Als sie einen fiktiven Angreifer abwehrte – indem sie ihn mit einem Fuß ans rechte Knie stieß, während sie gleichzeitig seinen linken Knöchel wegkickte –, war das schwarzgoldene Drachenkärtchen, das sie im Hotelflur gefunden hatte, aus der Brusttasche ihres Poloshirts geflogen und durch eine Ritze in den Holzbrettern des Heubodens gefallen. Kat konnte gerade noch sehen, wie es unten neben einem Wassertrog landete. Schnell hatte sie das Buch zurückgelegt und war die Leiter hinuntergeklettert, um das Kärtchen zurückzuholen.

Doch es war verschwunden.

Ungläubig hatte Kat auf den Betonboden gestarrt. Es gab keine ähnlichen Wassertroge oder Rinnen, in die es gefallen sein könnte. Nachdem Kat die Sattelkammer und die Ställe nach irgendwelchen Lebenszeichen durchsucht hatte, war sie zu dem Eingang der Stallungen gerannt. Der einzige Mensch, den sie entdeckte, war ein Gärtner gewesen, der in der Nähe des Nordflügels eine Glyzinie zurückschnitt. Doch er konnte unmöglich über den Rasen gerannt sein, das Kärtchen in der kurzen Zeit, die Kat gebraucht hatte, um die Leiter hinunterzuklettern, gefunden haben – außer wenn er ein Zeitreisender wäre.

»Was verloren?«, hatte James gefragt, als er mit den beiden Border Collies an seinen Fersen zurückkam und Kat auf dem Boden herumkriechen sah.

»Nur Pax. Ich habe sie vermisst.« Kat wollte nicht zugeben, dass sie eine nicht identifizierte und möglicherweise wertvolle Karte verloren hatte, die ihr gar nicht gehörte. »Komm, Pax, meine Süße. Lass dich umarmen. War es schön bei den Schafen?« Sie blickte auf. »Ähm, James, waren Sie vorhin hier drin?«

»Meinst du etwa, ich könnte mich mit den beiden lebhaften Kerlen hier hereingeschlichen habe, ohne dass du es bemerkt hättest? Kann ich mir nicht vorstellen. Ach, übrigens, ich werde heute Nacht nicht da sein, weil ich meine Mutter besuche. Einer unserer Gärtner wird sich um Pax und Flush kümmern.«

Kat hatte nur genickt, denn im Geiste war sie immer noch bei dem verschwundenen Kärtchen. Am ehesten hatte der Bodyguard es an sich genommen, der offenbar kommen und gehen konnte, als wäre er ein Phantom. Doch wenn er gesehen hatte, dass das Kärtchen herunterfiel, warum hatte er dann nicht gerufen? Warum hätte er es an sich nehmen sollen, wenn er nicht etwas über das Drachenkärtchen gewusst hatte, was Kat *nicht* wusste? War es vielleicht eine spezielle Kreditkarte von einer dieser Banken, die nur das Geld von Milliardären und Berühmtheiten wie den Swanns akzeptierten? Falls es tatsächlich dem Schauspieler-Ehepaar oder einem anderen stinkreichen Hotelgast gehörte, würde der Besitzer dann demnächst feststellen müssen, dass sein Konto leergeräumt worden war?

»James, wer wohnt oben auf dem Heuboden?«, hatte Kat gefragt.

James drehte einen Wasserhahn auf und füllte unter lautem Plätschern zwei Eimer. »Seine Lordschaft hat einen Pferdetrainer, den er gut kennt, eingeladen, um für ein paar Wochen mit unseren Jährlingen zu arbeiten.«

Kat fand es seltsam, dass der Stallmeister nicht wusste, dass dieser geheimnisvolle Trainer in Wirklichkeit der Bodyguard seiner Lordschaft war. »Warum wohnt der Trainer nicht im Haus?«, hatte sie nachgehakt. »Es ist ja nicht so, dass es nicht genügend Räume gäbe.«

»V erträgt keine Wände«, hatte James sachlich geantwortet.

»V wie der Buchstabe? Oder ist V die Kurzform für Vincent oder Vaughan oder so?«, wollte Kat wissen.

Doch James marschierte bereits mit den beiden scheppernden Eimern davon und blieb ihr die Antwort schuldig.

21
Kauernde Tiger

Beim Abendessen war Kat hin und her gerissen. Ihr Großvater hatte keine Mühen gescheut, um sicherzustellen, dass Hanna und sie eine unvergessliche Zeit in Hamilton Park verbrachten. Sie wollte ihre letzte gemeinsame Mahlzeit nicht dadurch verderben, indem sie V, der ihr notfalls das Leben gerettet hätte, falls das Kaninchen unter dem Zaun sich als Attentäter entpuppt hätte, des Diebstahls bezichtigte.

»Beschreib deinem Großvater doch einfach, wie das Drachenkärtchen aussah, und frag ihn, ob er schon mal etwas Ähnliches gesehen hat!«, hatte Hanna vorgeschlagen. »Dann beschuldigst du niemanden. Und er sagt vielleicht: *Oh, einer meiner Angestellten hat es bei mir abgegeben,* oder er weiß sofort, dass es die Kreditkarte einer Bank für Multimillionäre ist oder der Mitgliedsausweis für einen elitären Londoner Club. Ich persönlich vermute, dass es ein elektronischer Geschenkgutschein für ein Geschäft ist, das Drachenspielsachen und Drachenbücher verkauft. Der Dieb kann froh sein, wenn fünf Pfund drauf sind.«

Doch Kat hatte keine Gelegenheit, das Thema anzusprechen. In der Welt des Dunklen Lords brach irgendeine mittlere Krise aus, und er wurde drei Mal vom Abendessen weggeholt, bevor er schließlich ganz verschwand.

Er hatte sich entschuldigt und erklärte ihnen später beim Gutenachtsagen, warum er so dringend den Tisch verlassen musste. Kat glaubte ihm kein Wort. Wenn alles in schönster Ordnung war, warum patrouillierten plötzlich zwei bewaffnete, muskelbepackte Wächter über das Gelände?

Vielleicht hatte er ihr Unbehagen gespürt, denn er sagte ganz unerwartet: »Du brauchst keine Angst zu haben, Kat Wolf. Selbst Drachen finden irgendwann ihr Ende.«

Selbst Drachen finden irgendwann ihr Ende.

Seine Worte kamen Kat nun wieder in den Sinn, als sie und Hanna kurz nach ein Uhr morgens an der Tür seines Arbeitszimmers standen. Mondlicht fiel auf den Perserteppich, der zur Seite geschoben worden war. Litt ihr Großvater schon wieder an Schlaflosigkeit? Hatte er beschlossen, seine Clydesdale-Stute zu besuchen?

»Ist das nicht die Falltür, von der du mir erzählt hast?«, flüsterte Hanna. »Ich war noch nie in einem Geheimgang. Meinst du, ich kann ihn mir mal kurz ansehen? Wir könnten zu den Stallungen gehen und noch einen Versuch machen, das Drachenkärtchen zu finden …«

Kat war sofort einverstanden. Ein ausgezeichneter Plan! Falls ihr Großvater dort war, würde er eventuell auch Hanna zu dem Rotwild und dem Hasen mitnehmen. Für diesen Fall steckte sie schon mal das Nachtsichtgerät ein.

Doch als sie im Stroh von Faith' Box wieder nach oben kamen, lag alles im Dunkeln. Behutsam machte Kat die Luke hinter ihnen zu und spitzte die Ohren. Die Pferde gingen nervös hin und her und schnaubten, ihre Ohren zuckten wie Radardetektoren hin und her.

Wenn etwas nicht stimmte, warum bellten die Hunde dann nicht? Da fiel ihr ein, dass Pax und Flush über Nacht bei einem der Gärtner waren. »Hanna, ich habe ein ungutes Gefühl. Wir sollten zurückgehen.«

Hanna drückte ihren Arm. Eine dunkle Gestalt huschte an dem verstaubten Stallfenster vorbei.

Erschrocken duckten die Mädchen sich, und alles blieb ruhig. Hanna deutete auf die Luke, doch Kat flüsterte: »Zu riskant. Sie quietscht. Bleib du hier bei Faith. Ich gehe den Bodyguard wecken.«

Geräuschlos schob sie den Riegel der Boxentür zurück und kletterte die Leiter zum Heuboden hinauf. Oben angekommen sah sie sich schockiert um. Jede Spur des Bodyguards war verschwunden. Nur eine einzelne violett gestreifte Socke lag noch in einer Ecke, sonst hätte Kat die Hängematte, die Bücher und den Campingkocher, die sie wenige Stunden zuvor hier gesehen hatte, für ein Hirngespinst gehalten. Rasch stopfte sie sich diese Socke in die Tasche, als Beweis dafür, dass sie das Ganze nicht erfunden hatte.

Hanna erwartete sie am Fuß der Leiter. Sie packte Kat am Arm und führte sie zum Fenster. »Sieh nur!«

Ein Eindringling bewegte sich tollkühn über das Dach

des Herrenhauses auf den Südflügel zu. Drei Stockwerke unter ihm schritt ein bewaffneter Sicherheitsmann an der Vorderseite des Hauses entlang, beziehungsweise er schlenderte gemütlich, gähnte und streckte sich ausgiebig. Kat hob das Nachtsichtgerät an die Augen und sah, dass noch eine zweite Gestalt auf dem Dach war, die sich von hinten an die erste heranschlich. Das musste V, der Bodyguard, sein, davon war Kat überzeugt.

Der Eindringling schien zu spüren, dass jemand hinter ihm war, denn er drehte sich blitzschnell um und setzte zu einem Roundhouse-Karatekick an. Der Bodyguard konterte mit einem Schlag, den Kat als Killer-Move 10 identifizierte: *der Springende Tiger*.

Der Wächter unten ging gerade über die Zufahrt. Er bückte sich kurz, um an einer Rose zu schnuppern, ohne zu ahnen, welches Drama sich direkt über ihm auf dem Dach abspielte. Die beiden Kämpfenden agierten mit so anmutigen, fließenden Bewegungen, dass man kaum glauben konnte, dass sie sich in Wirklichkeit einen erbitterten Kampf lieferten. Es war mehr ein Balletttanz als eine knallharte Auseinandersetzung. Ihre Silhouetten zeichneten sich vor dem Sternenhimmel ab, als sie in die Höhe schnellten, herumwirbelten und den Gegner abblockten.

»Sollten wir nicht versuchen, den Wachmann auf diesen Kampf aufmerksam zu machen?«, flüsterte Hanna.

Doch er war zu weit weg, um sie hören zu können, auch wenn sie gebrüllt hätten, und Kat befürchtete zudem, dass er auf sie schießen könnte, wenn sie ihn erschreckten. Und zudem wollte sie V nicht in Gefahr bringen, der oben auf dem Dach hochkonzentriert kämpfte.

Als der Wächter am Labyrinth entlangging und aus Kats Sichtfeld verschwand, machte der Eindringling einen schwindelerregenden Sprung vom Dach und seilte sich dann blitzschnell seitlich am Südflügel ab. V, der kein Seil bei sich hatte, konnte ihm nur nachblicken, als er in der Dunkelheit verschwand.

»Wir müssen hier weg!«, raunte Kat ihrer Freundin zu.

Von Hanna kam kein Widerspruch. Die beiden Mädchen rannten durch den unterirdischen Geheimgang zurück und nach oben in ihr Turmzimmer. Heilfroh ließ Hanna sich auf ihr sicheres, warmes Bett fallen. »Sollen wir jemanden wecken?«

In diesem Moment klingelte unten ein Telefon, eine Tür wurde geöffnet, und gedämpfte, eindringliche Stimmen drangen durch das Treppenhaus herauf.

»Ich glaube, wir wären nur im Weg«, sagte Kat und wünschte sich erneut, sie wäre zu Hause bei Tiny, der sie ebenso loyal beschützte wie V ihren Großvater.

Adrenalin pulsierte durch ihre Adern, und sie hätte gewettet, dass sie die ganze restliche Nacht kein Auge zumachen würde. Doch schon nach wenigen Sekunden war sie eingeschlafen, mit den tröstlichen Worten des Dunklen Lords im Kopf: *Du brauchst keine Angst zu haben, Kat Wolf. Selbst Drachen finden ihr Ende.*

22
Der Mann von der Tierkontrolle

Punkt neun Uhr verließen sie Hamilton Park in einer Limousine, diesmal mit einem anderen Chauffeur, der zwar höflich, aber eher wortkarg war. Es gab auch keine Ingwerlimonade. Die schusssichere Trennscheibe, die ihn von seinen Passagieren trennte, sorgte ebenfalls dafür, dass keine Unterhaltung möglich war.

Als sich die Eisentore hinter ihnen schlossen, atmete Kat auf. »Tut mir leid, Hanna – es war nicht direkt das entspannende Wochenende à la *Downton Abbey*, das ich dir versprochen hatte.«

»Machst du Witze?! Ich hatte Spaß wie schon lange nicht mehr! Ich kann es kaum erwarten, bald wieder hinzufahren … Aber was hältst du von dem, was Freya beim Frühstück gesagt hat?«

Als sie nach unten gekommen waren, hatte Freya beim Pfannkuchenbacken fröhlich vor sich hin gesummt. Von Kats Großvater natürlich keine Spur.

»Seine Lordschaft sagte, er wünsche euch beiden eine sichere Heimfahrt zurück nach Bluebell Bay. Ihn hat die Pflicht gerufen.«

Kat war nicht sonderlich überrascht. »Ein Notfall?«

Freya lachte. »Erraten! Gut geschlafen?«

Hanna goss sich ein Glas Orangensaft ein. »Ja, danke – obwohl wir ein paar komische Geräusche gehört haben. Wir hatten schon Angst, es könnte ein Einbrecher sein.«

»Leider nicht!«, entgegnete Freya schmunzelnd und stellte ein Glas Ahornsirup auf den Tisch. »Seine Lordschaft und ich hoffen ständig, jemand würde einbrechen und das grässliche Gemälde seines Großonkels Horace auf der Moorhuhnjagd stehlen, doch das ist bisher nicht passiert. Kat, wir haben auch Kokosnussjoghurt da, falls du es magst. Nein, der Wachmann hat gemeldet, dass es eine friedliche Nacht war.«

»Meinst du, Freya hat gelogen, oder hatte sie wirklich keinen Schimmer, dass ein Eindringling auf dem Dach war?«, fragte Hanna jetzt, als die Limousine beschleunigte.

»Sie kommt mir nicht wie eine Lügnerin vor«, sagte Kat und öffnete das Seitenfenster ein Stück weit, damit Pax die grüne Landschaft vorbeiflitzen sehen konnte. »Es sei denn, es ginge um die nationale Sicherheit, was natürlich möglich wäre. Schließlich hat jemand – vermutlich sein Bodyguard – meinen Großvater geweckt und ihn informiert. Allerdings wundert es mich, dass kein Alarm losschrillte. Es wäre nett gewesen, wenn mein Großvater nach uns geschaut hätte, aber vielleicht ist er davon ausgegangen, dass wir oben im Turmzimmer in Sicherheit waren, und wollte uns nicht beunruhigen.«

»Kann sein«, sagte Hanna skeptisch. »Mir hat es hier gefallen, aber ich bin irgendwie doch froh, dass wir nach Hause fahren. In Bluebell Bay kommt mir das Leben sehr viel unkomplizierter vor. War es zumindest bis zur Entdeckung des Dinosauriers. Apropos, Miss Mystery Wolf, wir sollten uns wieder mit unserem Fall befassen.«

Kat zückte ihr Notizbuch. »Warum nicht jetzt gleich?«

Sie schrieb *Wer hat Johnny getötet?* oben auf die Seite und unterteilte sie dann in zwei Spalten.

TATVERDÄCHTIGE/R	MOTIV
Harry Holt	Neid oder Habgier, weil Johnny ein wertvolles Fossil entdeckt hatte
Rivalisierender Fossilienjäger	dito
Umweltzerstörende Firmen, z. B. Hersteller von Unkrautvernichtungsmitteln, Fuchs- oder Dachsjäger, illegale Holzfäller	Angst, dass ihre Verbrechen auffliegen
Die Monster, gegen die Johnny ermittelt hat	dito

»Au Mann, da tauchen immer mehr Fragen auf«, lautete Kats düstere Erkenntnis.

»Aber eines wissen wir mit Sicherheit«, sagte Hanna. »Johnny hat seiner Schwester erzählt, er ermittle gegen Monster. Im Plural! Nicht gegen *ein* Monster, sondern gegen zwei oder mehr. Ich bin dafür, dass wir Harry von der Liste der Verdächtigen streichen. Er hätte nicht zu Edith gesagt: *Ihnen hat nicht gefallen, was Johnny tat, und deshalb haben sie ihn aus dem Verkehr gezogen,* wenn er von sich selbst geredet hätte, oder? Und ich denke, wir sind uns ziemlich sicher, dass keine Fuchs- oder Dachsjäger Johnny umgebracht haben. Das verkürzt unsere Liste schon mal.«

Kat nickte. »Mit dem Streichen der Fuchs- oder Dachsjäger bin ich einverstanden, aber Harry ist nach wie vor ein unbekannter Faktor. Er könnte mit jemandem zusammengearbeitet haben – einem anderen Fossiliensammler vielleicht. Der Verleger von *Fossils Forever* hat sich über Harrys Behauptung lustig gemacht, dass Mary Anning von *Drachen* berichtet hat, die unter den Klippen von Bluebell Bay verborgen sind. Was, wenn Harry und Johnny damals vor zwei Jahren beide darauf versessen waren, den Juradrachen als Erster zu finden?«

Hanna sagte aufgeregt: »Und was, wenn ihnen jemand zuvorkam?« Etwas weniger aufgeregt fuhr sie dann aber fort: »Diese Möglichkeit scheidet aus, weil der Dracoraptor ja erst vor einer Woche entdeckt wurde. Aber das bedeutet nicht, dass ein rivalisierender Sammler nicht danach gesucht haben könnte. Wir müssen unbedingt herausfinden, ob es diesen Drachenorden noch gibt. Vielleicht ist es eine

Geheimgesellschaft wie die Freimaurer, die auch seit Jahrhunderten im Verborgenen existiert.«

Während die Limousine durch die idyllische Landschaft der Grafschaft Dorset fuhr, sagte Kat: »Ich würde vorschlagen, dass wir uns fürs Erste mit einigen der Minirätsel beschäftigen, über die wir ständig stolpern. Ein oder zwei davon könnten zusammenhängen.«

»Minirätsel?«

»Na ja, die mysteriösen Einzelheiten, die aus einem Roman von Enid Blyton stammen könnten. Wir wissen nicht, was es mit diesem Drachenorden auf sich hat, wo das verschwundene Drachenkärtchen abgeblieben ist und wer der Unbekannte auf dem Dach war. Oh, und dann wäre da noch die Identität des mysteriösen Bodyguard-Phantoms zu klären.«

Hanna kicherte. »Außerdem wäre da noch das mysteriöse *Gespräch*, das ich am Pool von Hamilton Park zufällig mitgehört habe. Ich bin mir sicher, dass die beiden Männer – Regierungsbeamte oder mögliche Besucher – einen Code benutzt haben. Das mit den gestreiften T-Shirts und den weißen Plastikschnitzereien ergibt keinerlei Sinn. Und ich wünschte, ich wüsste mehr über das *Vater-und-Sohn-Rätsel*. Die beiden, die eliminiert werden, sobald sie nicht mehr nützlich sind.«

Kat kaute auf ihrem Stift herum. »Meinst du, das könnte ebenfalls ein Code für etwas ganz anderes gewesen sein?«

»Ich hoffe es, aber was, wenn nicht? Der Typ klang, als

meine er es todernst. Denkst du nicht, dass wir es deinem Großvater erzählen sollten?«

»Ich finde, zuerst sollten wir versuchen, mehr darüber herauszufinden. Du hast gesagt, einer der beiden Typen habe schwarze Schuhe mit blauen Schnürsenkeln getragen. Vielleicht können wir in Erfahrung bringen, welche Firmen blaue Schnürsenkel verkaufen. Kann ja sein, dass sie aus einem exklusiven Geschäft mit Designerschuhen stammen, das relativ wenige Kunden hat.«

»Schön wär's«, sagte Hanna mit einem schiefen Lächeln. »Ich habe schon recherchiert und fünfhunderttausend Suchergebnisse bekommen.«

Kat machte das Autofenster wieder zu. Mit Pax' Rücken als Schreibtisch zeichnete sie einen Kreis von Ballons an den Rand ihres Blatts. »Wenn wir die Namen, Orte und Anhaltspunkte hier reinschreiben und alle Ballons verbinden, die irgendwie zusammenhängen, stoßen wir möglicherweise auf unerwartete Verbindungen.«

»Super Idee. Kannst du noch die Punkte dazunehmen: *Warum sind die Swanns in Bluebell Bay?* und *Wer hat Ollie Merriweather zu Hummer und Champagner eingeladen?*«

»Und wenn wir noch die Frage dazunehmen, wer die Klippe gesprengt hat und wer Johnny Roswell getötet hat, kommen wir insgesamt auf zehn Mini-Rätsel«, sagte Kat. *»Zehn!«*

»Dann sollten wir uns schleunigst an die Arbeit machen«, erwiderte Hanna strahlend. »Rätsel lösen sich nicht von allein.«

Bis die Limousine schließlich über den Bergrücken fuhr, von dem aus die Straße nach Bluebell Bay abfiel, hatten die Mädchen ein paar Verbindungen gefunden – die größtenteils mit dem *Grand Hotel Majestic*, Drachen und dem Dinosaurier zusammenhingen. Doch auf etwas richtig Verdächtiges stießen sie nicht. Kat steckte ihr Notizbuch wieder ein. Beim Anblick der glitzernden Bucht lichteten sich die dunklen Wolken, die um sie herumgewabert waren, seit Kat das Drachenkärtchen verloren hatte.

Paradise House lag am Ortsrand, so dass sie zuerst dort haltmachten.

»Hallo, mein Wirbelwind ... und Kat!«, rief Nettie, als sie ihnen die Haustür öffnete. »Wir haben euch beide schrecklich vermisst, nicht wahr, Bailey?«

Der Papagei flatterte auf Hannas Schulter, rieb seine Wange an ihrer und krächzte: »Schau mir in die Augen, Kleines.«

Während Nettie dem Chauffeur einen Kaffee zum Mitnehmen einschenkte, rannte Kat zur Koppel, um nach Charming Outlaw und Orkaan zu sehen. Zu ihrer Verblüffung sah sie Outlaws Zaumzeug achtlos an einem Haken hängen, verschwitzt und zerrissen.

Nachdem sie die Pferde gestreichelt und mit einer Leckerei gefüttert hatte, rannte sie zum Haus zurück und fragte die Haushälterin, wie das passiert war.

»Ach, das. Ethan Swann kam hier am Samstagmorgen an, kurz nachdem du und Hanna nach Hamilton Park gefahren seid. Er hat gefragt, ob wir etwas dagegen hätten, wenn er statt seiner eigenen schwarzen Stute heute mit Charming Outlaw ausreitet. Er sagte, ihr hättet ihm weismachen wollen, unser Fuchs sei noch schneller als das Pferd aus seinem letzten Film. Ich dachte mir, dass Hanna sicher nichts dagegen hätte, und deshalb habe ich ja gesagt. Hat er nicht unglaublich schöne blaue Augen? Ethan, meine ich, nicht das Pferd.«

Kat war stocksauer, obwohl sie nicht hätte sagen können, wer dafür verantwortlich war – der Schauspieler, weil er ihr die Worte im Mund herumgedreht hatte, oder sie selbst, weil sie derart mit Hannas Pferd angegeben hatte, dass er es testen wollte. »Und wie hat er es geschafft, das Zaumzeug zu zerreißen?«

»Das Pferd hat sich erschreckt, als ein Kaninchen auftauchte. Ethan tat es sehr leid, und er sagte, wir sollen unbedingt auch brandneues Zaumzeug mit auf die Schlussrechnung setzen.«

Als Kat wieder in der Limousine saß, um in die Summer Street weitergefahren zu werden, hegte sie immer noch finstere Gedanken. Sie dachte an die ständig anwachsende Rechnung der Swanns und fand, dass Kaninchen offenbar eine bequeme Entschuldigung für alles Mögliche waren, angefangen von Eindringlingen bis zu reiterlichem Versagen.

Als die Limousine in die Summer Street einbog, sah sie von weitem einen weißen Transporter mit dem Aufdruck

TIERKONTROLLE vor ihrem Haus stehen. Ihre Mutter stand auf dem Rasen und schien mit jemandem zu diskutieren.

Kat riss die Tür schon auf, noch bevor die Limousine ganz angehalten hatte. »Mum, was ist los? Wo ist Tiny?«

Ihre Mutter schüttelte kaum merklich den Kopf. Über die Schulter des Fremden hinweg sah Kat Tiny gerade über den Zaun in den Nachbargarten springen. Sie musste sich schwer beherrschen, um ihm nicht nachzulaufen.

Dr. Wolf sagte: »Schatz, das ist Mr Bludger, der Tierkontrollbeauftragte der Gemeinde. Ich habe leider schlechte Nachrichten für dich. Bedauerlicherweise gab es einen weiteren Zwischenfall mit einem Schaf. Wir bekamen einen Anruf von Wiley Evans, der den Bauernhof oben auf dem Hügel bewirtschaftet. Seine Frau hat, kurz bevor das Schaf angegriffen wurde, eine Katze gesehen, die angeblich wie Tiny ausgesehen habe.«

Mr Bludger beeilte sich hinzuzufügen: »Zwei Bauern haben eure Savannah als Sündenbock identifiziert.«

»Das ist völlig ausgeschlossen, Mum!«, rief Kat empört. »Tiny war doch hier bei dir und Tina, nicht wahr?«

Ihre Mutter blieb ihr die Antwort schuldig und sagte nur: »Ich habe Mr Bludger bereits erklärt, dass die Bissverletzungen des Schafs keinesfalls von einer Hauskatze stammen können – auch keiner halbwilden, die so groß wie Tiny ist.« Sie blickte wieder zu dem Mann. »Mr Bludger, ich muss Sie bitten –«

»Da ist die Bestie ja!« Der Tierkontrollbeauftragte zeigte mit einem triumphierenden Grinsen auf Tiny, der über den Rasen spaziert kam und mit seinen grünen Augen zu Kat hochblickte. »Wenn Sie sie kurz festhalten können? Ich hole schnell die Transportbox aus dem Wagen. Sie können natürlich Widerspruch einlegen, Dr. Wolf, aber das wäre verlorene Zeit und verlorenes Geld. Was mich betrifft, so ist es ein klarer Fall. Legen Sie sich das nächste Mal eine Britische Kurzhaarkatze zu, die sind zahmer.«

Kat hatte das Gefühl, erneut in einen labyrinthischen Albtraum geraten zu sein. Sie wollte schreien, doch kein Laut kam über ihre Lippen.

Noch bevor jemand reagieren konnte, ertönte ein erfreutes Jaulen. Pax entwand sich den Händen des Chauffeurs und rannte los, um ihren Katzenfreund zu begrüßen. Und im gleichen Moment kam Xena aus dem Haus gestürmt und kläffte wie wild, als sie Kat erblickte. Unter entsetztem Miauen nahm Tiny Reißaus. Kat wusste nicht, ob sie lachen oder weinen sollte.

Mr Bludger lief dunkelviolett an. »Ich komme wieder! Bis dahin, Dr. Wolf, entziehe ich Ihnen die F1-Savannah-Lizenz, mal sehen, ob Sie das lustig finden. Ab sofort steht Ihre Wildkatze auf der Fahndungsliste, und ich werde ein Kopfgeld auf sie aussetzen.«

Dr. Wolf umschlang Kat mit beiden Armen, als sie den Rücklichtern zuerst der Limousine, dann des Tiertransporters nachblickten, die beide die Summer Street hinunterfuhren. »Tiny ist unschuldig«, sagte sie. »Das weißt du, und ich weiß es auch. Ich muss allerdings zugeben, dass er letzte Nacht unterwegs war, aber was ihm jetzt vorgeworfen wird, hat er sicher nicht getan. Um das zu beweisen, werden wir notfalls einen DNA-Test machen lassen. Vertrau mir, Kat, wir werden Tiny retten. Du kannst dich darauf verlassen.«

23
Außenseiter und Engel

»Ich verstehe nicht, warum sie ausgerechnet vor *meinem* Schaufenster sitzen muss!«, schimpfte Margo Truesdale, die Besitzerin des *Jurassic Fantastic Deli*, und verzog das Gesicht, als hätte sie gerade ein extrasaures Zitronensorbet geschlürft. »Sie vertreibt meine Kundschaft. Dabei gibt es doch mindestens hundert andere Orte, an denen sie sich aufhalten kann. Auf den Äußeren Hebriden zum Beispiel. Aber selbst wenn sie unbedingt in Bluebell Bay sein muss, warum kann sie sich dann nicht woanders hinsetzen? Auf der Bank vor dem *Sea-Breeze-Teehaus* hätte sie es wesentlich gemütlicher!«

»Verraten Sie es ihr nicht; sonst bieten die ihr dort noch einen ihrer Scones an«, spöttelte ein Kunde. »Die ohne Füllung sind so trocken, dass ein Pferd daran ersticken würde. Und was ihren Tee betrifft, so würde ich lieber das Essigwasser aus einem Gurkenglas trinken.«

Anfangs hatte Kat, die mit anderen Kunden an der Ladentheke des Deli stand, nur mit halbem Ohr zugehört und die gegen null tickende Zeitschaltuhr des Backofens beobachtet, in dem die Pilzpastete lag, die sie zum Abendessen holen sollte.

»Komm mir aber nicht mit einem Karton voller Krumen zurück«, hatte Tierarzthelferin Tina noch gescherzt, als Kat das Haus verlassen hatte. Es war bekannt, dass Kat nicht gerade ein Händchen für den Transport vorgewärmter Backwaren hatte.

Kat hatte ihr nichts versprochen. Ihr Magen knurrte, da sie seit ihrer Rückkehr von Hamilton Park an diesem Morgen nichts mehr gegessen hatte, vor lauter Sorge um Tiny. Er war gegen Mittag zurückgekehrt, ohne die leiseste Ahnung, dass auf seinen Kopf inzwischen tausend Pfund ausgesetzt waren. Sobald er sich vergewissert hatte, dass Pax ihm nirgendwo auflauerte, stolzierte er wieder selbstzufrieden herum. Als Kat ihn schwungvoll hochhob, hatte er geschnurrt wie ein Panther.

»Schließ ihn bis morgen früh in deinem Zimmer ein«, hatte ihre Mutter angeordnet. »Streng genommen ist es illegal, dass wir eine F1-Savannah ohne gültige Tierlizenz im Haus haben, die faktisch als Wildkatze gilt, aber was bleibt uns anderes übrig? Die einzige Möglichkeit, um Tinys Namen wieder reinzuwaschen, besteht darin, ihn zu verstecken, bis das andere Tier, das über Schafe herfällt, erneut zuschlägt oder sich sonst wie verrät. Dann muss Mr Bludger seine Behauptung zurücknehmen. Pax bringe ich derweil in einer meiner Boxen unter. Sie wird sich nicht darüber freuen, aber wir werden sie verwöhnen, und du kannst sie für kurze Spaziergänge abholen.«

Auf dem Weg zum Deli war Kat am *Grand Hotel Majestic*

vorbeigefahren, um Xena abzugeben. Ethan, der ihr die Tür öffnete, hielt sich einen Eisbeutel ans Auge. Er nahm ihn kurz weg, um Kat einen dunklen Bluterguss und ein geschwollenes Jochbein zu zeigen.

»Toller Look für einen Schauspieler, hm? Die arme Alicia erntet vorwurfsvolle Blicke, aber die Wahrheit ist sehr viel weniger aufregend. Ich bin gegen eine offene Schranktür gelaufen.«

Kat öffnete den Mund, um etwas zu sagen, doch er war bereits im Begriff, ihr die Tür wieder vor der Nase zuzuschlagen.

»Meine Frau ist nicht da. Ich sage ihr, dass du hier warst. *Adios*, Kat. Wir melden uns bei dir.«

Ethans blaues Auge und die Art, wie er seine Rippen umklammerte, nachdem er sich gebückt hatte, um Xena zu streicheln, bestärkten Kat in ihrem Verdacht, dass Charming Outlaw ihn abgeworfen hatte. Kein Wunder, dass er nach seinem Ausritt so schnell abgedüst war – er hatte Angst vor peinlichen Fragen. Falls sie je den nötigen Mut hatte, nahm sie sich vor, würde sie ihn fragen, warum er Orkaan von *Animal Actors* gemietet hatte, wenn er keine Absicht hatte, die Stute zu reiten. Wollte er mit der Friesenstute nur angeben, ähnlich wie mit dem Aston Martin? War sie für ihn nur ein lebendes Requisit, mit dem er sich auf Instagram zur Schau stellen konnte?

Als Kat nun im Deli darauf wartete, dass ihre Pastete aus dem Ofen kam, musste sie natürlich wieder an Tiny denken. Der Arme! Er hasste es, eingesperrt zu sein, doch dank Mr Bludger musste er nun auf unbestimmte Zeit in ihrem Zimmer bleiben.

Kat überlegte sich, welcher Mungomove wohl am effektivsten wäre, falls der Typ von der Tierkontrolle Tiny mit Gewalt in seine rostige Falle verfrachten würde. Der *Schmetterlingsschwung* sah nicht so gefährlich aus wie Killer-Move 10, der *Springende Tiger* – die Technik, die der Bodyguard auf dem Dach von Hamilton Park angewendet hatte –, doch er war vermutlich ganz brauchbar, um einen Erwachsenen abzuwehren, der zwei oder drei Mal so groß und schwer war wie ein Mädchen ihrer Statur.

Im Geiste übte sie ihn gerade ein, als sie plötzlich einen Gesprächsfetzen aufschnappte.

»Ist es Sergeant Singh völlig egal, wenn wir demnächst alle in unseren Betten umgebracht werden?«, sagte eine Frau an einem Tisch ganz in Kats Nähe.

Ihre Freundin lehnte sich verschwörerisch vor. »Wie meine Nichte mir erzählt hat – und sie ist Polizeifotografin –, hatte er keine andere Wahl. Harry Holt behauptet weiterhin steif und fest, er sei der Mörder, aber er sagt nicht, warum und wieso er es getan hat. Und die Gerichtsmediziner sagen, Johnny sei durch einen Unfall ums Leben gekommen. Sergeant Singh denkt, dass Harry nur sagt, er sei es gewesen, weil er sich im Gefängnis sicherer fühlt als auf den Straßen von Bluebell Bay. Er scheint eine Heidenangst vor jemandem zu haben, aber er verrät nicht, vor wem. Er sagt nur dauernd zu Singh: *Sie sind da draußen. Und sie werden mich kriegen.*«

»*Wer* ist da draußen?«

»Na, Aliens höchstwahrscheinlich. Hoffen wir, dass die Polizeipsychologin es herausfindet. Sie geht morgen zu Harry. Und falls sie ihn für zurechnungsfähig erklärt, wird er wieder freigelassen und darf sich auf den Straßen herumtreiben.«

Die Zeitschaltuhr am Ofen piepte, und die junge Frau hinter der Ladentheke packte Kats Pastete in einen Karton. Die beiden Frauen hinter Kat schimpften weiter über die möglichen Folgen, falls Harry wirklich wieder auf freien Fuß käme.

»Wir sollten eine Unterschriftensammlung machen, damit er für immer hinter Schloss und Riegel bleibt. Man muss sich ja nur seine wirre Mähne ansehen, um zu wissen, dass er nicht alle Tassen im Schrank hat. Leute wie ihn brauchen wir hier in Bluebell Bay nicht.«

»Man kann niemanden ins Gefängnis sperren, nur weil er ungepflegte Haare hat«, gab die Frau, deren Nichte Polizeifotografin war, zu bedenken. »Wenn das ein Kriterium wäre, würde meine Tochter in Einzelhaft sitzen. Und ich muss gestehen, dass ich Harry eigentlich mochte, bevor das alles passiert ist. Er war immer freundlich und hilfsbereit. Ich kann mir nicht vorstellen, was passiert sein muss, dass er jetzt so eine Angst hat.«

»Was ihn zu einem Mörder gemacht hat, meinst du«, entgegnete die andere Frau. »Wenn hier einer Angst hat, dann *ich*, falls er wieder freikommt.«

»Sonst noch etwas?«, wurde Kat von der Verkäuferin gefragt.

Kat kochte vor Zorn über die Vorurteile Harry gegenüber und fragte verdutzt: »Wie bitte? Ach so, nein, nur die Pastete. Danke.«

Sie kramte nach dem Geldschein, den ihre Mutter ihr gegeben hatte. Während sie auf das Wechselgeld wartete, bekam sie nebenbei ein Gespräch zwischen Margo und einem anderen Kunden mit.

»Sie verdirbt meinen Gästen den Appetit«, sagte Margo zu einem Mann in einem Juradrachen-T-Shirt. »Die Leute trauen sich kaum noch, sich an meine Tische im Freien zu setzen, solange sie dasitzt und sie mit bösen Blicken bedenkt.«

»Soll ich im Rathaus anrufen? Vielleicht ist im Obdachlosenheim ja ein Zimmer frei.«

Die Verkäuferin war zurück. »Entschuldige, dass es so lange gedauert hat, Kat. Hier, dein Wechselgeld.« Sie rief ihre Chefin. »Margo, ich glaube, ich habe gerade den Star von *X-Factor: Das Unfassbare* vorbeigehen sehen. Wie heißt er noch mal? Der Mann, der früher mal Bauarbeiter war. Er wäre fast hereingekommen, aber dann hat er die Obdachlose draußen gesehen und ist wieder abgedreht.«

Vor der Tür des Deli saß die Zielscheibe des allgemeinen Unmuts in der Sonne auf einer Bastmatte. Ein mehrfach geflicktes indisches Hemd und eine alte, zerrissene Jeans hingen an ihrem dürren Körper. Zwei nicht zusammenpassende Socken ragten aus Stiefeln mit Löchern in beiden Sohlen. Die strähnigen langen, grauen Haare hingen über ein gebräuntes Gesicht, mit Augen, so wachsam wie die einer Wildkatze. Die Frau wirkte auch ebenso sprungbereit wie eine Wildkatze, doch als Margo auf sie zuging, rührte sie sich nicht.

Kat stellte den Karton mit der Pastete auf einen leeren Tisch im Freien und beobachtete mit wachsendem Unbehagen, wie Margo und ihre Mitstreiter die Frau zu überreden versuchten, das Feld zu räumen. Anfangs war die Deli-Besitzerin zuckersüß, dann versuchte sie es mit Bestechung.

»Wenn ich Ihnen zehn Pfund und ein Stück Schokokuchen gebe, könnten Sie den doch vielleicht im Stadtpark verspeisen, oder?« Margo wurde zunehmend ungehaltener, weil die Frau so stur blieb. »Wenn Sie jetzt nicht sofort weggehen, rufe ich die Polizei!«, drohte Margo irgendwann. »Meine Kunden haben sich schon über Ihr Patschuli-Öl bei mir beschwert. Das verdirbt ihnen den Appetit.«

»Daran ist nur der blöde Juradrache schuld«, kommentierte ein Schaulustiger. »Seither ist unser schönes Städtchen voller unerwünschter Personen.«

»Lassen Sie die Frau in Ruhe!«, sagte Kat leise, doch auf dem Kopfsteinpflaster hatte sich bereits ein kleiner Menschenauflauf von Einkaufenden, Gästen und Gaffern gebildet. Es gab so ein Getuschel, dass niemand Kats Einwand hörte.

Und plötzlich riss Kats Geduldsfaden. Sie dachte an Tiny, der in ihrem Zimmer eingesperrt war, nur weil er so groß war und wie eine Wildkatze aussah, und an die reiche Tochter, der Pax so lästig war, dass sie sie ausgesetzt hatte. Und sie dachte beschämt daran, dass sie Harry anfangs selbst für einen Mörder gehalten hatte, nur weil er ständig ungekämmt herumlief und Marmeladenflecken auf dem T-Shirt hatte.

»LASSEN SIE DIE FRAU IN RUHE!«, hörte sie sich plötzlich rufen.

Verdutzt starrten alle sie an.

»Wie würden Sie sich fühlen, wenn Sie kein Zuhause hätten und wenn sich niemand für Sie interessiert und alle Sie verachten würden, nur weil Sie keine Dusche haben oder nicht dem entsprechen, was irgendjemand in den sozialen Medien für richtig hält?« Kat spürte, dass ihr Gesicht feuerrot angelaufen war. »Wie würden Sie sich fühlen, wenn die Leute gemein zu Ihnen wären und eine Prämie auf Ihren Kopf aussetzen würden?«

»Kat, von Kopfgeld war doch gar keine Rede«, rief Margo verdattert. »Wir haben nur gesagt, dass Bluebell Bay eine schöne Stadt ist mit freundlichen Menschen und einen gewissen Ruf hat –«

Kat war nicht mehr zu bremsen. »Ja, Bluebell Bay ist die perfekteste Stadt im ganzen Universum, abgesehen von den Leuten, die gemein werden, wenn jemand nicht in ihr perfektes Bild passt! Und die Tiere in Käfige sperren, deren einziges Vergehen darin besteht, dass sie anders aussehen. Wer macht eigentlich diese Regeln?«

Margo sah sie bestürzt an. »Ich weiß nicht, was du meinst. Welche Regeln?«

»Wer darf sich zum Richter aufspielen und bestimmen, wer perfekt ist und wer nicht? Sie? Sergeant Singh? Der Herausgeber der örtlichen Tageszeitung?«

»Das Mädchen hat recht«, sagte der Bäcker, der aus seinem Geschäft gekommen war, um zu hören, was los war. »Die arme Frau macht doch gar nichts. Sie genießt den Sonnenschein und belästigt niemanden.«

Eine Familie von Touristen stimmte ihm zu. Sie zückten ihre Portemonnaies, andere taten es ihnen gleich und warfen ebenfalls etwas Geld in den Hut der Frau.

Kat drängte sich durch die Menschenmenge. Die obdachlose Frau rappelte sich hoch und rollte ihre Unterlage zusammen.

Kat ging auf sie zu und sagte: »Möchten Sie zum Abendessen mit zu mir nach Hause kommen? Wir sind nur zu dritt – meine Mutter, Tina und ich. Ich heiße übrigens Kat. Meine Mutter ist Tierärztin, und Tina ist ihre Helferin. Sie werden sicher nichts dagegen haben, wenn Sie mitkommen. Ich habe für uns gerade eine große Pastete gekauft, und Sie sind herzlich eingeladen …«

»So sollte es eigentlich nicht laufen«, murmelte die Frau.

»Kat!«, rief Margo. »Deine Pastete!«

»Oder falls es Ihnen lieber ist«, fuhr Kat fort, »kann ich Ihnen auch die ganze Pastete geben, und Sie essen sie dort, wo es Ihnen am liebsten ist. Sie ist vegan, falls es für Sie okay ist.«

Die obdachlose Frau schob ihre Ärmel ein Stück hoch, und an ihrem rechten Unterarm kam das Tattoo eines Engels zum Vorschein. Doch beim Anblick des Tattoos an ihrem linken Arm riss Kat die Augen auf. Es war ein Mungo, das eine Kobra anstarrte.

»Hallo, Kat«, sagte ein Junge, den sie von der Schule kannte, und knuffte sie in die Rippen. »Sieh lieber nach deiner Pastete!«

Als Kat den Blick von dem Tattoo abwandte, sah sie gerade noch, wie eine Möwe mit einem dicken Brocken im Schnabel davonflog. Sie rannte zu ihrem Karton. Außer Krumen war nicht mehr viel übrig.

Unter Tränen wandte sie sich wieder an die Frau, um sich dafür zu entschuldigen, dass Sie ihr eine Pastete angeboten hatte, die es gar nicht mehr gab. Doch die Frau war bereits geflüchtet und hatte nur ihren Hut voller Münzen zurückgelassen. Kat blickte die Straße hinauf und hinunter, doch sie war spurlos verschwunden. Und noch bevor sie über die seltsame Bemerkung der Frau nachdenken konnte – *»So sollte es eigentlich nicht laufen«* –, sah sie Ollie Merriweather, Professor Fox' Assistenten, an einer Straßenecke stehen. Er stritt sich offenbar mit einem Mann, und Kat erinnerte sich, dass es der unhöfliche Mann aus dem Hotelflur war, der Mann, der behauptet hatte, er wisse nichts über das schwarz-goldene Drachenkärtchen.

»Kat Wolf?« Die Mutter aus dem Wohnwagenpark, deren Tochter ganz vernarrt in Xena war, lächelte auf sie herab. »Ich habe gesehen, was du gerade gemacht hast. Das mit deiner Pastete tut mir leid, und wenn es dir recht ist, würde ich dir und deiner Familie gern eine zweite spendieren. Ich habe nicht vergessen, wie nett du zu meiner Immie warst. Ich würde mich sehr freuen, wenn ich mich damit revanchieren kann.«

Das ist das Komische an Menschen, dachte Kat. Gerade wenn man an ihnen verzweifeln will, kommt jemand daher und überrascht einen positiv.

24
Knochenkrieg

»Dreimal darfst du raten, wie der Einbrecher reingekommen ist«, sagte Hanna, die auf den Zehenspitzen stand, um das gezackte Loch in der Fensterscheibe der alten Halle zu inspizieren. »Wo war Mike, als der Einbrecher die Scheibe mit einem Stein eingeworfen hat? Hat er mit seiner Mama telefoniert? Videospiele gemacht?«

»Mike hatte letzte Nacht keinen Dienst«, sagte ihr Vater mit müder Stimme. Es war sieben Uhr früh am Dienstagmorgen, und er war seit halb fünf Uhr auf den Beinen. »Wir haben einen neuen Wachmann eingestellt, Bash. Er kann nichts dafür. Er hat große Erfahrung und glänzende Referenzen. Unglücklicherweise musste er gerade austreten, als der Dieb zuschlug.«

»Das muss aber ein langer Austritt gewesen sein«, spöttelte Levi, einer der freiwilligen Helfer. »Der Dieb musste immerhin rein und raus. Hatte Bash verdorbene Garnelen gegessen?«

Professor Fox ignorierte diesen Einwurf. Knirschend schritt er über die Glasscherben zur Haupthalle, wo sich verstrubbelte und gähnende Freiwillige und Studierende, einer noch im Schlafanzug, um die Kaffeemaschine geschart hatten. Elf Stühle waren im Halbkreis aufgestellt.

Mit den letzten Freiwilligen kam auch Kat an, keuchend, weil sie den Hügel heruntergerannt war. *DRINGEND!*, hatte Hanna gesimst. *Einbruch in der alten Halle! Brauchen deine Augen und Ohren! Könnte mit unserem Fall zusammenhängen. Komm – aber bleib unsichtbar!*

Fast unbemerkt schlüpfte Kat in die Halle und setzte sich auf einen Stapel verstaubter Tücher, halb versteckt hinter einem Tisch. Hanna stand mit ihrem Vater und Bash, dem neuen Wachmann, vor dem Halbkreis aus Stühlen.

Professor Fox sagte: »Viele von euch werden sich fragen, warum ich nicht die Polizei gerufen habe. Ein Grund ist der, dass Sergeant Singh rund um die Uhr mit einer Mordermittlung beschäftigt ist, die mit der Entdeckung von Johnny Roswells Überresten in diesem Gebäude hier ihren Anfang nahm. Ich will ihn nicht behelligen, wenn es nicht unbedingt nötig ist.«

»Wenn Teile eines der seltensten Dinosaurier in England gestohlen wurden, vermutlich für den Schwarzmarkt, dann ist es doch wohl ein Notfall!«, rief ein besorgter Student. »Wenn *Sie* es nicht tun, dann werde *ich* die Polizei rufen!«

Professor Fox hob eine Hand. »Danke, Tibor, aber lass mich bitte ausreden. Ich bin der Überzeugung, dass der Raub ein Werk von Insidern ist.«

Ollie sprang auf. »Wollen Sie damit sagen, dass Sie uns nicht vertrauen – Ihrem eigenen Team?«

»Setz dich wieder, Ollie. Ich will damit sagen, dass ich dem Dieb eine Chance gebe, seinen Fehler wiedergutzumachen, bevor ich die Polizei hinzuziehe. Ich habe meine Tochter herkommen lassen, weil Hanna sowohl ein Insider als auch eine Außenstehende ist. Sie ist mit Fossilien und Paläontologen aufgewachsen, aber sie ist nicht aus der Branche und sieht häufig Dinge, die ich übersehe. Falls die Person sich jetzt meldet, die die *long chi* – das ist der chinesische Ausdruck für Drachenzähne – gestohlen hat, hat sie mein Wort, dass es keine Konsequenzen geben wird.«

Aufgeregtes Getuschel brach aus. Kat fiel auf, dass Ollies Stiefel unter seinem Stuhl zu zucken begannen.

»Warum schauen wir uns nicht die Aufnahme der Überwachungskamera an?«, sagte er. »Ich wette, dass dann alle in diesem Raum aus dem Schneider wären.«

»Wir haben uns die Aufnahmen bereits angesehen«, erklärte Professor Fox. »Jemand hat das Video letzte Nacht auf Loop Recording gestellt. Bash hier hat also fast zwölf Stunden lang auf eine offensichtlich leere Halle geschaut.«

»Warum sollte jemand von uns unser Ansehen ruinieren, indem er ein paar Zähne klaut?«, fragte Samira, eine aufgeweckt wirkende Geologie-Studentin.

Professor Fox zuckte mit den Schultern. »Warum klaut jemand überhaupt irgendwas? Gier? Verzweiflung?«

»Ich kann es nicht fassen, dass Sie uns verdächtigen, nach allem, was wir für Sie getan haben«, sagte Ollie empört. »Das ist skandalös!«

Theo Fox sagte betrübt: »Nicht wahr, Ollie? Aber gut, es ist leicht zu beweisen. Wie ihr wisst, bin ich ein technischer Laie, aber meine Tochter kommt nach ihrer Mutter. Hanna konnte schon kodieren, bevor sie laufen konnte. In den letzten paar Wochen wurde ich mit Anrufen bombardiert, von Leuten, die mir ein Vermögen geboten haben, wenn ich ihnen Teile des Juradrachens verkaufe. Ich bin mir sicher, dass es euch nicht anders erging. Sicherheitshalber habe ich Hanna gebeten, mir dabei zu helfen, zusätzliche Überwachungskameras zu installieren. Die wollen wir uns jetzt mal ansehen.«

Hanna projizierte ein Video an die Wand der Halle. Die Crew sah, wie eine Gestalt mit einem schwarzen Kapuzenpulli durch das unbewachte Tor schlüpfte, Sekunden nachdem Bash in Richtung Toilette geschlendert war. Kat studierte die Gesichter der Crew, während diese das Video sahen. Der pixelige Einbrecher schlug mit seiner behandschuhten Hand die Fensterscheibe ein und marschierte zielgerichtet zu der Schublade, in der die kleineren Fossilien aufbewahrt wurden. Mit einem Taschenmesser brach er die Schublade auf und steckte einen Beutel ein. Als er sich zum Gehen wandte, fiel das von einer Straßenlaterne hereinfallende Licht auf sein Gesicht.

Es war unverkennbar Ollie Merriweather!

Tumult brach aus, als das Team sich auf Professor Fox' Assistenten stürzte.

»Wie konntest du uns so fies hintergehen, Ollie?«

»Wie kannst du so dreist lügen und behaupten, unschuldig zu sein, während deine Freunde und Kollegen unter Verdacht stehen? Was bist du nur für ein Mensch!«

»Wie kannst du etwas so unbezahlbar Wertvolles aus Profitgier verschachern wollen?«

Ollie versank fast in seinem Stuhl, als wünschte er, die Erde würde sich auftun und ihn verschlingen. Mit seinem selbstsicheren Gebaren war es vorbei. Seine Haare hingen ihm in das blasse Gesicht, und er sah aus wie ein Kleinkind, das in flagranti mit Bonbons in der Tasche erwischt worden war. »Ich war es nicht«, stammelte er. »Ich habe die Drachenzähne nicht gestohlen!«

»Hör auf zu lügen! Wir konnten es gerade in Schwarzweiß sehen.«

»Hanna«, sagte Ollie flehentlich, »kannst du das Video bitte bis gegen zwei Uhr vorspielen?«

Das ganze Team sah, wie Ollie sich etwa vierzig Minuten später erneut in die Halle stahl und den Beutel mit den *long chi* in die Schublade zurücklegte, aus der er sie geholt hatte.

Verblüfft hob Professor Fox beide Hände. »Warum hast du sie gestohlen, wenn du sie sowieso zurücklegen wolltest?«

»Wollte ich anfangs ja gar nicht«, erklärte Ollie kleinlaut. »Ich hatte die Absicht, sie an den Meistbietenden zu verkaufen …«

»An den Mann, der dir im *Grand Hotel Majestic* Hummer

und Champagner spendiert hat?«, fragte Hanna schnippisch.

Erschrocken zuckte er zusammen. »Woher weißt du das?«

»Und mit dem du dich gestern auf der Hauptstraße gestritten hast?«, fuhr Kat fort.

Ollies Wangen hatten inzwischen die Farbe von Rote-Bete-Saft angenommen. »Ja, ich gebe zu, dass er ein Fossilienhändler ist. Ich weiß, ihr werdet mich jetzt alle hassen, aber es gibt Gründe für das, was ich getan habe. Ich bin das Kind armer Eltern –«

»Ich auch«, fuhr Jamal ihn an, »aber ich habe mich nicht aufs Stehlen verlegt, um aus der Armut rauszukommen.«

Ollie redete weiter. »Es war schon immer mein Traum, Paläontologe zu werden. Ich war sehr stolz darauf, als Erster meiner Familie an die Uni zu gehen, aber finanziell ging es mir dreckig. Ich war bald bis über beide Ohren verschuldet. Dann erfuhr ich von den Knochenkriegen.«

»Hast du *Knochenkriege* gesagt?«, fuhr Amy dazwischen.

»Ja, auch bekannt als *der große Run auf Dinosaurier*. Vor hundertfünfzig Jahren wurden im Westen Amerikas riesige Liegestätten von Dinoknochen gefunden. Zwei rivalisierende berühmte Paläontologen stellten Suchmannschaften auf, um so viele Fossilien wie nur möglich zu finden und Claims abzustecken, für Geld und Ruhm. Die daraus resultierende Fehde – die unter anderem mit Sabotage, Bestechung, Körperverletzung und … nun ja, *Raub* einherging – wurde zu einer Legende. Aber letztendlich hat es beide ruiniert.«

Hanna und Kat tauschten vielsagende Blicke aus und fragten sich erneut, ob Johnny Roswell vielleicht doch von einem gierigen Fossilienjäger ermordet worden war.

»Ich begreife nicht, was die Knochenkriege damit zu tun haben, dass du die Zähne unseres Juradrachens stehlen wolltest, Ollie«, sagte Samira.

Alle Augen waren nun wieder auf den sich windenden Studenten gerichtet, und niemand außer Kat merkte, dass eine der anderen Freiwilligen verstohlen zum Durchgang tapste.

Kat erhob sich lautlos und folgte ihr.

»Als ich das mit den Knochenkriegen gelesen hatte, kam mir die Idee, meine Geldprobleme mit Hilfe von Dinosauriern zu lösen«, gestand Ollie zerknirscht. »In den Archivräumen der Uni fand ich einen ganzen Koffer voller noch nicht identifizierter Fossilien. Ich habe ein paar davon genommen und über die Website eines Knochensammlers verkauft. Es ging ganz leicht, und keiner hat etwas gemerkt. Also habe ich es erneut getan und dann wieder …« Er schluckte.

»Als Professor Fox und ich den Juradrachen entdeckt haben, hat mich ein früherer Kunde kontaktiert und mir so viel Geld geboten, dass ich meinen Studienkredit mit links hätte zurückzahlen können. Er wollte allerdings nur *long chi* haben – die Drachenzähne. Und für mich war die Versuchung einfach zu groß.«

»Warum hast du sie dann kurz darauf zurückgebracht?«, wollte Professor Fox wissen.

»Weil ich, sobald ich sie geholt hatte, nur noch daran denken konnte, wie gut Sie immer zu mir waren und wie sehr Sie mir vertrauen, obwohl ich es nicht verdient hatte. Es tut mir so leid, Sir. Ich werde jetzt meine Sachen packen und gehen. Mit dem Beruf, den ich mir so sehr gewünscht habe, ist es vorbei, und das ist allein meine Schuld.«

»Davon will ich nichts hören«, sagte Theo Fox. »Wenn du mir versprichst, dass du deine Lektion gelernt hast, Oliver, kannst du im Team bleiben. Du bist klug, leidenschaftlich und fleißig, und du wirst eines Tages ein guter Paläontologe sein.«

Als der Rest der Gruppe protestierte, brachte er sie zum Schweigen. »Habt ihr vergessen, dass Ollie die Drachenzähne zurückgebracht hat, und sie jetzt doch fehlen? Wie wär's, wenn sich der wahre Dieb meldet?«

Keiner rührte einen Finger. Hanna spielte das Video der Überwachungskamera noch ein Stück vor. Diesmal sahen sie, wie Jemima – eine der Freiwilligen, die, wie sich später herausstellte, Bash einen Cupcake geschenkt hatte, von dem er Durchfall bekam – mit Hilfe eines Dietrichs zur Eingangstür hereinkam. Wenig später eilte sie dreist wieder zurück in die Nacht, mit dem Beutel, den Ollie weniger als einer Stunde zuvor zurückgelegt hatte.

Der Rest des Teams schnappte nach Luft und sah sich suchend nach ihr um.

»Jemima ist weg«, sagte Kat von der Tür aus. »Vorhin, als ihr alle auf Ollie eingeschrien habt, ist sie zur Toilette gegangen. Sie hat ihre Jacke geholt und sich davongeschlichen. Da bin ich misstrauisch geworden. Es kam mir so vor, als hätte sie ein schlechtes Gewissen. Und als sie nicht zurückkam, bin ich ihr nachgelaufen, aber sie war schon durch das Fenster in der Toilette hinausgeklettert. Draußen muss ein Auto auf sie gewartet haben, denn ich habe ein Motorengeräusch gehört.«

Während Professor Fox und sein Team noch versuchten, damit klarzukommen, dass der Dieb eine Freundin und Kollegin war, der sie alle vertraut hatten, betrachteten Kat und Hanna das Foto von Jemima, das wie die Fotos aller an der Pinnwand hing. Sie stand lachend an einem Strand, mit Muscheln in der Hand. Insgeheim hatten die beiden Mädchen gehofft, ein Fossilienräuber oder Mörder würde – falls sie je einen zu Gesicht bekämen – wie ein hinterhältiger Fiesling aussehen, aber doch nicht wie Jemima, dieses quirlige Persönchen mit ihrem vornehmen Akzent, die aussah, als könne sie eine Lieblingsschwester, beste Freundin oder Nichte von jedem sein.

Wenn Jemima eine Knochenjägerin war, dann konnte *jeder* ein Knochenjäger sein!

»Drei Einbrüche in nur einer Nacht«, staunte Hanna noch immer, nachdem der Professor sein Team zum Frühstücken geschickt hatte. »Das muss ein Rekord sein. Was passiert jetzt mit Jemima, Dad?«

»Ich vermute, dass sie mir falsche Kontaktdaten gegeben

hat, deshalb kommt sie vermutlich ungeschoren davon«, antwortete ihr Vater, der vor sich hin pfiff, während er die Kaffeetassen spülte. »Ich sage der Polizei, was ich weiß, doch ich bezweifle, dass sie sie aufspüren können.«

»Warum bist du dann so fröhlich?«, fragte Hanna erstaunt. »Bist du nicht auch total traurig und sauer, dass die Zähne des Dracoraptors verschwunden sind und demnächst auf dem Schwarzmarkt verhökert werden?«

Er trocknete sich die Hände ab. »Nein, weil das nicht passieren wird. Ich habe einen Skulpteur, den ich gut kenne, gebeten, realistisch aussehende Kopien davon anzufertigen. Dann habe ich diese Modelle mit den echten Zähnen im Beutel ausgetauscht. Die echten *long chi* befinden sich an einem Ort, wo kein Mensch sie je vermuten würde. Ich werde die Nachricht verbreiten, dass ein unbekannter Dieb noch immer frei herumläuft. Dann werden die Knochenhändler hoffentlich damit beschäftigt sein, den falschen Zähnen nachzujagen, und mich und mein Team in Ruhe lassen.«

Kurze Zeit darauf gingen Hanna und Kat zum Hafen, um eine Notfallbesprechung des Detektivbüros *Miss Mystery* abzuhalten. Sie hatten Edith bereits gesimst, dass sie doch bitte dazukommen sollte.

»Das Beste an meinem Dad und an deiner Mum ist ihr Optimismus«, sagte Hanna zu Kat, als sie an Windsurfbrettern und Rennbooten vorbeigingen, um sich ans Ende des

Piers zu setzen. »Sie sehen immer nur das Positive im Leben und in den Menschen. Aber das kann manchmal auch ein Problem sein.«

»Zum Glück haben wir zum Ausgleich unsere Edith«, sagte Kat schmunzelnd, als ihre Bibliothekarinnen-Freundin in ihrem Elektromobil über die Bretter gerattert kam.

»Ich wollte euch gerade anrufen, als eure SMS kam«, sagte Edith und bremste scharf ab. »Ich habe etwas entdeckt, das vielleicht relevant sein kann – wenn nicht gar noch relevanter, jetzt wo die Zähne des Juradrachens gestohlen worden sind. Seit neulich, als ich euch das Schreiben geschickt habe, das Harry vom Herausgeber von *Fossils Forever* erhalten hat, habe ich nach Informationen über den Drachenorden gesucht. Es ist ein schwer fassbarer Kreis, gelinde gesagt. Doch dann bin ich gestern Abend endlich auf eine Notiz über sie gestoßen, in einer selbstveröffentlichten Biographie von Mary Anning.«

Sie holte das Buch aus ihrem Korb. »Hanna, deine Augen sind besser als meine. Würdest du uns diese Passage hier bitte vorlesen?«

Hanna überflog die Seite kurz und begann dann vorzulesen:

Die große englische Fossilienjägerin Mary Anning war für ihre Furchtlosigkeit bekannt und hatte sogar einen Klippensturz überlebt. Doch selbst sie sagte, dass das skrupellose Vorgehen des Drachenordens sie ziemlich kopfscheu mache.

Ursprünglich waren es gewöhnliche Grabräuber gewesen, die Knochen zu Quacksalbereien verarbeiteten, und dieser verschwiegene Kult des neunzehnten Jahrhunderts verhalf vielen zu Reichtum, brachte sie aber auch in Verruf, als Mitglieder des Drachenordens damit begannen, Elixiere aus Drachenknochen (Dinosaurierfossilien) und Tinkturen als Heilmittel gegen alles Mögliche zu verkaufen, von Depression bis hin zu Hirntumoren. Zu den Mitgliedern des Drachenordens gehören angeblich höchst illustre Persönlichkeiten des Landes: Politiker, Wissenschaftler, Schriftsteller und Musiker. Manche behaupten, dass die Sekte noch heute existiert und dasselbe Ziel wie damals verfolgt: Unsterblichkeit.

»*Unsterblichkeit?*«, wiederholte Kat ungläubig. »Man sollte doch annehmen, dass die Leute gemerkt haben, dass ihre Tinkturen nichts taugen, wenn die Leute irgendwann doch an Altersschwäche gestorben sind, oder? Kein halbwegs normaler Mensch glaubt, dass Heilmittelchen aus Dinosaurierzähnen ihm helfen, ewig zu leben!«

»Da bin ich anderer Meinung«, sagte Edith. »Eine Menge Leute würden ein Vermögen ausgeben, wenn sie die Chance wittern, ihre Lebenszeit verlängern zu können, besonders Schwerkranke. Für die Reichen und Mächtigen ist Gesundheit das Einzige, das sie mit ihrem Geld nicht kaufen können. Wenn meine Arthritis noch schlimmer wird, komme ich vielleicht auch in Versuchung, eine Drachentinktur auszuprobieren. Scherz!«, sagte sie schnell, als sie Hannas entsetztes Gesicht sah. »Das war ein Scherz, wirklich!«

Hanna starrte über die Wasserfläche auf die alte Bootshalle und dachte angestrengt nach. Was würde passieren, wenn die Knochenjäger herausfanden, dass sie hereingelegt worden waren und ein Vermögen für Glasfaserzähne ausgegeben hatten? Sie würden wiederkommen, aber dann mit Rachegelüsten. Was würde dann ihrem Vater und seinem jungen Team passieren?

25
Tiny auf der Flucht

Es gibt keine zweifelsfrei dokumentierten Fälle von Pythons, die ihren Betreuern gegenüber so etwas wie Dankbarkeit gezeigt hätten, doch Kat kam es so vor, als hätte ihre zweitägige Abwesenheit Mr Bojangles kühles Herz erwärmt. Seit zwei Tagen schon benahm er sich mustergültig. Er hatte kein einziges Mal mehr versucht, sie zu zerquetschen, zu fliehen oder kleine Wesen, ob frisch oder gefroren, zu verschlingen.

Wenn sie ihn hielt, achtete sie natürlich darauf, dass er unterhalb ihrer Schulterhöhe blieb. Ihre Mutter hatte mal erwähnt, dass man von Pythonschlangen nicht erwarten kann, zwischen einem menschlichen Hals und einer Schlingpflanze unterscheiden zu können, und vier Sekunden massiver Druck auf die Luftröhre würde schon ausreichen, um einen Menschen bewusstlos werden zu lassen.

Als Kat nun Mr B's Wasserschale nachfüllte, leuchtete Mario Rossis Soundsystem auf. Eine monotone, digitale Stimme sagte: »*Nachricht für Neunzig-Neun. Flecken erspäht. Ich wiederhole: Flecken erspäht. Sofortige Aktion erforderlich. SY 83412 79954. Wiederhole: SY 83412 79954. Ende der Durchsage.*«

Als Kat später nach Hause radelte, grübelte sie darüber nach, was diese Nachricht bedeuten konnte. Sie hatte es nicht geschafft, sich die Zahlen aufzuschreiben, doch an den ersten Teil erinnerte sie sich noch – *SY 834* – und an das mit den erspähten Flecken. Redeten zurzeit eigentlich alle in Codes? Sie war sich sicherer denn je, dass der Aufenthalt von Mario und Mr B in Bluebell Bay absolut nichts mit Coasteering zu tun hatte.

Sofortige Aktion erforderlich, hatte es in der Nachricht geheißen. Was für eine Aktion? Ihr Großvater hatte erwähnt, dass Spione heutzutage überall waren. War Mario in der Stadt, um für ein konkurrierendes Restaurant zu schnüffeln, oder hatte er das Tarnkajak auf dem Foto benutzt, um die Klippenwand zu sprengen, weil er ebenfalls plante, Fossilien an einen Knochenjäger zu verkaufen?

Sie nahm sich vor, ihn bei der erstbesten Gelegenheit nach dem Kajak zu fragen. Es wäre sicher interessant zu hören, was er zu sagen hatte.

Mario war allerdings in der Minute vergessen, als Kat nach Hause kam und sah, dass ihr Fenster offen stand! Drei Mal hatte ihre Mutter ihr eingeschärft, der Putzfrau, die einmal die Woche kam, zu sagen, dass sie ihr Zimmer nicht betreten solle, da Tiny sonst entwischen würde. Und drei Mal hatte Kat geschafft, es zu vergessen.

Wie ein geölter Blitz sauste sie die Treppen zu ihrem Dachzimmer hoch, doch es war bereits zu spät. Tiny war weg!

In tiefer Verzweiflung ließ Kat sich auf ihr Bett fallen. Wenn Tiny geschnappt worden und auf dem Weg in Mr Bludgers Tierheim war, wäre es allein ihre Schuld!

Doch dann setzte sie sich wieder auf. Für Selbstmitleid war keine Zeit. Ihre Mutter und Tina hatten mindestens noch drei Stunden drüben in der Praxis zu tun. So lange konnte Kat nicht warten. Falls Mr Bludger mit seiner Falle in der Nachbarschaft herumlungerte, zählte jede Minute.

Kat wusch sich das Gesicht und ging dann rüber in die Tierklinik. Ihre große Hoffnung war, Tiny schneller zu finden, wenn sie mit Pax Gassi ging, denn der Collie würde den Savannahkater erschnüffeln.

Vorsichtshalber nahm sie den Pi-Craft-Stift aus der Army-Aktenmappe mit, die ihr in Avalon Heights quasi in den Schoß gefallen war und die sie hinter einem Bücherregal versteckt hatte. Sie hatte den Stift eingehend untersucht und festgestellt, dass sich darin tatsächlich ein digitales Aufzeichnungsgerät verbarg. Wenn sie den Tierkontrollbeauftragten traf, würde es nichts schaden, ihr Gespräch aufzuzeichnen. Mr Bludger war ein Fiesling, und Fieslinge hatten die Gewohnheit, besonders fies zu sein, wenn sie dachten, es gäbe keine Zeugen.

Empfangsraum und Wartezimmer der Tierklinik waren rammelvoll. Tierarzthelferin Tina hatte kaum eine Sekunde Zeit, Kat anzulächeln und zu sagen: »Holst du Pax für einen kleinen Spaziergang ab? Sie wird sich freuen, dich zu sehen.«

Das tat Pax wirklich, und wie! Nachdem Kat überschwänglich begrüßt und abgeschleckt worden war, schulterte sie einen Katzentransportrucksack und nahm den Collie an die Leine. Sie verließen das Gebäude durch den Hintereingang, vorbei an den Tierboxen. Inzwischen wusste vermutlich halb Bluebell Bay, dass nach ihrem Kater gefahndet wurde, weil er verdächtigt wurde, ein Schaf angefallen zu haben. Das Letzte, was Kat jetzt brauchte, war, von jemandem gesehen zu werden, wie sie ihn auf den Wiesen in der Nähe von Wiley Evans Bauernhof suchte.

Pax' Pfote heilte prächtig. Der Collie humpelte kaum noch, als er Kat nun den bewaldeten Hügel hinter der Praxis hinauf folgte. Kat versuchte, sich vorzustellen, welchen Weg sie nehmen würde, wenn sie eine Katze wäre. Sie hatte auch die leise Hoffnung im Hinterkopf, dass – wenn ein für Schafe gefährliches Tier in der Nähe wäre – Pax es aufstöbern würde.

Es dauerte tatsächlich nicht lange, bis Pax einen offenbar interessanten Duft aufschnappte. Kat musste rennen, um mit ihr Schritt zu halten. Sie überquerten eine Wiese und einen Bach, an dessen Ufer Weiden wuchsen. Als sie das schattige Ufer hinaufgingen, begann Pax plötzlich wie wild zu bellen. Ein Mann mit Fernglas hatte die Hofgebäude im Visier. Er drehte ihnen den Rücken zu, doch Kat erkannte ihn, noch bevor er sich abrupt umdrehte. Er schien nicht sehr erfreut, sie zu sehen.

»Oh … was machst *du* hier?«

»Hallo, Mario. Ruhig, Pax. Sitz. Braves Mädchen.« Kat hoffte, dass Mario Rossi sich ihren Katzentransportrucksack nicht zu genau ansehen würde. »Ich gehe nur mit meinem Hund spazieren. Und Sie?«

»Ich war nur angeln.«

Er hielt einen Drahtkorb hoch. Kat konnte durch das Geflecht einen Karpfen mit glanzlosen Augen sehen. Er roch, als sei er seit mindestens vierundzwanzig Stunden tot. Das war verdächtig, aber nicht halb so suspekt wie die rötlichen Schlammspuren an seinen Stiefeln oder das Ding, das er über der Schulter trug. Das sah nämlich verdächtig danach aus, als sei ein Gewehr darin. Wäre Pax nicht an ihrer Seite gewesen, die eine drohende Haltung angenommen hatte, hätte Kat vermutlich Angst bekommen.

Was hatte Mario mit einem Gewehr vor? Wollte er Fasane oder Rotwild jagen? Ihr Blick wanderte zu seinem Fernglas.

»Vögel beobachten«, erklärte er, noch bevor sie gefragt hatte. »War schön, dich zu sehen, Kat. Aber ich muss weiter. Noch mal vielen Dank, dass du dich um Mr B kümmerst. Ich habe ihn aus einer Rettungsstation, und er kann manchmal etwas durchtrieben sein, aber dass du mit ihm klarkommst, beweist, dass du eine spitzenmäßige Tiersitterin bist.« Nach diesen Worten stieg er auf einen Zaunübertritt und verschwand.

Kat fröstelte. Sein Lob konnte er sich sonst wohin stecken. Und das mit dem Angeln war gelogen – sie musste sich vor diesem Mann in Acht nehmen. Wenn er wüsste, dass sie den Funkspruch mitgehört hatte, in dem er oder jemand anderer auf derselben Funkfrequenz *Neunzig-Neun* genannt wurde, bevor eine verschlüsselte Nachricht durchgegeben wurde, könnte es böse für sie enden.

Ärgerlicherweise hatte sie sich ganz umsonst in Gefahr gebracht. Es war dumm von ihr, zu hoffen, Tiny irgendwo im Wald oder auf einer Wiese zu finden. Es wäre weitaus klüger gewesen, zu Hause auf ihn zu warten. Denn dort war er vermutlich gerade und miaute nach einer Leckerei. Kat war plötzlich total frustriert. »Komm, Pax, gehen wir nach Hause!«

Genau in diesem Augenblick kam ein Transporter dröhnend über die nahe Wiese herangefahren. Über die Hecken hinweg konnte Kat sehen, dass es der Tiertransporter war, der geradewegs auf den Bauernhof zufuhr.

Was, wenn er hinter Tiny her war? Sie spurtete los.

Pax kam sofort mit. Am Tor angekommen, kauerte Kat sich hinter ein Brombeergestrüpp und legte eine Hand auf Pax' Schnauze. Mr Bludger redete gerade mit der Frau des Bauern. Sie zeigte auf eine Scheune auf der Schafweide.

Mr Bludger holte die Falle aus seinem Transporter, und Kat blieb beinahe das Herz stehen. Das Einstudieren der *Weg-des-Mungos*-Kampfkünste kam ihr jetzt geradezu lächerlich vor. Was sollte sie tun – dem Tierkontrollbeauftragten nachrennen und ihn mit einem *Schmetterlingsschwung* außer Gefecht setzen?

Doch dann zeigte die Bauersfrau auf ihr Haus. Lud sie den Beauftragten gerade auf eine Tasse Tee ein? Der rieb sich über seinen beachtlichen Bauch und folgte der Frau ins Haus.

Kat band den Collie am Zaun fest. »Sitz, Pax. Ich bin nicht lange weg. Warte hier!«

Sie stieg über ein Viehgitter und rannte zur Scheune. Doch sie war erst kurz vor ihrem Ziel, als plötzlich Hundegebell ertönte.

Pax hatte ihre Leine abgestreift und rannte zwischen den Schafen herum, um sie offenbar in eine Ecke zu treiben. Die Bauersfrau kam aus dem Haus gerannt. Mr Bludger schnappte sich seine Falle und rannte der Frau schwerfällig nach, um Pax einzufangen.

Kat flitzte in die Scheune. Während die beiden durch Pax abgelenkt waren, hatte sie womöglich noch Zeit, Tiny zu retten – falls er überhaupt hier war. Doch als sie kurz stehen blieb, damit ihre Augen sich an das fehlende Licht gewöhnten, kam ein Knurren aus dem Halbdunkel – ein Knurren, das ihr das Blut in den Adern gefrieren ließ.

»Tiny?«, rief Kat nervös. »Tinylein, hab keine Angst. Ich bin's! Ich bin gekommen, um dich nach Hause zu holen.«

Instinktiv blickte sie nach oben. Vier grün funkelnde Augen starrten durch eine Ritze in den Holzbalken auf sie herab. Kat blinzelte. Sah sie jetzt doppelt?

Das war ihr letzter Gedanke, bevor sich eine Silhouette aus Flecken und Streifen auf sie stürzte. Mitten in deren

Sprung konnte Kat eine der Katzen als Luchs ausmachen. Die zweite Katze war Tiny. Er warf sich auf den Luchs und stieß ihn um. Als *ein* verworrenes Knäuel landeten die beiden auf dem Scheunenboden. Die Wildkatze war blitzschnell wieder auf den Beinen und verschwand mit einem wütenden Zischen.

Kat ging in die Hocke und fiel Tiny um den Hals, der kurzatmig, aber unverletzt war. »Du hast mich gerettet! Wer war *das* denn? Wo kam er her?«

Zu Tinys Entsetzen packte sie ihn dann kurzerhand und steckte ihn in ihren Rucksack. »Entschuldige, Baby, aber wir müssen von hier verschwinden!« Als sie sich den Katzentransportrucksack gerade auf den Rücken hievte, wurde das Scheunentor aufgerissen. Hinter dem Tierkontrollbeauftragten stand die Bauersfrau, die Pax am Halsband festhielt.

»Na, was seh ich da!«, frohlockte Mr Bludger. »Da haben wir ja gleich zwei Fliegen mit einer Klappe geschlagen!«

26
Dragon Boy

Museum für Naturgeschichte, London

»Hanna, meinst du wirklich, dass es eine gute Idee ist?«, fragte Kat nervös, als sie zwei Tage später Tina Chung fast abhängten, weil sie unbedingt um 10.45 Uhr im Museum für Naturgeschichte sein wollten.

Eigentlich hatten sie früher hier sein wollen, doch ihr Zug von Wool nach Waterloo hatte Verspätung gehabt. »Wir dürfen auf gar keinen Fall zu spät kommen!«, sagte Hanna mit Nachdruck. »Es ist total wichtig, dass wir Punkt elf am Treffpunkt sind. Dragon Boy hat mir versprochen, genau fünf Minuten zu warten, und keine Sekunde länger. Wir müssen noch etwas Zeit einplanen, falls nicht alles auf Anhieb klappt. Tina kann sich so lange im Museumsshop umsehen oder einen Tee trinken.«

Es war Donnerstagmorgen. Hätte jemand Kat gesagt, dass sie – achtundvierzig Stunden nachdem ihr Kater und ihr Hund jaulend und fauchend ins Tierheim gebracht worden waren – nach London fahren würde, um einen Fremden zu treffen, der sich im Internet *Dragon Boy* nannte, hätte sie den Betreffenden für total bekloppt erklärt.

Noch schräger war, dass Robyn sie dazu angeregt hatte.

So hieß die obdachlose Frau. Kat hatte sie zufällig an dem Tag getroffen, an dem Mr Bludger ihr Tiny aus den Armen gerissen hatte. Wenn es nach ihr gegangen wäre, hätte Kat den Rest ihres Lebens im Bett verbracht und sich die Decke über den Kopf gezogen. Doch sie hatte schließlich ihre Tiersitterverpflichtungen. Der Python und die Pferde konnten nichts dafür, dass ihre eigenen Tiere ihr entrissen und wie Verbrecher abgeführt worden waren.

Als Kat niedergeschlagen von einem Ende von Bluebell Bay zum anderen radelte, war die Obdachlose ihr über den Weg gelaufen. »Ich habe gehört, dass deine Tiere weggeholt wurden«, hatte sie gesagt und Kat eine braune Papierrolle in die Hand gedrückt. Die war mit einem Borkenband, umflochten von Lavendelbüscheln, verschnürt.

Kat hatte kaum Zeit, sich zu bedanken oder nach ihrem Namen zu fragen, bevor Robyn – »mit Y« – schon wieder über eine Wiese entschwand, mit ihrem Schlafsack über der Schulter.

Kat hatte gewartet, bis sie wieder in der Summer Street war, bevor sie das Papier auseinanderrollte. Auf der Innenseite war eine kunstvolle Tintenzeichnung von Pu, dem Bären, um dessen Bärenohren eine Wolke von Bienen schwirrte.

Vergiss nie:
Du bist tapferer, als du glaubst,
stärker, als du scheinst,
und klüger, als du denkst.

Die Fürsorglichkeit dieses Geschenks und die Macht der wunderbaren Worte hoben Kats Stimmung mehr, als alles andere es vermocht hätte. Als Hanna wenig später anrief und ihr eine höchst seltsame Geschichte von einem *Dragon Boy* erzählte, den sie online in einem Fossilienforum kennengelernt hatte und unbedingt treffen müsse, hatte Kat ihr nicht nur versprochen, sie zu begleiten, sondern sie schaffte es auch, Tina zu überreden, an ihrem freien Tag mit ihnen beiden nach London ins Naturkundemuseum zu fahren.

Aber natürlich hatte Kat erst dann zugestimmt, als sie Hanna sämtliche Einzelheiten entlockt hatte. Sie wollte wissen, wie und wo sie auf diesen Jungen gestoßen war, der behauptete, Informationen über den Drachenorden zu haben. »Woher willst du wissen, dass er kein sechzigjähriger Axtmörder ist, der sich nur als Junge ausgibt?«

»Weil ich ihm gesagt habe, dass er uns um elf auf der Bank unter dem Skelett des Blauwals treffen soll, und er schrieb zurück, er würde maximal fünf Minuten rumsitzen, länger nicht. Wie viele Erwachsene, die du kennst, würden *rumsitzen* sagen statt *warten*?«

»Das ist alles? Das ist dein einziger Beweis?«

»Spinnst du? Mein Dad würde mich umbringen, wenn *Sicherheit geht vor* im Netz nicht mein Motto wäre! Das gilt auch für Jasper. Er hat ihn für mich überprüft. Dragon Boy ist zwar gut darin, seine IP-Adresse zu verbergen, aber nicht ganz so gut, wie er denkt. Wir sind uns zu neunundneunzig

Prozent sicher, dass er ein zwölfjähriger Gaming-Freak ist. Ein ziemlich talentierter zudem.«

»Und *wie* soll er uns weiterhelfen?« Das war Kat noch nicht ganz klar.

»Na, vielleicht gar nicht. Das wissen wir erst, wenn wir ihn treffen. Ich war lediglich auf ein paar Seiten von Fossilienfans und habe angedeutet, dass ich bei den Ausgrabungen an der Juraküste mitarbeite und mir überlege, ob ich im Austausch gegen Informationen über den Drachenorden ein paar Drachenzähne springenlasse.«

Kat war entsetzt. »Was?! Aber du hast doch gar keine Dracoraptorzähne!«

»Nein, aber ich habe ein paar Imitate. Dad hat den Bildhauer beauftragt, noch ein paar Kopien mehr zu machen. Und die habe ich mir ausgeborgt.«

»Und was passiert, wenn dieser Junge merkt, dass sie falsch sind? Dann rastet er vielleicht aus, und das Treffen nimmt ein böses Ende.«

Doch Hanna hatte Kats Bedenken beiseitegewischt. »Wir werden im Hauptsaal des Naturkundemuseums sein, und dort wimmelt es von Besuchern. Wenn er uns blöd kommt, brauchen wir nur zu schreien, und Tina und ein halbes Dutzend Sicherheitsbeamte und tapfere Besucher würden herbeilaufen. Alles ganz easy. Was kann da schiefgehen?«

»Ich begreife nicht, warum ihr so rennt!«, rief Tina ihnen nach. »Es war definitiv ein Fehler, euch im Zug so viel Schokolade essen zu lassen. Hanna hat fast hyperventiliert, als die U-Bahn im Tunnel stehenblieb. Und jetzt, wo wir endlich im Museum sind, hetzt ihr von Exponat zu Exponat!«

»Wir wollen eben so viel wie möglich sehen«, rief Kat zurück.

Sie hatten Tina überredet, im ersten Stock anzufangen, von wo sie aus der Vogelperspektive einen hervorragenden Blick auf die Bank unter dem Blauwalskelett hatten. Sie wollten aus sicherer Entfernung alles beobachten, bis sie sich ganz sicher waren, dass Dragon Boy kein potenzieller Kidnapper war.

Um elf Uhr setzte sich ein Mann auf die Bank. Er hatte ein pockennarbiges Gesicht und trug einen schwarzen Ledermantel und eine dunkle Sonnenbrille, obwohl er in einem Gebäude war – also eindeutig ein Berufskiller wie aus dem Roman. Sein bedrohliches Aussehen schreckte sogar ein sichtlich erschöpftes Rentnerpaar ab.

»Sieht ganz so aus, als sei Dragon *Boy* ein Dragon *Man*«, flüsterte Kat, als Tina außer Hörweite war.

»Oder Dragon Boy ist genauso nervös wie wir«, zischte Hanna zurück. »Schau mal, da drüben!«

Auf der anderen Seite der Halle lehnte sich ein chinesischer Junge mit Brille ans Geländer und ließ den Killertypen auf der Bank nicht aus den Augen. Doch in diesem Moment sprang der Mann unter ihnen auf und strahlte über das ganze Gesicht, als eine reizende Frau und zwei Kinder ihm um den Hals fielen.

Okay, kein Killer, dachte Kat und begann, an ihrer Menschenkenntnis zu zweifeln. Sie und Hanna sahen, wie der chinesische Junge die Treppe hinunterflitzte und flugs den Platz des Mannes auf der Bank einnahm.

»Los geht's!«, zischte Hanna. »Sag Tina, du möchtest dir unbedingt das Amerikanische Mastodon ansehen – das ist ein Verwandter des Elefanten aus der Eiszeit. Ich sage ihr, ich müsse dringend aufs Klo und dass wir beide uns unten auf der Bank wieder treffen. In der Zwischenzeit versuche ich, Dragon Boy ein paar Infos zu entlocken. Wenn ich schreie, kommst du sofort und rettest mich.«

Alles lief nach Plan, bis zu dem Moment, als Hanna dem Jungen die gefälschten Drachenzähne aushändigte. Sie hatten Rücken an Rücken auf der Bank gesessen, als wenn sie nichts miteinander zu tun hätten, und redeten nur aus den Mundwinkeln.

»Was weißt du über den Drachenorden?«, war Hannas erste Frage gewesen.

Der Junge hatte sich panisch umgeschaut, als wenn jeden Moment eine Horde Drachen auf sie herabschießen könnte. »Du darfst den Namen nie, wirklich nie, laut aussprechen«, zischte er. »Nenn sie DO, falls jemand mithört. Ich sage dir jetzt ein paar Fakten, dann gibst du mir die *long chi*, und unsere Wege trennen sich wieder.«

Hanna schielte zu Tina und zu Kat hinüber, die vor dem Mastodon stand. »Schieß los! Ich hab nicht viel Zeit.«

»Sie sind eine Sekte. Sie verehren Drachen. In der chinesischen Kultur und Mythologie haben Drachen eine spezielle Bedeutung. Sie stehen für Macht, Weisheit, Glück und Unsterblichkeit, und sie bringen Wohlstand. Sie besitzen grenzenlose, übernatürliche Gaben. Drachen können sich in jede beliebige Gestalt verwandeln, von einer Schlange bis zu einem Sturm, und sie können Überschwemmungen und Tsunamis aufhalten.« Er verstummte. »So, das war's, bis du die Drachenzähne rüberreichst.«

Hanna fuhr zu ihm herum und funkelte ihn empört an. »Wie bitte? Ist das dein Ernst? Du erwartest, dass ich dir zwei *long chi* gebe für irgendwelche Sprüche, die aus einem Glückskeks stammen könnten und die ich schon als Kleinkind gekannt habe? *Bú shànsh zhê bù shànzhò ng.* Weißt du nicht, dass ein schlechter Anfang ein schlechtes Ende verheißt?«

»Du sprichst Chinesisch!?«

»Ein bisschen. Aber sag mir wenigstens, warum die Drachenzähne für den DO so wichtig sind. Was machen sie damit?«

Er atmete hörbar aus. »Okay, in der chinesischen Alchemie sind Drachenzähne unglaublich wertvoll. In einer der ältesten Schriften der chinesischen Medizin heißt es, mit *long chi* könnten Epilepsie, Wahnsinn und Krämpfe geheilt werden. Im Lexikon der chinesischen Medizin gelten *Drachenzähne* und *Drachenknochen* als Tranquilizer. Es steht auch drin, *long chi* könnten als Sedativum eingesetzt werden, um Schlaflosigkeit, Depression, Fieber und Lebererkrankungen und andere Krankheiten zu lindern. Manche Leute glauben sogar, die Drachenenergie habe die Macht, das Leben zu verlängern. Und genau aus diesem Grund will der DO sie haben. Die Mitglieder wollen ewig leben. So, jetzt gib mir die Drachenzähne.«

Widerwillig händigte Hanna ihm den Samtbeutel aus. Ihr war nicht wohl bei dem Gedanken, dass sie ihm gefälschte Fossilien übergab. Er wirkte verletzlich, als wenn er ein großes Problem hätte. »Woher weißt du von dem DO?«, fragte sie. »Hast du schon mal einen von ihnen getroffen?«

Er kippte sich die Zähne in die Handfläche und roch an ihnen. Plötzlich wich alles Blut aus seinem Gesicht, und er begann zu zittern.

Hanna erschrak. »Was ist los? Bist du krank?«

»Du hast mich reingelegt«, sagte er mit leiser, erschöpfter Stimme. »Die sind gefälscht. Du warst meine letzte Hoffnung. Jetzt sind wir tot, mein Vater und ich. Das haben sie angedroht. Wenn *Patient X* stirbt, werden sie uns umbringen.«

Hanna begriff auf einen Schlag, dass Kat und sie in etwas hineingestolpert waren, das absolut kein Spiel war. »Wer sind *sie*? Und wer ist *Patient X*?«

In diesem Moment kam Tina auf sie zu. »Da bist du ja, Hanna! Unglaublich, wie fasziniert Kat von dem Mastodon ist. Ich konnte sie nicht von dort weglotsen!«

Hanna bemühte sich um eine fröhliche Stimme. »Tina, würde es dir etwas ausmachen, wenn wir jetzt zur Haupt-

Dinosaurierausstellung gingen? Ich würde euch beiden zu gern den Megalosaurus-Zahn zeigen.«

Der Junge wollte aufspringen und davonlaufen, doch Hanna packte ihn am Ärmel, während Kat Tina ablenkte.

»Wenn du in Schwierigkeiten steckst, können meine Freundin und ich dir helfen«, flüsterte Hanna. »Das ist unser Job.«

»Zwei Mädchen?«, sagte er verbittert. »Ihr seid sicher eine tolle Hilfe!«

»Mädchen sollte man nie, niemals unterschätzen«, sagte Hanna mit Nachdruck. »Besonders nicht, wenn sie Detektivinnen sind.«

Er drehte ihr das Gesicht zu. »Hör mal, Nancy Drew, nicht mal Sherlock Holmes könnte uns helfen. Du hast nicht die leiseste Ahnung, mit wem wir es zu tun haben! Diese Leute sind Monster!«

In Hannas Kopf begannen die Neuronen zu feuern und Verknüpfungen herzustellen. Bisher waren Kat und sie davon ausgegangen, dass Johnny wegen eines wertvollen Fossils oder Recherchen über eine umweltzerstörende Firma umgekommen war. Die Möglichkeit, dass er über die finsteren Machenschaften einer brutalen, gemeingefährlichen Unterweltgang von illegalen Knochenjägern recherchiert hatte, war ihnen nicht mal in den *Sinn* gekommen.

»Wäre der DO so monströs und skrupellos, einen jungen Reporter zu töten, der möglicherweise über sie recherchiert hat?«, fragte sie eindringlich. »Denn an genau so einem Fall arbeiten Kat und ich gerade. Nach einem Klippenrutsch in unserer Stadt kam ein menschliches Skelett zum Vorschein. Wir glauben, dass das Opfer, Johnny Roswell, ermordet wurde. Und wir vermuten auch, dass Knochenjäger hinter einem Einbruch in die Halle stecken, in der mein Vater arbeitet. Er ist Paläontologe.«

Der Junge sprang so abrupt auf, als wäre die Bank plötzlich glühend heiß. »Im Forum hast du nie erwähnt, dass dein Vater Paläontologe ist! Was machst du hier? Hast du mich in eine Falle gelockt?«

»Hanna, was trödelst du herum?«, rief Tina über die Schulter. »Ich dachte, du willst uns den Megalosaurus-Zahn zeigen?«

Hanna tat so, als würde sie ihre Schnürsenkel nachziehen, und raunte derweil dem Jungen zu: »Du hast im Forum auch nicht erwähnt, dass du in großer Gefahr schwebst! Und nein, das ist keine Falle. Sag uns, was du weißt. Wenn euch der DO erpresst, können wir helfen – eventuell auch nur online. Komm mit uns in den Dinosauriersaal. Dort können wir uns zwischen den einzelnen Modellen weiter unterhalten.« Sie hob die Stimme: »Ich komme, Tina! Ich hatte nur ein Steinchen im Schuh!«

Im Dinosauriersaal wechselten sie und Kat einander ab, ihren surrealsten Kunden aller Zeiten zu befragen. Während Hanna Tina alles erzählte, was sie über die Torvosaurusklaue wusste, blieb Kat ein Stück zurück und hörte sich die Geschichte des Jungen an. Er hieß Kai. Im November, vor beinahe acht Monaten, war ein Fremder ins *Eastern Healing* gekommen, der Akupunkturpraxis in Chinatown, und hatte Dr. Liu kaltblütig erpresst. Der Arzt musste ihm aus Drachenzähnen eine Tinktur machen, die für einen ernsthaft kranken Patienten bestimmt war, den der Fremde als *Patient X* bezeichnet hatte. Seit diesem Tag war das Leben von Vater und Sohn ein einziger Albtraum.

»Wenn dein Vater nicht mit illegalen Fossilien handelt, woher hatte er dann die *long chi*, die er dem Fremden ausgehändigt hat?«, fragte Kat mit einem vorwurfsvollen Unterton.

»Vor langer Zeit wollte ihm ein Dealer seltene Fossilien aus dem Maotianshan-Schiefer aus Chengjiang in China verkaufen. Dad hat abgelehnt, doch in dem Moment kam die Polizei, die wegen eines Rhinohorns eine Razzia machte. Der Dealer ließ alles stehen und liegen und flüchtete. Dad hat die Sachen versteckt und glaubte, der Mann würde zurückkommen und sie holen, doch der ließ sich nie mehr blicken.«

Kat musste ziemlich ungläubig dreingeschaut haben, weil Kai aufgebracht fortfuhr: »Mein Vater ist einer der besten chinesischen Heiler in England. Er hat noch nie im Leben mit Fossilien gearbeitet, weil er es für ein Verbrechen hält, dass skrupellose Knochenjäger paläontologische Fundstätten in China und anderen Ländern zerstören. Es tat ihm richtig weh, die seltenen Fossilienzähne für den Fremden zu zermahlen. Er versuchte dem Mann auch klarzumachen, dass die *long chi* dem Patienten nicht helfen würden, da er die Krankenakte gesehen hatte und wusste, dass *Patient X* sich bereits im Endstadium befindet.«

Kats Herz setzte einen Schlag lang aus. »Willst du sagen, dass *Patient X* sowieso bald *stirbt*? Ist dein Vater sich da ganz sicher?«

»Hundertprozentig. Der Patient hat eine sehr seltene Krebsart. Er wächst zwar nur langsam, ist aber unheilbar. Weil der Mann vom DO nicht mit sich reden ließ, hatte Dad gehofft, die Drachenzähne hätten vielleicht das, was Ärzte als *Placebo-Effekt* bezeichnen: Wenn ein Patient ganz fest glaubt, dass eine Pille oder eine Arznei wirkt, kann das seine Symptome vorübergehend mildern oder die Schmerzen lindern. Dad und ich haben uns auch verzweifelt an die Hoffnung geklammert, dass die Geschichten über die Wunderheilungen dank *long chi* wahr sind. Wir hatten so sehr auf ein Wunder gehofft.«

»Ist es eingetreten?«

»Eine Zeitlang ja. Aber letzte Woche hat der Mann stinksauer angerufen und gesagt, dem Patienten ginge es schlechter. Und in drei Tagen ist Dads Vorrat an *long chi* aufgebraucht. Jetzt fürchten Dad und ich um unser Leben.«

»Kat, komm und sieh dir das an! Wie interessant! Hier gibt's eine Sonderausstellung über Drachenärzte im alten China«, rief Tina da. »Damals wurden Dinosaurierfossilien zermalmt und als Medizin benutzt.«

Kat sah Kai an und zog eine Augenbraue hoch, ehe sie zu

Tina eilte. Während sie und die Tierarzthelferin alles über die Drachenärzte lasen, war Hanna unbemerkt zu Kai zurückgeschlüpft.

»Wie habt ihr herausgefunden, dass ihr es mit dem Drachenor… ich meine dem DO zu tun habt? Dass sie es sind, die euch erpressen?«

»Jeden Monat kommt ein Umschlag mit der Post. Ohne Poststempel. Darin ist eine Karte vom Hyde Park, auf der jeweils ein *X* eingezeichnet ist. Dort muss ich hin und die Medizin in den nächsten Mülleimer werfen. Ich habe noch nie gesehen, wer sie geholt hat. Letzten Monat kam ich auf die Idee, die Rückseite der Karte mit Kohle einzureiben, für den Fall, dass jemand sich darauf abgestützt hat, um etwas zu schreiben – eine Telefonnummer oder einen Namen. Egal was. Und das ist dabei herausgekommen.«

Er zeigte ihr ein Foto auf seinem Handy. Hanna schnappte nach Luft. Es war ein Drache, dessen Schwanz so geringelt war, dass er das Unendlichkeitssymbol bildete – haargenau wie auf dem schwarz-goldenen Kärtchen, das Kat in Hamilton Park verloren hatte. Mit dem Unterschied, dass sich über dem Drachen ein Spruchband befand: *DRACHENORDEN: In aeternum vive. Lebe für immer.*

Der Junge musterte ihr Gesicht. »Du hast es schon mal gesehen, richtig? Wo?«

»Auf einem Kärtchen, das jemand in einem Hotel in Bluebell Bay verloren hat.«

Tina blickte sich suchend nach Hanna um. Der chinesische Junge versteckte sich rasch hinter einer Glasvitrine. Hektisch sagte er: »Nachdem ich das Drachenbild gesehen hatte, habe ich meine Freunde befragt. Tat ganz cool. Ein Junge hat es auf Anhieb als das Symbol des DO identifiziert. Sein Vater sagte ihm, es sei ein Geheimclub, ähnlich wie die Freimaurer, in dem nur Reiche sind, skrupellose Personen, die nicht sterben wollen. Sie bezahlen Höchstpreise für die besten Fossilien mit der stärksten Drachenenergie. Aber der Vater meines Freunds sagte auch, sie würden ihr Geld zum Fenster rauswerfen, weil den Leuten, die damit dealen, schlimme Sachen passieren.«

Tina wollte auf Hanna zugehen, doch Kat lenkte sie ab, indem sie auf das Schaubild *Untergang der Dinosaurier* zeigte. Sie waren fast am Ende des Saals angelangt. Die Zeit wurde knapp.

Hanna sagte hastig: »Kai, kannst du mir den Fremden beschreiben, der damals in die Praxis deines Vaters gekommen ist?«

»Er war sehr groß – an die zwei Meter. Sonst kann ich dir nicht viel sagen, denn er trug eine Maske und Handschuhe. Sein Mantel sah teuer aus. Er hat Englisch gesprochen, akzentfrei würde ich sagen, darin bin ich nicht gut. Ich hatte aber das Gefühl, dass er eine wichtige Persönlichkeit war, und deshalb nehme ich an, dass *Patient X* in der Hierarchie des DO recht weit oben steht – warum sollte er sich sonst die Mühe machen? Ein doofes Detail weiß ich aber noch. Er trug schicke schwarze Schuhe mit blauen Schnürsenkeln.«

Hannas Herzschlag beschleunigte sich. »Marineblau, babyblau oder himmelblau?«

»Himmelblau. Ich dachte, ich könnte im Internet herausfinden, wo sie hergestellt werden. Ich hatte gehofft, dass sie sehr selten sind. Doch dann stellte sich heraus, dass sie gerade in Mode sind und es Billionen von ihnen gibt.«

Hanna nickte. Sie war zu demselben Schluss gekommen. »Kai, letztes Wochenende waren wir bei Kats Großvater. Er ist der Verteidigungsminister.«

Kai starrte sie an. »Herrje, wer *seid* ihr?«

»Unwichtig. Als wir dort waren, habe ich ein seltsames Gespräch mit angehört. Ich konnte die beiden Männer nicht sehen, aber einer von ihnen trug schwarze Schuhe mit himmelblauen Schnürsenkeln. Und dieser Mann jammerte über den Sohn eines Doktors, mit dem er Probleme habe, und er sagte, sobald er und sein Vater ihnen nicht mehr nützlich wären, würden sie …«

Hanna verstummte betreten. Sie konnte Kai wohl kaum verraten, dass der Mann davon gesprochen hatte, ihn und seinen Vater zu eliminieren.

Kai füllte die Lücke aus. »… verschwinden? Umgebracht werden?«

Hanna blieb ihm die Antwort schuldig. »Er schien zu glauben, dass der Junge ihm direkt in die Seele schauen könne. Der andere Mann hänselte ihn damit, er solle doch die Spinnweben wegwischen.«

»Eigentlich könnten sie ja von sonst jemandem geredet

haben«, meinte Kai. »Doch das mit dem Arzt ist schon verdächtig. Wer war dieser Mann?«

»Das müssen wir erst noch herausfinden. Er und sein Freund redeten in Rätseln über irgendeine Bestellung. Der andere Typ wollte zwei schwarze T-Shirts für seine Arthritis kaufen und ein gestreiftes für seine Frau. Er hat auch gefragt, ob irgendwelche Schnitzereien aus weißem Plastik verfügbar seien –« Sie verstummte, als sie Kais Gesichtsausdruck sah. »Was habe ich gesagt? Stimmt etwas nicht?«

»Das ist der Schwarzmarkt-Code für illegale Wildtierkriminalität. Dad und ich lieben Tiere, und mein Vater hat sein ganzes Leben lang versucht, den Handel damit zu bekämpfen. *Zwei schwarze T-Shirts* steht für zwei Unzen Pulver aus Rhinohorn. *Gestreifte T-Shirts* sind Tigerfelle. *Zebrasaft* ist Wein aus Tigerknochen. *Weißes Plastik* steht für Elfenbein, *rotes Plastik* für die Schuppen eines Schuppentiers …«

»Hanna, ich muss mich wirklich über dich wundern«, schimpfte Tina, die wie aus dem Nichts auftauchte, was Kai zwang, unter einem Auslagentisch zu verschwinden, um nicht gesehen zu werden. »Kat hat mir erzählt, dass du ganz wild darauf warst, das Naturkundemuseum wegen eines Schulprojekts zu besuchen. Doch wann immer ich mich umdrehe, bist du entweder verschwunden oder starrst in die Luft. Was ist los? Ist dir nicht gut?«

Während Hanna irgendwelchen Blödsinn plapperte von wegen, wie hingerissen sie war, so nahe bei einem Triceratops-Schädel zu sein, kroch Kat zu Kai unter den Tisch.

»Kannst du uns irgendwelche Hinweise geben, mit denen wir *Patient X* identifizieren können? Alter? Geschlecht? Symptome?«

»Nein, denn alle persönlichen Daten waren in der Krankenakte geschwärzt. Ich weiß nur eins, nämlich dass dieser Krebs die Leber angreift. Der Kranke bekommt dann gelbe Augen, gelb wie Senf. Es gibt irgendwelches kosmetisches Zeug, mit dem man es im Anfangsstadium verbergen kann, aber sehr lange geht das nicht.«

»KAT WOLF, was zum Kuckuck hast du da unten zu suchen?« Tina griff unter den Tisch und packte Kat resolut an der Hand. »Ich bin mir nicht sicher, welchen Unfug ihr gerade treibt, aber mir reicht's. Für den Rest des Tages ist jeder Spaß gestrichen. Wir nehmen den nächsten Zug zurück nach Dorset. Unterwegs könnt ihr euch im Bistrowagen ein Sandwich kaufen.«

Die Mädchen hatten keine Chance, sich von Kai zu verabschieden, doch Hanna schaffte es gerade noch, ihre Handynummer auf die Rückseite ihrer Eintrittskarte zu kritzeln und ihm zuzuwerfen. Als sie das Museum verließen, konnte sie an nichts anderes mehr denken als an die Drohung, die sie in Hamilton Park durch Zufall mitgehört hatte: *Sobald wir ihn und seinen Vater nicht mehr brauchen, werden die beiden eliminiert.*

Falls Miss Mystery diesen Fall nicht bald lösen würde, wären Kai und Dr. Liu bald ebenso ausgestorben wie der Blauwal, dessen Skelett sie gesehen hatten. Und wenn der

Drachenorden tatsächlich für Johnnys Tod verantwortlich war, würde das bedeuten, dass diese Kriminellen – wieder einmal – mit einem Mord durchkommen würden, der nie aufgeklärt werden würde.

27
Wildkatzen

Kat hat ihr Mansardenzimmer von dem Moment an geliebt, als sie es zum ersten Mal betreten hatte. Der Meerblick, das Futonbett und die überfüllten Bücherregale waren ein wahrgewordener Traum. Doch jetzt, wo Tiny fort war, fühlte es sich kalt und gespenstisch an. Sie sehnte sich nach seinem warmen Körper, seiner Wildkatzenenergie und sogar nach seinen Launen. Seine Stimmungen änderten sich wie das Wetter, und Kat liebte die Herausforderung, auf sie einzugehen. Es gab nur wenig, was tröstlicher war als ihr Savannahkater, wenn er sich vor Donner oder vor dem Rasenmäher der Nachbarn fürchtete und bei ihr Zuflucht suchte. Sie liebte es, zu spüren und zu hören, wie das Schnurren in seiner Brust anschwoll.

Wer würde ihn jetzt beruhigen? Gab es wenigstens eine einzige nette Person, die sich um die beschlagnahmten Geschöpfe im Tierheim kümmerte? Hatten Tiny und Pax Decken und frisches Wasser in ihren trostlosen Betonzellen?

Als Kat sich die Tränen abwischte, fiel ihr plötzlich wieder ein, dass ihr Großvater gesagt hatte, er wäre für sie da, wann immer sie ihn brauche. Bevor er Verteidigungsminister wurde, hatte er als Rechtsanwalt gearbeitet. Vielleicht konnte er den herzlosen Mr Bludger anrufen und ihm erklären, dass Tiere, genau wie Menschen, als unschuldig gelten, bis ihre Schuld bewiesen worden ist.

Gesagt, getan. An seinem Handy sprang aber sofort die Mailbox an, deshalb versuchte Kat es in Hamilton Park. Freya nahm gleich nach dem ersten Läuten ab.

»Kat? Was für eine schöne Überraschung! Seine Lordschaft wird untröstlich sein, dass er deinen Anruf verpasst. Er ist unterwegs, aber ich werde ihm sagen, dass du angerufen hast. Kann ich ihm etwas ausrichten?«

»Was ist mit V?«, fragte Kat, einer spontanen Eingebung folgend. »Ist er da?«

Es folgte eine kurze Pause. »Wer ist V?«

»Egal«, sagte Kat schnell. »Freya, ich weiß, es ist eine komische Frage, aber ist Ihnen in Hamilton Park ein Mann mit blauen Schnürsenkeln aufgefallen?«

Die persönliche Assistentin ihres Großvaters lachte. »Ich habe in meinem Leben schon so manche lustige Frage gehört, aber deine ist die Krönung. Warum willst du das wissen?«

Kat beschloss, dass sie mit Ehrlichkeit vermutlich am weitesten kommen würde. »Als wir bei euch waren, hat Hanna zwei Personen gehört, die sich über gestreifte T-Shirts und weiße Plastikschnitzereien unterhalten haben, und einer von ihnen wollte solche Dinge kaufen. Wir haben neulich herausgefunden, dass manche Kriminelle diese Ausdrücke als Code für den Kauf von illegalen Tigerfellen und Elfenbein verwenden. Deshalb ist es für uns sehr wichtig, mehr darüber zu erfahren.«

»Herrje, dann kann ich nur hoffen, dass ihr euch täuscht«, sagte Freya besorgt. »Seine Lordschaft würde ausflippen, wenn unter seinem Dach derartige Gespräche geführt werden würden. Wie du weißt, ist es sein größtes Anliegen, wildlebende Tiere zu beschützen. Lass mich überlegen. Rosalia von der Buchhaltung hat Turnschuhe in allen Farben des Regenbogens, doch sie hat zehn Katzen, deshalb glaube ich nicht –«

»Es waren zwei Männer«, fiel Kat ihr ins Wort.

»Hmmm. Jay Read aus der PR-Abteilung trägt neuerdings violette Schnürsenkel in seinen Straßenschuhen. Selbst der Sensenmann – das ist mein Spitzname für einen der Beamten im Umweltministerium – hat ebenfalls seit kurzem einen Hang zu farbigen Schnürsenkeln. Sind sie blau oder orange? Ich kann mich ehrlich gesagt nicht erinnern. Ich weiß nur noch, dass ich überrascht war, weil er der langweiligste Mensch auf Gottes Erde ist. Sir Haslemere trug goldene Schnürsenkel, als er das letzte Mal hier war. Jetzt ist er im Krankenhaus, weißt du. Wurde letzte Nacht eingeliefert und hatte irgendeine Notfalloperation. Gut, bei ihm könnte ich mir vorstellen, dass er Tigerfelle oder Elfenbein kauft, aber andererseits bin ich ihm gegenüber sowieso etwas voreingenommen. Doch wie dem auch sei, sobald ich hier blaue Schnürsenkel sehe, gebe ich dir Bescheid.«

In diesem Moment platzte Kats Mutter ins Zimmer und

rief: »Kat, ich muss dir etwas zeigen!« Sie verstummte, als sie sah, dass Kat telefonierte.

»Danke, Freya – sagen Sie meinem Großvater nur, dass ich angerufen habe«, sagte Kat und beendete das Gespräch.

Ihre Mutter lächelte. »Du hältst Kontakt mit Seiner Lordschaft?«

»Ich versuche es«, antwortete Kat. »Er ist aber gerade wie immer nicht da.«

Ihre Mutter setzte sich zu ihr. »Ich wollte dir das hier zeigen: den Gipsabdruck der Pfote eines Iberischen Luchses, auch Pardelluchs genannt.«

Kat tastete die Aushöhlungen in dem glatten Gips ab und stellte sich dabei die ledrigen Ballen und die rasiermesserscharfen Krallen der Wildkatze vor. »Wo hast du den her?«

»Letztes Wochenende fand ich den Teilabdruck einer Pfote in der Nähe von Wiley Evans Hof. Ein Bekannter von mir von der Uni, der sich auf Katzen spezialisiert hat, hat mir bestätigt, zu welcher Spezies er gehört. Ich habe dir bisher noch nichts gesagt, weil ich dir keine falschen Hoffnungen machen wollte.«

»Ein *Iberischer* Luchs hier in Bluebell Bay?«, sagte Kat aufgeregt und bekam ein schlechtes Gewissen, weil sie ihrer Mutter nichts von der Wildkatze erzählt hatte, die sie in der Scheune bei dem Bauernhof gesehen hatte, als sie nach Tiny gesucht hatte. Sie hatte ihr auch verschwiegen, dass sie da Mario Rossi getroffen hatte, mit etwas, das wie ein Gewehrfutteral aussah. Hätte sie gewusst, dass der Luchs

in Gefahr war, hätte sie ihrer Mutter sofort Bescheid gesagt.
»Meinst du, dieser Luchs hat die Schafe gerissen? Aber wo ist er hergekommen?«

»Aus einem Zoo oder vielleicht von einem privaten Halter. Falls der Luchs illegal gehalten wurde, ist der Besitzer natürlich nicht zur Polizei gegangen, um die Flucht zu melden, denn das hätte strafrechtliche Folgen für ihn.«

»Aber selbst wenn der Luchs nie gefunden wird, beweist dieser Gipsabdruck doch, dass Tiny und Pax unschuldig sind, oder, Mum? Dann *muss* Mr Bludger uns glauben!«

»Ich fürchte, nur ein leibhaftiger, atmender Luchs wird diesen herzlosen Klotz dazu bringen, unseren Kater und den Collie freizulassen. Wir brauchen den lebenden Beweis.«

»Gut, dann müssen wir ihn beschaffen.«

Kat rechnete damit, ihre Mutter würde Bedenken anmelden. Doch Dr. Wolf sagte spontan: »Ja, und zwar schnell. Wer immer diesen Luchs gestohlen oder verloren hat, sucht vermutlich nach ihm und kann jederzeit bewaffnet hier auftauchen. Solche Menschen trennen sich nur äußerst ungern von ihren wertvollen, illegal gehaltenen Katzen, und deshalb müssen wir unauffällig vorgehen. Im Morgengrauen ziehen wir los. Zieh dir etwas Dunkles an.«

Dass ihre Mutter das Kommando übernahm, war für Kat eine enorme Erleichterung. Warum hatte sie sich nicht schon früher daran erinnert, dass ihre Mutter *immer* auf ihrer Seite war, wenn es um Tiere ging?

»Ein Glück, dass ich diesen Artikel in der *Bluebell-Bay-Gazette* gelesen habe. Darin stand, ein Autofahrer habe behauptet, in der Nähe des Hofs von Bob Carmichael eine riesige gescheckte Katze gesehen zu haben«, sagte Dr. Wolf, als sie im Schatten sich wiegender Bäume gemeinsam einen düsteren Weg hinaufgingen. »Wir suchen zuerst hier, und wenn wir kein Glück haben, gehen wir zum Wiley-Hof weiter.«

Eine riesige gescheckte Katze.

Mit einem Mal wurde Kat klar, warum Mario Rossi nach Bluebell Bay gekommen war. In ihrem Kummer darüber, dass Mr Bludger ihre heißgeliebten Haustiere verschleppt hatte, war sie nicht auf die Idee gekommen, eine Verbindung zwischen der *Flecken-erspäht*-Nachricht, die sie in Marios Campingmobil gehört hatte, und der gescheckten Wildkatze, die sie anspringen wollte, herzustellen. Die Zahlen in der Nachricht waren vermutlich geographische Koordinaten gewesen! *Deshalb* hatte Mario die Nebengebäude des Bauernhofs mit dem Fernglas beobachtet und war über ihr plötzliches Auftauchen so irritiert gewesen! Er hatte Jagd auf den Luchs gemacht!

Wenn er tatsächlich mit wilden Tieren dealte, ergab plötzlich alles einen Sinn. Gehörte er zu einer Gang, die gefährdete Tierarten – ob tot oder lebendig – stahl und an Kriminelle im Fernen Osten verhökerte? War Mr Bojangles eventuell auch gestohlen?

»Du, Mum …«, begann sie, als sie am Hoftor ankamen.

Doch Dr. Wolf hob warnend eine Hand. »Sorry, Kat – ich

glaube, ich habe etwas gehört. Macht es dir etwas aus, dort neben der Scheune zu warten? Aber geh ja nicht rein! Ich muss Bob Carmichael zuerst um Erlaubnis fragen, ob wir sie durchsuchen dürfen. Und es ist wahrscheinlich einfacher, wenn ich allein zu ihm gehe.«

Als Kat sich der Scheune näherte, glaubte sie, ein Knurren zu hören. Voller Angst, dass der Luchs wieder entkommen könnte und Tiny und Pax für immer im Tierheim eingesperrt bleiben würden, wagte sie sich durch das dunkle Scheunentor. Ein schwerer, süßlicher Heuduft hing in der Luft – und noch ein anderer Geruch. Etwas Wildes! Kats Nackenhaare sträubten sich. Der Luchs war hinter ihr. Sie spürte es. Doch noch bevor sie sich zurückziehen konnte, um auf ihre Mutter zu warten, nahm sie aus den Augenwinkeln plötzlich eine Gestalt wahr. Ein Mann zielte mit einem Gewehr auf sie. Kat sah, dass es mit einem Schalldämpfer versehen war. Ihre Mutter würde nichts hören …

»Keine Bewegung!«, flüsterte Mario. »Nicht mal atmen!«

Und dann feuerte er.

Die Kugel pfiff so nah an Kats Gesicht vorbei, dass sie sie brennen fühlte wie einen Minikometen. Noch ehe sie ganz begriffen hatte, was gerade geschah – dass sie noch lebte, während der Luchs mit einem dumpfen Aufschlag ins Stroh fiel, war alles vorbei. Reglos lag der Luchs da, mit leeren Augen. Kat riss den Mund auf und schrie und schrie.

Dr. Wolf rannte herbei und sah Kats entsetztes Gesicht, den Luchs auf dem Boden und Mario Rossis noch rauchendes Gewehr. Nachdem sie ihre Tochter beruhigend in den Arm genommen hatte, lächelte sie den Italiener an. »Wenn Sie der sind, für den ich Sie halte, bin ich schrecklich froh, Sie zu sehen!«

Kat wollte ihren Augen nicht trauen, als sie sah, wie Mario vortrat und ihrer Mutter die Hand schüttelte. »Dr. Wolf, richtig? Ich bin Mario Rossi. Verzeihung. Ich fürchte, ich habe Kat einen tüchtigen Schreck eingejagt.«

Die Tierärztin beugte sich über den Luchs, um seinen Puls zu fühlen, und sagte über die Schulter: »Kat, Schatz, ich weiß, dass du schockiert bist, weil er so still daliegt, aber er wird sich wieder erholen. Mr Rossi hat ihn nur betäubt, so dass er jetzt schläft.« Sie richtete sich wieder auf. »Moment mal, Mr Rossi hat dich gerade *Kat* genannt. Kennt ihr beide euch etwa?«

Kat fand endlich ihre Stimme wieder. »Ähm, ja, ich arbeite für Mario als Tiersitterin. Und gestern habe ich ihn in der Nähe von Wileys Hof gesehen und befürchtet, er sei ein Jäger.«

Ihre Mutter lachte. »Tatsächlich ist er genau das Gegenteil von einem Jäger. In Tierschutzkreisen ist Mario Rossi eine Legende. Er ist einer der besten Wildtierschützer und Verbrechensbekämpfer weltweit, eine Art Tierdetektiv.«

Kat war beeindruckt, aber auch verwundert. Wenn Mario so ein Held war, wozu brauchte er dann ein Tarnkajak? War das auch ein Zufall?

»Deine Mutter ist sehr freundlich, Kat, aber genau wie ihr

beide habe ich nichts anderes im Sinn, als Tiere zu schützen und zu retten. Tut mir leid, dass ich dir über meinen Aufenthalt in Bluebell Bay nicht die Wahrheit sagen konnte.«

Er sah sie an. »Vor zwei Wochen wurde ein Luchs, der zu den gefährdeten Tierarten gehört, aus einem Zoo in Devon gestohlen. Auf den Überwachungskameras war nichts zu sehen, und der Zoodirektor behauptet, er habe die Kaufunterlagen von dem Tier verloren. Deshalb vermutet die Polizei, dass es sich um versuchten Versicherungsbetrug handelt oder dass der Zoo Tiere gegen viel Geld an Wildtierdealer verkauft. Ein paar Tage später wurde in der Nähe von Bluebell Bay ein abgestellter Lieferwagen mit Luchshaaren und Blut im Kofferraum gefunden. Da wurde ich hierhergeschickt, um das Tier einzufangen.«

Er holte kurz Luft. »Der Wirbel um den Juradrachen hat mir meine Arbeit natürlich enorm erschwert. Wenn sich die Nachricht von einer frei herumlaufenden Wildkatze verbreitet hätte, wäre eine Massenpanik ausgebrochen. Außerdem wären schießwütige Bauern, Jäger und Wilderer in euer malerisches Städtchen eingefallen. Deshalb musste ich klammheimlich vorgehen.«

Dr. Wolf deckte den rötlich-gelbbraunen Körper des Luchses mit ihrer Jacke zu. »Wenn Sie einverstanden sind, Mario, würde ich ihn möglichst schnell in meine Tierklinik bringen, um ihn eingehend zu untersuchen und ihm notfalls ein paar Infusionen geben, bevor Sie ihn mitnehmen. Ich nehme an, Sie haben einen sicheren Ort im Sinn.«

»Ja, haben wir. Danke, Dr. Wolf. Ich weiß jede Hilfe zu schätzen, die Sie ihm zukommen lassen.« Er blickte zu Kat. »Dürfte ich euch beide höflich bitten, Stillschweigen über diese Sache zu bewahren?«

»Mum, was wird dann aus Tiny und Pax?«, fragte Kat besorgt. »Wenn wir nicht sagen dürfen, dass ein Luchs die Schafe angefallen hat, wie können wir die beiden dann aus dem Tierheim holen?«

»Ich habe gehört, dass der städtische Tierkontrollbeauftragte einem Kind seine Katze und seinen Hund weggenommen hat«, sagte Mario. »Falls es deine Tiere waren, Kat, dann tut es mir sehr leid – umso mehr, als Mr Bojangles bei dir in so guten Händen war. Überlass es mir. Ich werde mit den Bauern reden. Sobald ich ihnen die Summe genannt habe, die sie für den Verlust ihrer Schafe erhalten, werden sie nur allzu bereit sein, dem Tierkontrollbeauftragten zu sagen, dass alles nur ein böser Traum war.«

28
Drachentinkturen

Kat striegelte Orkaan, bis ihr Fell wie Seide glänzte, und drückte ihr dann ein Küsschen zwischen die samtigen schwarzen Nüstern. Es war Freitagnachmittag, neun Tage seit der Ankunft der Swanns in Bluebell Bay. Der Schauspieler war kein einziges Mal gekommen, um auf seiner Stute auszureiten.

»Wenn er bis morgen nicht kommt, gehen wir beide an den Strand und preschen am Ufer entlang durch die Wellen«, versprach ihr Kat. »Es ist nicht fair von Ethan, dich hier herumstehen zu lassen, während er sich anderswo amüsiert. Ein Pferd muss ab und zu Wind in seiner Mähne spüren.«

Nebenan, im Paradise House, saß Hanna und blätterte ein Exemplar von *Nature World* durch, während Bailey auf ihrer Schulter saß. »Edith hat sie mir vorbeigebracht. Du weißt doch noch, dass Harry Holt sein Exemplar von *Das sechste Sterben* versaut hat und ihr zum Ausgleich den *Hobbit* und einen Stapel alter Magazine gebracht hat? Wie ich gerade festgestellt habe, sind die Magazine voller Artikel von Johnny. Ich frage mich, ob Harry sie Edith nicht in Wirklichkeit gegeben hat, damit sie darauf aufpasst – für den Fall, dass ihm etwas passiert.«

Kat griff nach einer Kokosmakrone. »Stehen sie nicht auch im Netz?«

»Ja, aber vor seiner Verhaftung hat Harry fast wie ein Einsiedler gelebt. Vielleicht hat er kein Internet oder nicht mal einen Computer. Was, wenn Johnny Hinweise auf die Story, an der er gearbeitet hat, zwischen seinen harmlosen Tipps zu Insektenhotels versteckt hat? Hinweise, die nur er und Harry entschlüsseln konnten?«

»Ein Geheimcode, meinst du?«

»Mhmm. Ich habe schon ein paar der häufigsten Decodierungen ausprobiert, aber bis jetzt hat nichts hingehauen. Es gibt buchstabenbasierte Codierungen, bei denen jeder zehnte Buchstabe zum Beispiel SOS ergibt. Oder die Akrostichon-Methode, wo man die Nachricht im ersten Buchstaben oder ersten Silbe jedes Worts versteckt. Man kann auch die Buchstaben des Alphabets vertauschen. Aber auch einfache Codes zu knacken, kann ewig dauern.«

Kat schlug ihr Notizbuch auf. »Dann schauen wir uns unsere Mini-Rätsel noch mal an. Vielleicht können wir diesmal eine Verbindung erkennen.«

Sie schlug die Seite auf, auf der sie neulich in der Limousine die vielen Ballons gezeichnet hatte, in denen jeweils ein ungelöstes Rätsel stand. Nun zeichnete sie zwei neue Ballons dazu und schrieb hinein: *Wer ist der Mann mit den blau-*

en Schnürsenkeln? und *Wer ist Patient X?* Nach kurzem Überlegen zeichnete sie noch einen dritten neuen Ballon und schrieb hinein: *Das Blauflossenthunfisch-Rätsel*

Ein elektrisierendes Prickeln lief ihr über den Rücken, und sie riss den Mund auf.

»Was ist los?«, rief Hanna. »Was hast du?«

»Ich bin ein Hohlkopf, das ist los!«

»Warum? Was hast du bemerkt? *Erzähl schon!*«

»Die Verbindung – sie springt einen ja direkt an!«

»Ich verstehe nicht«, sagte Hanna zögerlich. »Was hat der Mann mit den blauen Schnürsenkeln mit dem Blauflossenthunfisch zu tun, abgesehen von der Farbe …? Au, warte, wir sind beide Hohlköpfe! Die Antwort ist so was von offensichtlich! Ich schreibe es mit einem pinkfarbenen Neonstift in dein Notizbuch.«

Und das tat sie auch.

AUSSTERBEN

Kat begann, um das Dinosauriermodell auf dem Esstisch zu wandern. »Zehn unserer dreizehn Minirätsel haben etwas mit Aussterben zu tun. Wir wissen, dass der Drachenorden seit Jahrhunderten seltene Fossilien aufkauft und dass auf dem Drachenschlüsselkärtchen, das ich im Hotelflur gefunden habe, ihr Symbol ist. Kai ist sich sicher, dass diese Leute Dr. Liu erpressen, damit er Drachenzähne zermalmt, die *Patient X* als Medizin braucht. Und wir sind uns sicher, dass, wer immer die Klippenwand gesprengt hat, das Ziel hatte, den Juradrachen oder andere Fossilien freizulegen, und dass Ollie und der Dieb, der die *long chi* stehlen wollte, sie auf dem Schwarzmarkt verkaufen wollten. Alle diese Einzelheiten haben mit ausgestorbenen oder vom Aussterben bedrohten Kreaturen zu tun.«

Aufgeregt warf Hanna ein: »Außerdem hat der Mann mit den blauen Schnürsenkeln eine Bestellung für ein Rhinohorn und ein Tigerfell entgegengenommen – also von Tieren, die in der Wildnis ebenfalls vom Aussterben bedroht sind. Wenn wir nur wüssten, wer er ist! Dann hätten wir ein weiteres Puzzleteilchen unseres Rätsels gelöst. Hast du mal wieder von deinem Großvater gehört?«

»Er hat gestern Abend eine SMS geschickt, um mir zu sagen, er würde anrufen, sobald …« Kat verstummte mitten im Satz, als ihr Blick auf Johnnys Fuchsgeschichte fiel. »Du kennst doch diesen Spruch von wegen, dass man einen Fuchs nicht zum Wächter vom Hühnerstall machen soll, oder?«

»Ähm … nein? Warum, weil er die Hühner auffressen würde?«

»Nein, ich meine: ja – aber ich rede nicht von echten Füchsen. Wenn du irgendwelche Teile von gefährdeten Tierarten kaufen oder verkaufen wolltest und zufällig für die Regierung arbeitest, bei welchem Ministerium würdest du dich dann bewerben?«

Hanna stieß einen spitzen Schrei aus. »Na, beim Umweltministerium natürlich!« Sie schluckte. »Aber so … berechnend kann doch kein Mensch sein!«

»Und wenn doch?«, hakte Kat nach. »Wer mitten drin ist, kann Deals mit Wilderern machen, sie bei ihren Verbrechen unterstützen, und er bekommt vermutlich auch beschlagnahmtes Elfenbein oder was auch immer in die Finger. Freya sagte, einer der Männer vom Umweltministerium würde farbige Schnürsenkel tragen. Sie nannte ihn den Sensenmann. Er soll der langweiligste Mensch im Universum sein, aber vielleicht tut er nur so. Langweilige Menschen werden nicht beachtet. An seinen richtigen Namen konnte Freya sich aber nicht erinnern.«

»Nichts wie los!« Hanna klappte ihren Laptop auf und suchte nach *Umweltministerium + Personal*.

Sobald sie sein Foto sahen, wussten sie, dass sie den richtigen Mann hatten. Lucian Rigley, Abteilungsleiter für Internationale Öffentlichkeitsarbeit in Sachen Wildtiere.

»Er sieht echt wie der Sensenmann aus«, kommentierte Hanna. »Und auch wie ein Typ, der ein Tigerfell als Läufer in seiner Bücherei liegen hat.«

»Aber ist er auch ein Typ, der Mitglied einer Gesellschaft ist, die davon überzeugt ist, dass man mit Dinosaurierzähnen Krebs heilen kann?«, fragte Kat skeptisch. »Ist er zu einer fiesen Erpressung fähig? Vergiss nicht, dass wir uns anfangs auch in Harry getäuscht haben.«

»Stimmt, aber mein Bauchgefühl sagt mir, dass wir mit Lucian Rigley auf der richtigen Fährte sind«, erwiderte

Hanna resolut. »Hoffentlich ruft dein Großvater bald an. Falls Mr Rigley tatsächlich ein Krimineller ist, der mit wirkungslosen Heilmitteln wie Rhinohörnern dealt, dann ist ihm alles zuzutrauen. Und wenn wir keinen überzeugenden Beweis finden, kommt er ungestraft davon und kann ewig so weitermachen.«

»Wir dürfen nicht aufgeben!«, sagte Kat eindringlich. »Wir sind so nah dran. Ich spüre es!«

»Hoffen wir, dass du recht hast«, sagte ihre Freundin besorgt. »Kai verlässt sich darauf, dass wir ihn und seinen Dad retten, bevor sie *eliminiert* werden.«

Kats Handy piepte in der Tasche ihrer Reithose. Sie las die Nachricht, begann zu jubeln und warf das Handy aufs Sofa, bevor sie anfing, durch das Zimmer zu tanzen. »Das war Mum. Tiny kommt nach Hau-u-u-se«, trällerte sie. »Und Pa-a-a-x auch!«

»Das ist ja großartig!«, sagte Hanna lachend. »Ich werde weiter über Geheimcodes und Füchse in Hühnerställen nachdenken. Du lauf, lauf, lauf, Miss Mystery Wolf!«

»Meinst du wirklich? Es dauert noch Stunden, bis es wirklich so weit ist, aber ich würde gern noch Futter für sie kaufen und alles herrichten. Halte mich auf dem Laufenden, Miss Mystery Fox. Wir werden diesen Fall lösen – ich weiß es! Mein Großvater sagt, dass selbst Drachen irgendwann ihr Ende finden.«

29
Wahrer Mut

Nachdem Kat nach Hause geeilt war, fiel Hanna ein, wo sie dieses Zitat schon mal gesehen hatte. Sie fand es in Harrys Exemplar vom *Hobbit.*

»So folgt Schnee auf Feuer,
und selbst Drachen finden ihr Ende.«

Es war das dritte Mal in der vergangenen Woche, dass sie auf dieses Buch stieß. Freya hatte erwähnt, dass Sir Haslemere früher mal eine Erstausgabe vom *Hobbit* haben wollte, als er nach Hamilton Park gekommen war. Wenn es wirklich einen Geheimcode gab, dann war er möglicherweise in J. R. R. Tolkiens Buch zu finden.

Nachdem Hanna Jasper gemailt hatte, um ihn um Rat zu fragen, was das Knacken von Codes anging, legte sie eine Liste mit den vielen Minirätseln an, die alle mit Aussterben zu tun hatten. Wenn sie auch noch den Luchs hinzunahm, dessen Geheimnis inzwischen gelüftet war, kam sie auf insgesamt elf Punkte:

Was hat es mit den Drachenorden auf sich?

Wo ist das Drachenkärtchen aus dem Hotel abgeblieben?

Wer waren die zwei Männer, die sich in Hamilton Park verschlüsselt unterhalten haben?

Was ist mit Dr. Liu und Sohn Kai?

Wer hat Ollie Merriweather im Majestic zu Hummer und Champagner eingeladen?

Wer hat die Klippenwand in die Luft gesprengt?

Wer hat Johnny Roswell umgebracht?

Wer ist der Mann mit den blauen Schnürsenkeln?

Wer ist Patient X?

Was hat es mit dem Blauflossenthunfisch auf sich?

Wer hat den Iberischen Luchs aus dem Zoo gestohlen?

Blieben noch drei weitere ungeklärte Fragen:

Wer ist der geheimnisvolle Bodyguard Seiner Lordschaft?

Wer war der Mann auf dem Dach von Hamilton Park?

Warum sind die Swanns in Bluebell Bay?

Plötzlich fiel ihr etwas Interessantes auf. Sieben der Fragen hatten etwas mit Hamilton Park zu tun. Dann dachte sie über den Drachenorden nach, dessen Mitglieder allesamt reiche und mächtige Politiker, Geschäftsleute, Berühmtheiten und Richter waren – also genau die Menschen, die sich oft in Hamilton Park aufhielten.

Freya hatte ihnen erzählt, dass Sir Haslemere, einer der

reichsten Männer von Großbritannien, neuerdings darauf bestand, Dutzende von Uhren in seinem Zimmer zu haben, wenn er sich in Hamilton Park aufhielt. Das ständige Ticken und Blinken schien ihn nicht zu stören. Und dass er sich bei seinem letzten Besuch von einer Operation erholte und viel Schlaf brauchte. Trotzdem war er jeden Morgen zum Frühstück erschienen und *sah immer aus, als hätte er einen Monat in einem Wellnesshotel zugebracht.*

Was, wenn er nur deshalb so ein Pünktlichkeitsfanatiker war, weil er sein Drachenzahntonikum jeden Tag immer haargenau um zwölf Uhr mittags und nachts einnehmen musste?

War es möglich, dass Sir Haslemere der mysteriöse *Patient X* war? Er war an dem Tag, an dem sie in Hamilton Park das seltsame Gespräch zufällig mitgehört hatte, dort gewesen. Könnte er der Mann gewesen sein, der bei dem anderen, dem mit den blauen Schnürsenkeln, Tigerfelle und Elfenbein bestellt hatte?

Da klingelte FaceTime auf ihrem Handy. Hanna bekam fast einen Herzschlag, als sie den Namen *Kai* auf dem kleinen Display erblickte. Hatte er telepathische Fähigkeiten?

Seine Grübchen und Brille wurden klarer. »Ich muss dir etwas gestehen«, begann Kai ohne lange Vorreden.

»Nie ein guter Auftakt«, sagte Hanna trocken und lehnte ihr Handy an die Sofalehne.

Bailey pickte auf das Display ein, und Kai erschrak. »Ich

werde von Minute zu Minute niedlicher«, krächzte Bailey. »Von Minute zu Minute!«

Hanna setzte den Papagei auf ihre Schulter. »Also, schieß los, Kai!«

»Zuerst musst du mir versprechen, dass ihr mich nicht hassen werdet, wenn ich es dir sage.«

»Selbst wenn du alles frei erfunden hast und es nie einen großgewachsenen dunklen Fremden mit blauen Schnürsenkeln gab, der Drachenzähne haben wollte –«

»Das ist alles wahr«, versicherte Kai ihr hastig.

»Na, dann kannst du schlimmstenfalls damit rechnen, dass ich auflege und nie mehr ein Wort mit dir rede«, antwortete Hanna unbekümmert.

»Genau das befürchte ich, und dabei seid du und Kat meine einzige Hoffnung.« Kai holte tief Luft. »Okay, es muss sein! Mein Vater hat die Klippe gesprengt.«

»Welche Klippe?«, fragte Hanna. »Oooh – unsere hier.«

»Die Klippe mit dem Juradrachen, ja. Aber bevor du ihn verurteilst, musst du wissen, dass er es nur für mich getan hat«, schob Kai eilig nach. »Mein Vater hat während seines Medizinstudiums nebenher auf einer Baustelle gearbeitet und kennt sich deshalb mit Sprengstoffen aus. Er weiß auch, wie man an sie rankommt und wie man sie aus der Ferne zündet. Da sein Vorrat an Fossilienzähnen zur Neige ging, sah er keine andere Möglichkeit, als selbst welche zu organisieren. Deshalb hat er sich ein Tarnkajak ausgeliehen …«

Damit wäre dieses Rätsel gelöst, dachte Hanna.

»... und nachdem er alles genau ausgetüftelt hatte – die Gezeiten, das Wetter, wann der Strand geschlossen war und von wo aus er es tun konnte, ohne jemanden zu gefährden –, schritt er zur Tat. Am Tag zuvor hat er es geprobt und sich die genaue Stelle angesehen, die er anvisieren musste, um einen Klippenrutsch auszulösen. Alles lief nach Plan, bis er von seinem Kajak aus die zweite Sprengung auslöste. Erst da sah er ein Kind, das an der Klippe mit einem Hund spielte.«

Kat, dachte Hanna ungläubig. *Er hat Kat gesehen!* »Was hat er da gemacht?«

»Er hat gebrüllt, um die beiden zu verscheuchen, aber da war die Klippenwand bereits am Rutschen, und die Wellen brachten sein Kajak zum Kentern. Er wäre beinahe ertrunken. Er konnte aber noch sehen, dass das Kind sich in Sicherheit bringen konnte. Trotzdem war er fix und fertig, als er hinterher nach London zurückkam. Als Arzt hatte er einen Eid geschworen, Menschenleben zu retten. Aber bei dem Versuch, *mein* Leben zu retten, hat er das Leben eines anderen Kindes gefährdet. Das Schlimmste war, dass alles umsonst war. Er hat keinen einzigen Knochen in die Hand bekommen. Am nächsten Morgen hat dein Vater den Dracoraptor entdeckt, und die halbe Welt ist in Bluebell Bay eingefallen.«

Hanna sah auf dem kleinen Display, wie Kai seine Brille abnahm und nervös polierte. »Lasst ihr uns jetzt hängen, wo ihr wisst, dass mein Vater um ein Haar ein fremdes Kind getötet und den Juradrachen ruiniert hat, nach dem dein Vater jahrelang gesucht hat?«

Hanna überlegte kurz, ob sie ihm von Kat und Pax erzählen sollte, beschloss dann aber, dass sie im Moment keine Zeit dazu hatte. »Natürlich lassen wir dich nicht hängen, vor allem nicht, nachdem du so mutig warst und die Wahrheit gesagt hast. Niemand kann es deinem Vater verdenken, dass er es getan hat. Kat und ich werden weiterhin alles nur Mögliche tun, um die Mitglieder des Drachenordens zu identifizieren. Wenn wir das schaffen, werden wir vermutlich auch herausfinden, wer *Patient X* ist.«

Sie brachte Kai auf den neuesten Stand, was ihre bisherigen Ermittlungen betraf, und pingte ihm Links zu den Fotos von Lucian Rigley und Sir Haslemere zu. »Könnte Lucian der Mann sein, der maskiert in die Praxis deines Vaters gekommen ist?«

Kai runzelte die Stirn. »Schwer zu sagen, wenn ich nur seinen Kopf sehe. Er sieht so schaurig aus, wie der Fremde klang, aber schwören könnte ich es nicht.«

»Und was sagst du zu Sir Haslemere? Könnte er *Patient X* sein?«

»Nie im Leben«, sagte Kai spontan. »Das Foto, das du mir rübergeschickt hast, stammt von letzter Woche. Er sieht viel zu gesund aus.«

Hanna verlor allmählich die Hoffnung. Jeder Schritt vorwärts katapultierte sie fünf Schritte zurück.

»Wo ist Kat?«, fragte Kai. »Meinst du, sie wird meinem Dad die Sache mit der Klippe auch verzeihen?«

»Klar. Sie war heute schon hier, um Ethan Swanns Pferd zu versorgen.«

»Ethan Swann? Machst du Witze? Das ist ja cool! Stimmt, ich habe irgendwo gelesen, dass Ethan zurzeit in Bluebell Bay ist. Ich bin ein Riesenfan von ihm.«

Hanna staunte nicht schlecht. »Wirklich?«

»Ja, er macht alle Stunts selber, hast du das gewusst? Hast du *The Warrior's Way* gesehen? Darin spielt er einen Footballstar im College, dessen Karriere wegen eines Autounfalls jäh endet. Da geht er zu einem Kung-Fu-Meister in den Bergen, um dort wieder laufen zu lernen. Meine Lieblingsszene ist die, in der er mitten im Laufen vom Dach eines Gebäudes springt. Man sollte denken, dass er das nicht überlebt, aber ehe man sich's versieht, seilt er sich seitlich an der Hauswand ab. Für diese Rolle hat Ethan ein ganzes Jahr lang in China trainiert.«

Und auf einen Schlag konnte Hanna die einzelnen Punkte verbinden.

Sie rief die Liste, die sie kurz zuvor erstellt hatte, auf ihrem Laptop auf. Das einzige Rätsel, dass sie bisher nicht mit *Aussterben* oder *Hamilton Park* hatte verbinden können, war die Frage, warum die Swanns in Bluebell Bay waren.

Wenn die Swanns tatsächlich nur glamouröse Urlauber waren, für die sie sich ausgaben, dann gab es kein Rätsel. Falls sie aber wegen des Juradrachens (sprich: Aussterben) nach Bluebell Bay gekommen waren, ergab sich ein dramatisch anderes Bild.

Dass ein Hollywoodstar den weiten Weg nach Buckinghamshire fahren würde, um die Gemälde von Kats mürrisch dreinblickenden Vorfahren bei einer Fuchsjagd zu stehlen, war nun wirklich unvorstellbar. Aber falls der Einbrecher auf dem Dach Ethan gewesen war, der seine Kung-Fu-Tricks eingesetzt hatte, dann erhob sich die Frage: Was hatte er dort gewollt?

Wollte er dem Mann mit den blauen Schnürsenkeln eine seltene Elfenbeinschnitzerei klauen? Oder war er ein Undercover-Spion oder gedungener Mörder, der es auf das Leben des Verteidigungsministers abgesehen hatte? Dem Bodyguard des Dunklen Lords war es gelungen, den Eindringling in die Flucht zu schlagen. Und am nächsten Tag hatte Ethan Kat mit einem blauen Auge und einem geschwollenen Gesicht begrüßt …

»Toller Look für einen Schauspieler, hm?«, hatte er gescherzt und ihr etwas von einem Zusammenstoß mit einer Schranktür erzählt.

Dann fiel Hanna noch etwas ein. Was, wenn Kats Großvater bereits wusste, dass unter seinem Dach eine Bande von illegalen Wildtierdieben ihr Unwesen trieb, und er gegen sie ermittelte? Er liebte Tiere so sehr wie sie und Kat, und doch hatte er nichts dazu gesagt, als Kat ihm von dem Gespräch erzählte, das Hanna zufällig mitgehört hatte. Das war seltsam, außer natürlich, er vermutete ohnehin, dass Lucian

Rigley hinter seinem Rücken verbotene Geschäfte machte. Vielleicht hatte der Drachenorden Ethan nach Hamilton Park geschickt, weil der Dunkle Lord ihnen allmählich auf die Schliche kam. Und vielleicht wollten sie ihn deshalb umbringen lassen.

»Ich kann keine Infos darüber finden, ob Lucian Rigley groß oder klein ist«, sagte Kai, nachdem er die Webseiten der Regierung durchgescrollt hatte. »Der Maskierte, der ins Dads Praxis kam, war mindestens zwei Meter groß.«

»Kai«, sagte Hanna, »kennst du dich zufällig mit Codeknacken aus? Ich könnte mir denken, dass Johnny Roswell irgendwo aufgeschrieben hat, was er herausgefunden hatte – eventuell indem er in dem Roman *Der Hobbit* einen Geheimcode versteckt hat.« Sie hielt das Buch, ein Hardcover, hoch, um es Kai zu zeigen.

Kai betrachtete es blinzelnd. »War er ein Freak? Ich meine, ein Computer-Nerd?«

»Ich glaube nicht.«

»Dann hat er wohl eher ein altmodisches Versteck benutzt. Sieh mal unter den Klappen nach. Oder er hat einen Zettel unter die Umschlaginnenseite geklebt.«

Die Klappen waren angeklebt, doch Kai hatte Hanna auf eine Idee gebracht. Sie holte eine Taschenlampe und leuchtete damit in den schmalen Hohlraum an dem gerundeten Buchrücken. Und tatsächlich – dort klebte ein USB-Stick.

»Kai, du bist ein Genie! Das war ein Haupttreffer, glaube ich. Hoffe ich.«

Ein Sofakissen zwitscherte. Hanna hob es an und entdeckte Kats Handy. Ach je, sie musste es vergessen haben! Eine Nachricht stand im Display.

Ich noch mal, Schatz. Tina und ich wurden zu einer fohlenden Stute gerufen. Sind gegen vier zurück – also rechtzeitig, um Tiny und Pax zu begrüßen! Mum

Wenn Kat direkt nach Hause geradelt wäre, hätte Dr. Wolf sie inzwischen gesehen. Wo also war sie?

Während Hanna noch überlegte, was sie tun sollte, stach ihr eine weitere, ungelesene SMS ins Auge. Sie musste eingetroffen sein, als der Papagei so laut gekrächzt hatte. Hannas Magen zog sich zusammen. Die Nachricht war von ihr selbst. Da Hanna ganz genau wusste, dass sie Kat an diesem Tag keine Nachricht geschickt hatte, klickte sie sie an.

Hey, Kat. Bin in der Starfish Cove und habe mir den Fuß vertreten. Kann Dad nicht erreichen und brauche dringend Hilfe. Bitte komm schnell, Hanna

Hanna ließ das Handy fallen, als hätte sie einen Stromschlag abbekommen. Jetzt wusste sie, wie Johnny vor zwei Jahren vom Drachenorden in den Tod gelockt worden war – die Monster hatten ihm mit einem gefälschten Absender eine getürkte Nachricht geschickt, genau wie nun an Kat.

Allem Anschein nach war der junge Naturschriftsteller

ein loyaler Freund gewesen. Wenn sein Kumpel Harry ihm per SMS geschrieben hatte, er habe sich den Fuß vertreten und brauche Hilfe, wäre Johnny ihm umgehend zu Hilfe geeilt. Er wäre an den nassen, brüchigen Klippen herumgeklettert, um nach Harry zu suchen, der derweil nichtsahnend und unversehrt bei sich zu Hause saß. Und als die Klippe abrutschte, waren die Monster, die alles arrangiert hatten, meilenweit weg gewesen von Johnnys Unfallort.

Hanna hatte schreckliche Angst um Kat und überlegte panisch, wie sie ihrer Freundin am besten helfen könnte. Nettie war nach Somerset gefahren, und Professor Fox hatte bereits angerufen, um seiner Tochter zu sagen, dass sein Zug Verspätung hatte. Gut, sie könnte natürlich die Polizei alarmieren, aber nicht mal Sergeant Singh würde ihr glauben. Sie war also auf sich allein gestellt.

Oder doch nicht?

»Hanna, was ist passiert?«, fragte Kai auf dem Display besorgt. »Du siehst aus, als würde der Enderdrachen über deinem Kopf kreisen!«

»Kat hat ihr Handy bei mir vergessen, und ich habe gerade gesehen, dass sie eine SMS bekommen hat, von einem Clone-Account, mit mir als Absender. Kat hat sie nicht gesehen, aber wer immer sie geschickt hat, hat vielleicht einen Plan B. Kai, ich denke, sie ist in Gefahr!«

Kai zögerte keine Sekunde. »Sag mir, wie ich helfen kann, und ich tu's. Soll ich die Polizei anrufen?«

»Nein, ich gebe dir jetzt eine Nummer, und du rufst dort

an und fragst nach Lord Hamilton-Crosse. Sag ihm, dass Kat in Gefahr ist, und er soll sofort Hilfe in die Starfish Cove schicken.«

Fette Regentropfen platschten auf Hannas nackte Arme, als sie durch den Obstgarten rannte. Die Kirschbäume quietschten, als sie von den Windböen hin und her gerüttelt wurden.

»Was ich alles für dich tue, Kat Wolf!«, murmelte sie vor sich hin, in der vagen Hoffnung, dass Kats Beherztheit und ihre Fähigkeiten als Pferdeflüsterin sich wie Feenstaub um ihre Schultern legen würden. Doch es klappte nicht. Ein Blick ins Weiße von Charming Outlaws Augen, und sie bekam weiche Knie. Ein Mülleimer rollte klappernd über den Hof, und das hatte das ehemalige Rennpferd total nervös gemacht. Schnaubend und schwitzend tänzelte es ruhelos durch seine Box.

Angst schwappte über Hanna hinweg wie eine große Welle im Atlantik. Seit sie sich bei einem Sturz vom Rücken des Fuchses beide Beine gebrochen hatte, war sie nicht mehr ausgeritten, und sie wusste augenblicklich, dass keine Macht der Welt sie im Moment dazu bewegen konnte, einen ersten Versuch zu wagen. Nicht mal der Gedanke, dass Kat in großer Gefahr schwebte.

Ausgerechnet in diesem Augenblick streckte Orkaan den Kopf über ihre Boxentür. Die Friesenstute spitzte die Ohren, atmete aber ganz ruhig. In ihrem Blick lag etwas Flehendes, als sehne sie sich danach, draußen durch Sturm und Wind zu reiten – auch wenn es ein Orkan wäre, nach dem sie schließlich benannt war. Als wolle sie Hanna unbedingt zeigen, wie wagemutig und draufgängerisch sie war. In Hannas Brust flammte neue Hoffnung auf. Mit Orkaans Hilfe würde sie diese *Mission Impossible* vielleicht doch schaffen!

In Rekordzeit hievte sie den Westernsattel auf den Rücken der Friesenstute, zog den Sattelgurt an und stieg auf. Der Wind zerrte an Hannas Jacke, als sie den Stallhof hinter sich gelassen hatten und lostrabten. Orkaans schwarze Mähne flatterte im Wind.

Charming Outlaw gab ein spitzes Wimmern von sich, doch Hanna warf keinen Blick zurück. Deshalb sah sie auch nicht, dass hinter ihr jemand verstohlen in die Sattelkammer huschte und Outlaws Zaumzeug vom Haken holte. Minuten später trabte das Rennpferd – mit einem anderen, fremden Reiter – über den Stallhof.

30
Selbst Drachen …

»Wieso denken Sie, dass Xena hierhergelaufen ist?«, fragte Kat skeptisch.

Wenn Wünsche Pferde wären, hätte sie eine ganze Herde. Sie wünschte erstens, sie hätte einen Pullover an. Ein grässlicher Wind ließ ihr T-Shirt flattern. Die Hitze der letzten Tage war nur noch eine ferne Erinnerung. Als Zweites wünschte Kat sich, sie hätte überprüft, wann genau der Sturm hier eintreffen würde. Himmel und Meer hatten ihr heiteres Blau verloren, und die Wellen waren so grau wie Kanonenrohre.

Wäre sie doch nur direkt nach Hause geradelt, wie sie es zu Hanna gesagt hatte. Stattdessen wollte sie noch kurz nach Robyn schauen. Als sie am Deli vorbeifuhr, hatte sie den Schlafsack ihrer neuen Freundin neben der Eingangstür liegen sehen, zusammen mit einem gefalteten Shirt und zwei farblich unterschiedlichen Socken.

Kat hatte zweimal hinschauen müssen. Eine der Socken war violett-gestreift.

In diesem Moment war Margo aus dem Deli getreten und hatte Robyns Habseligkeiten zusammengerollt, als sie

Kat bemerkte. »Süße, das Missverständnis am Montag tut mir schrecklich leid. Du hast uns allen einen Riesengefallen getan, weißt du das?«

»Wirklich?«

»O ja«, antwortete Margo und lächelte sie an. »In unserem übertriebenen Eifer, Bluebell Bay zu einem perfekten Ferienort zu machen, hatten wir ganz vergessen, wie stolz wir früher darauf waren, alle Fremden willkommen zu heißen. Als der Juradrache uns über Nacht reich gemacht hat, haben wir unsere Herzen verschlossen. Erst du, ein junges Ding, hast uns daran erinnert. Ach übrigens, hast du Robyn gesehen? Ich würde sie gern sprechen.«

»Stimmt, ich dachte, wenigstens *Sie* wären etwas gastfreundlicher«, sagte Kat vorwurfsvoll.

»O, das bin ich. Hast du schon gehört, dass Robyn, seit sie neulich eine Gruppe von Vandalen davon abgehalten hat, eine historische Statue zu demolieren, und am nächsten Tag einen stadtbekannten Ladendieb in den Polizeigriff genommen hat, so berühmt geworden ist, dass alle Ladenbesitzer sich um sie reißen? Alle wollen, dass sie auf ihr Geschäft aufpasst.«

Sie blickte zum Himmel, über den schwarze Wolken jagten. »Hoffentlich kommt sie zurück, bevor der Sturm losbricht. Ich dachte, ich hole schon mal ihren Schlafsack rein, damit er nicht nass wird. Nicht dass es sie groß stören würde, glaube ich. Ich habe ihr den kleinen Raum über meinem Deli angeboten, kostenlos, nur damit sie mein Geschäft nachts im Auge behält. Weißt du, was sie da geantwortet hat: *Danke, aber ich ertrage keine Wände.*«

V erträgt keine Wände.

Kat begann zu lachen.

»Was ist daran so lustig?«, fauchte Margo.

»Nichts. Falls Robyn demnächst auftaucht, würden Sie ihr dann bitte ausrichten, dass ich nach ihr gesucht habe?«

»Mach ich.« Margo blieb zögernd auf ihrer Türschwelle stehen. »Es wird dir sicher leidtun, dass du dich jetzt von dem ingwerfarbigen Giftzwerg und deiner berühmten Kundschaft verabschieden musst, hm?«

»Was für ein ingwerfarbiger Giftzwerg?«

»Alicia Swanns Zwergspitz. Hast du es noch nicht gehört? Die Swanns reisen ab. Du solltest dich besser beeilen, wenn du dich noch von ihnen verabschieden willst.«

Vor Wut schäumend radelte Kat zu dem Hotel und fragte sich, warum ihr die beiden Schauspieler nicht mitgeteilt hatten, dass sie abreisten. Sie wollten doch wohl nicht verduften, ohne ihre Tiersitterrechnung zu bezahlen, oder? Ihr eigenes Honorar war ihr egal – sie hatte die temperamentvolle Xena ins Herz geschlossen, und sich um Orkaan zu kümmern, hatte ihr großen Spaß gemacht –, aber sie fände es mehr als ärgerlich, wenn die Swanns sich aus dem Staub machten, ohne den Fox' die Ausgaben für das Heu, das Pferdefutter und das kaputte Zaumzeug zu erstatten.

Auf dem Weg zum Hotel überschlugen sich Kats Gedanken. Alles deutete darauf hin, dass V und Robyn ein und dieselbe Person waren. Hatte ihr Großvater seinen Phantom-Bodyguard geschickt, um sie zu beschützen? Dann musste er Wind davon bekommen haben, dass in Bluebell Bay skrupellose Fossilienjäger hinter dem Juradrachen her waren. Oder war V in ganz anderer Mission hier?

Sie war so in Gedanken versunken, dass sie den schmuddeligen kleinen Jungen fast umgefahren hätte, der plötzlich vor ihr Fahrrad sprang und mit beiden Armen fuchtelte.

»Bist du das Tiersittermädchen? Diese Schauspielerin, Alicia Swann, braucht deine Hilfe. Sie dreht fast durch, weil sie oben auf dem Küstenpfad ihren Hund verloren hat.«

Jetzt ärgerte Kat sich, weil sie sich nicht die Zeit genommen und gefragt hatte: *Warum ich? Warum nicht du oder Ethan oder ein Rettungsdienst?* Sie hatte nur daran gedacht, dass der kleine Zwergspitz vom Sturm ins Meer geweht werden könnte.

Erst als Kat auf dem Küstenpfad schlitternd abbremste, merkte sie, dass sie ihr Handy im Paradise House hatte liegenlassen. Das bedeutete, dass sie ihrer Mutter nicht sagen konnte, wo sie war. Sie konnte sie auch nicht fragen, ob sie oder Tina ihr eventuell bei der Suche helfen könnten – hier in der Starfish Cove, einem Ort, von dem nur wenige wussten und den bisher selbst die Menschenmassen, die wegen des Juradrachens angereist waren, noch nicht entdeckt hatten.

Stattdessen spürte sie, dass sie bald eine Antwort auf die Frage bekommen würde, die sie schon stellen wollte, seit die Swanns in Bluebell Bay eingetroffen waren.

Welches ihrer vielen Gesichter war das wahre?

»Wieso denken Sie, dass Xena dort unten ist?«, fragte Kat und starrte auf den schmalen Pfad, der sich zu der kleinen Bucht Starfish Cove hinunterschlängelte. In einem schwachen Moment hatte sie der Schauspielerin von ihrer Lieblingsbucht erzählt, die Edith ihr nur unter der Bedingung gezeigt hatte, dass sie außer Hanna niemandem davon erzählen würde. Doch als Alicia sie nach einem einsamen Ort zum Sonnenbaden gefragt hatte, wo sie nicht von Fans belästigt werden würde, hatte Kat ihr unbedachterweise und mit der Begeisterung einer Fremdenführerin die kleine versteckt gelegene Bucht empfohlen.

Im Moment aber war Alicia ein Wrack. Unter ihrer schwarzen Baseballkappe waren die Augen vom Weinen geschwollen, und ihre normalerweise makellose Haut war fleckig und gelbbraun. Zweimal stolperte sie, als würde sie gleich ohnmächtig werden. Kat wünschte sich erneut, sie hätte ihr Handy dabei, um notfalls einen Arzt rufen zu können. Alicia schien es gar nicht gutzugehen.

»Entschuldige, Kat – es liegt an dieser scheußlichen Erkältung. Mein Mann und ich sind nach Bluebell Bay gekommen, um einen erholsamen Urlaub zu verbringen, aber hier jagt eine Katastrophe die nächste. Man könnte fast meinen, Xena habe einen bösen Fluch über uns gebracht, indem sie diesen blöden Schädel aufgestöbert hat. Und gestern hat ein tollpatschiges Zimmermädchen im Hotel mein spezielles Kräutertonikum fallen lassen, und der Glasflakon ging kaputt. Das war das einzige Mittel, das mir etwas geholfen hat. Und jetzt reisen wir ab, und ich habe keine Zeit mehr, Nachschub zu kaufen.«

Kat war entsetzt, als sie hörte, wie der arme Johnny als Fluch abgetan wurde, doch sie schob es auf die Tatsache, dass Alicia wegen ihrer Erkältung und des Weglaufens von Xena so gestresst war, dass sie nicht mehr klar denken konnte.

»Mein Freund Mario hat eine ganze Schublade voller Kräutertoniken in dem Ferienpark in der Nähe von Durdle Door. Vielleicht kann er Ihnen etwas davon abgeben. Er wohnt in dem dunkelgrauen Wohnmobil, gleich das erste zum Meer hin.«

Kat sah Mario inzwischen als guten Freund, und sie hatte sogar die Gelegenheit gehabt, ihn zu fragen, was es mit dem Foto auf sich hatte. Wenn er nicht gerade auf der Suche nach dem Luchs gewesen war, hatte er tatsächlich Coasteering gemacht und sich auf einem Kajak fotografieren lassen, das sein Trainer herrenlos am Strand gefunden hatte. Bisher hatte sich noch niemand gemeldet, dem es gehörte.

Bei der Erwähnung von Marios Vorrat an Kräuterarzneien lebte Alicia sichtlich auf. »Meinst du, dieser Mario würde mir ein, zwei Fläschchen davon verkaufen? Vielleicht können Ethan und ich schnell auf dem Campingplatz vorbeifahren, wenn wir ohnehin abreisen. Dein Honorar haben wir übrigens an der Rezeption hinterlegt. Du hast doch hoffentlich nicht angenommen, wir würden abreisen, ohne dich zu bezahlen, oder, Kat?«

»Nein, Mrs Swann. Danke, Mrs Swann.« Kat war erleichtert. Alicia war also doch ein anständiger Mensch.

Trotzdem war ihr ziemlich mulmig, als sie nun an einem so einsamen Ort am Rand einer Klippe stand, mit einer berühmten Schauspielerin, der sie nicht so ganz über den Weg traute. Der Sturm näherte sich schneller als gedacht, und kein Mensch wusste, wo sie war. Deshalb tat sie das Einzige, was ihr auf die Schnelle einfiel.

»Wären Sie so nett, mir ganz schnell noch ein Autogramm in mein Notizbuch zu schreiben, Mrs Swann? Meine Freundinnen in der Schule sind alle große Fans von Ihnen, aber sie werden mir nie glauben, dass ich Ihre Tiersitterin war, wenn ich keinen Beweis in der Hand habe.«

»Aber gern, meine Liebe«, säuselte Alicia ohne große Begeisterung, »aber ich habe leider nichts zum Schreiben dabei.«

»Ich schon!« Kat holte den Pi-Craft-Stift aus ihrem Rucksack und drückte heimlich auf den Aufnahmeknopf.

»Cooler Stift«, kommentierte Alicia und kritzelte in aller Eile auf eine Seite: *Danke, Kat Wolf, du bist die beste Tiersitterin der Welt. Alles Liebe, Alicia Swann*

»Behalten Sie ihn ruhig«, sagte Kat unbekümmert, wohl wissend, dass die Aufzeichnungen automatisch in einen Cloud-Account übertragen wurden. »Wo haben Sie Xena zuletzt gesehen?«

»Ich weiß nicht recht. Ich bin wie benommen ziellos durch die Gegend gelaufen. Ehrlich gesagt, hatten Ethan und ich uns gestritten. Deshalb bin ich spazieren gegangen, um wieder einen klaren Kopf zu bekommen, bevor wir die lange Fahrt nach London antreten wollten. Ich dachte mir, es würde nichts schaden, wenn ich Xena mal kurz von der Leine lasse, aber sie war im Handumdrehen weg. Sie ist einfach so verdammt freiheitsliebend und … Oh, hast du auch gerade ein Winseln gehört? Ich glaube, das war sie!«

Immer noch mit Kats Notizbuch und dem Stift in der Hand, rannte Alicia den Weg oberhalb der Klippen entlang. Kat blieb nichts anders übrig, als ihr nachzurennen. Es störte sie enorm, dass diese Frau ihr Notizbuch hatte, in dem die Liste ihrer Verdächtigen und sämtliche Details ihrer bisherigen Ermittlungen standen.

Und noch etwas störte sie. Wenn die Swanns das Geld hatten, das beste Pferd zu mieten, das *Animal Actors* im Angebot hatte, und in einer Suite mit Meerblick im besten Hotel der Stadt residierten und einen silberfarbenen Aston Martin fuhren – wieso konnten sie ihrer Tiersitterin dann nicht neun mickrige Pfund für jedes Mal geben, wenn sie ihren Hund ausführte oder ihr Pferd striegelte? Warum hatten sie bis zur letzten Minute gewartet, um ihre Rechnung zu begleichen? Sie hatte nur Alicias Wort, dass sie ihr überhaupt etwas dagelassen hatten.

Lag es daran, dass die Swanns, ähnlich wie die englische Königin, nie Bargeld bei sich hatten? Oder waren sie etwa zahlungsunfähig? Hatten sie durch das Mieten von Sportwagen und ihre Aufenthalte in luxuriösen Wellnesshotels in der ganzen Welt riesige Schulden angehäuft? Oder brauchten sie ihr Geld für andere Dinge? Dubiose Dinge?

Eine salzige Sturmböe hätte Kat fast umgeworfen. Tief unter ihr tosten die Wellen, graugrün und mit Schaumkronen durchsetzt. Eigentlich sah es wunderschön aus, nur auch etwas furchterregend. Über das Brausen der Wellen hinweg hörte Kat plötzlich ein schwaches Winseln. Sie beugte sich über den Klippenrand.

»Da ist sie!«, rief sie, als sie den winzigen Zwergspitz erspäht hatte.

Xena stand bibbernd auf einem kleinen Vorsprung der Klippe, nur wenige Meter unterhalb des Pfads. Ihr Halsband hatte sich an einer gewundenen Wurzel verfangen. Ein aufragender Sandsteinblock schützte sie vor den schlimmsten Windstößen. Kats Magen verknotete sich. Der Zwergspitz befand sich auf unheimliche Weise in einer fast identischen Position wie Pax neulich, kurz bevor die Klippenwand abgerutscht war.

»Xena, du machst auch immer Unfug!«, schimpfte Alicia, doch sie klang nicht wirklich böse. »Aber wir werden dich retten, nicht wahr, Kat?« Als sie sich umblickte, fiel das verblassende Tageslicht auf ihre Augen.

Das Weiße war senfgelb.

Es gibt irgendwelches kosmetisches Zeug, mit dem man es im Anfangsstadium verbergen kann, hatte Kai über den Zustand von *Patient X* gesagt. *Aber sehr lange geht das nicht.*

Die Zeit schien plötzlich stillzustehen. Kat hatte das

Gefühl, sich selbst von sehr weit oben zu sehen. Wenn die Chance eins zu einer Million stand, dass Alicia ein Mitglied des Drachenordens war und wusste, dass Hanna und sie über ihr geheimes Imperium ermittelt hatten, hing Kats Überleben allein davon ab, was sie als Nächstes tun würde. Sie musste eine professionelle Schauspielerin und Oscar-Preisträgerin an die Wand spielen.

Sie waren unterwegs nur an zwei Touristen vorbeigekommen, und die hatten Selfies geschossen und gar nicht auf sie geachtet. Und um Zeit zu sparen, hatte Kat ihr Rad nicht ordentlich abgeschlossen, sondern nur ins Gebüsch geschoben. Falls sie nie mehr zurückkäme, würde es Tage dauern, bis jemand ihr Rad entdeckte.

Sie dachte daran zurück, wie Ethan am Paradise House im Blumenbeet gestanden hatte und etwas von dem *magischen* Dinosaurier geschwafelt hatte. Kat hatte seinen Aston Martin deshalb nicht ankommen gehört, weil Ethan nicht gehört werden *wollte*! Sie nahm an, dass er den Motor abgestellt und den Wagen den abfallenden Weg hinuntergeschoben hatte. Was, wenn der Schauspieler das Haus ausspionieren wollte – oder einen Einbruchdiebstahl geplant hatte, um sich das zu holen, was auf dem Esstisch stand und was er für den echten Juradrachen hielt?

Ihr Aussehen war für Filmstars überlebenswichtig. Wenn jemand bereit war, jeden Preis zu zahlen oder jedes Quacksalberprodukt auszuprobieren, wenn er sich davon Gesundheit und ewige Jugend versprach, dann waren es die

Swanns! War es wirklich möglich, dass Alicia Swann, die noch vor einer Woche umwerfend gut ausgesehen hatte, *Patient X* beziehungsweise *Patientin X* war?

»Ich laufe schnell los, um Hilfe zu holen«, sagte sie zu Alicia. »Die Klippenwände brechen hier leicht ab, besonders bei Regen. Es ist zu gefährlich, wenn eine von uns beiden versucht, zu Xena runterzugehen. Wir brauchen die Feuerwehr oder die Küstenwache. Ich bin ganz schnell wieder da!«

»Hilfe holen? Das ist nicht nötig, Xena ist ja gar nicht weit unten. Und du bist federleicht. Klettere einfach schnell runter und bring sie herauf, das schaffst du im Handumdrehen. Die Klippe hält seit Jahrtausenden Wind und Wetter stand, warum sollte sie ausgerechnet heute abrutschen?«

Kat war speiübel. In ihrem jugendlichen Leichtsinn hatte sie vor wenigen Wochen genau dasselbe gedacht, als sie an einer Klippe hinuntergeklettert war, um Pax zu retten. Und wenige Sekunden später hatten sie beide um ihr Leben fürchten müssen. Diese Art von Abenteuer wollte sie nicht noch einmal erleben!

Xena wimmerte zum Steinerweichen.

»Halte durch, meine kleine Kriegerprinzessin!«, säuselte Alicia und sah Kat flehentlich und mit feuchten Augen an. »Ich hoffe, wir werden dich retten können.«

Kat wünschte sich nichts sehnlicher, als wegzulaufen, so schnell ihre Beine sie trugen. Andererseits aber würde sie nie im Leben ein Tier in Not im Stich lassen – und das wusste Alicia ganz genau.

Der Untergrund, auf dem der Zwergspitz stand, sah stabil genug aus. Je schneller sie Xena holte, desto schneller kam sie von hier weg.

»Na gut, ich mach's.«

Alicia klatschte wie ein Kind in die Hände. »Kat, du bist ein Superstar. Aber sei ja vorsichtig!«

Niemand in der Geschichte hatte je eine Hundeleine schneller von einem knorrigen Ast gelöst als Kat nun. Blitzschnell hob sie Xena hoch und stolperte durch das niedrige Gestrüpp nach oben und zurück auf sicheren Boden. Sie war erst in halber Höhe, als sie aus dem Augenwinkel sah, dass Alicia gar nicht zu ihr und Xena blickte. Nein, sie hatte Kats Notizbuch aufgeschlagen und las darin. Kat legte noch einen Zahn zu.

Windstöße wirbelten die Seiten auf. Mario Rossis Schlüsselkarte fiel heraus. Die Schauspielerin fing sie im Fallen auf. »Was ist das?«

»Der Schlüssel zur Marios Wohnmobil.«

Keuchend kam Kat oben bei Alicia an. Sie stellte das Hündchen auf den Boden und wollte nach dem Kärtchen greifen, doch die Schauspielerin ließ es blitzschnell in ihrer Tasche verschwinden. »Ist das dein Tagebuch? Führst du ein Tagebuch, in dem du über deine Abenteuer schreibst, oder schreibst du Gedichte oder deine Träume auf? Das habe ich jedenfalls gemacht, als ich in deinem Alter war.« Sie begann, Kats Notizen zu überfliegen.

»Hey, das ist privat!«

Kat wollte nach ihrem Notizbuch greifen, doch Alicia hielt es hinter ihren Rücken. »*Warum sind die Swanns in Bluebell Bay? Was hat es mit dem Drachenorden auf sich?* Wow, du warst ja ganz schön fleißig, Kat Wolf. Lucian hat mir erzählt, dass du und deine kleine Freundin euch für Privatdetektivinnen haltet und herumschnüffelt, aber ich habe ihm nicht geglaubt. Er hatte auch erfahren, dass ihr schon einmal einem Spion seine Mission vermasselt habt. Also, spuck's aus: Was habt ihr herausgefunden? Warum *sind* Ethan und ich in Bluebell Bay?«

Sie machte einen Schritt auf Kat zu. Kat wich zurück.

»Es war nur ein Spiel – wir haben gespielt, dass wir Detektivinnen sind. Tut mir leid. Es hat nichts zu bedeuten. Bitte geben Sie mir das Buch!«

»Ihr habt gespielt? Du glaubst doch nicht im Ernst, dass ich dir das abkaufe, oder?«

Regentropfen platschten auf Kats nach oben gerichtetes Gesicht. Der Sturm war fast schon über ihnen. »Mrs Swann – Alicia –, Xena hat viel durchgemacht. Wir sollten sie rasch ins Hotel bringen, bevor wir alle pitschnass sind. Wir können auch dort reden. Hauptsache, Sie bezahlen den Fox' das Pferdefutter und das gerissene Zaumzeug! Mein Honorar ist mir egal.«

Alicia lachte. »Es gibt kein Geld, denn wir haben keins. Hast du eine Ahnung, wie viel es kostet, so auszusehen wie ich? Die seltensten Fossilien aus den entferntesten Winkeln von China oder in Bluebell Bay oder sonst wo zu finden, ist nicht billig. Deshalb setzt unsere Gesellschaft – ich sehe, dass du vom Drachenorden weißt – aufs Aussterben. Wir füllen unsere Banktresore mit Tigerfellen, Nashornhörnern und Elfenbein. Wenn erst alle wildlebenden Tiger, Nashörner und Elefanten ausgestorben sind, werden wir reicher sein, als wir es je erträumt haben.«

Auf das Aussterben wildlebender Tiere setzen!

Kat begriff in genau dieser Sekunde, warum Johnny an der Geschichte über den Blauflossenthunfisch gearbeitet hatte. Er hatte vor, die Weltöffentlichkeit über die *Monster* aufzuklären, die wildlebende Tiere als Goldbarren sahen.

Lucian Rigley, in Hamilton Park, handelte nicht etwa mit Nashornhörnern, weil er dachte, sie würden gegen Arthritis helfen. Er tat alles, um den Drachenorden dabei zu unterstützen, gefährdete Tierarten möglichst rasch aussterben zu lassen, damit der Preis für ihre Felle oder Knochen ins Unermessliche stieg. Dann würden die Mitglieder des Drachenordens mit ihrem Vermögen Dinosauriertonika kaufen, weil sie dachten, damit ihre Krankheiten heilen und ihre Lebenszeit verlängern zu können.

Kat war so schockiert über diese Erkenntnis, dass sie anfing zu zittern. »Aber was ist mit mir und meiner Generation? Sind wir Ihnen egal? Wir wollen später auch mal Elefanten und Tiger in ihrem natürlichen Lebensraum sehen! Wir wollen, dass Wale und Delphine und Thunfische in den Meeren schwimmen!«

»Klar, weil du jung und gesund bist«, sagte Alicia erschöpft. »Eines Tages wirst du merken, dass Jugendlichkeit und Schönheit wichtiger sind als irgendwelche frei herumlaufenden Tiger.«

Die Sturmfront ächzte inzwischen wie ein Tier mit Schmerzen, und der Nachmittagshimmel hatte sich violett verfärbt. Xena winselte. Kat hätte sie zu gern wieder auf den Arm genommen, doch sie wagte es nicht. Alicia machte einen Schritt auf Kat zu und zwang sie damit, rückwärts zu gehen.

Kat wusste, dass sie gefährlich nah am Klippenrand war. Sie musste unbedingt weiterreden und hoffen, dass sie Alicia wieder zur Vernunft bringen konnte.

»Ist es das wert gewesen, Mrs Swann – oder soll ich Sie *Patientin X* nennen? Das sind doch Sie, oder? Trotz all der Lügen und Raubversuche hat das Tonikum aus Drachenzähnen versagt. Geben Sie es zu! Sie sind schwer krank. Gehen wir ins Hotel und rufen einen Notarzt. Sie sollten ins Krankenhaus!«

Alicias Augen füllten sich mit Tränen, und einen Moment lang glaubte Kat, sie hätte einen empfindlichen Nerv getroffen. Doch das war, wie alles bei der Schauspielerin, nur gespielt.

»Tut mir leid, Kat – aber für mich steht zu viel auf dem Spiel. Dass es so kommt, habe ich nie gewollt. Wir wollten nur haben, was uns zusteht – unseren Teil des Juradrachens. Aber du konntest einfach nicht aufgeben, nicht wahr? Du und Hanna musstet unbedingt herumschnüffeln. Ihr seid fast so schlimm wie der Verteidigungsminister. Irgendwann in nächster Zukunft werden wir auch ihn eliminieren.«

Vielleicht waren es ihre drohenden Worte oder aber die bedrohliche Bewegung, die sie nun auf Kat zu machte. Doch egal, was es war, dem Zwergspitz war es nun zu viel. Xena stürzte sich auf ihr Frauchen und biss sie in den Knöchel. Alicia wollte nach ihr schlagen, doch da sprang Xena bereits in Kats Arme.

Plötzlich ein Schrei! Kat und Alicia blickten nach oben. Es mussten Hanna und Orkaan sein, die sich über einen Felsvorsprung beugten, doch sie waren in dem zunehmend stärker werdenden Regen nur vage zu sehen. Und wie es der Zufall wollte, zeichnete sich ausgerechnet in diesem Moment in dem Sandstein unter Kats Füßen eine gezackte Linie ab. Die Klippe würde gleich abbrechen.

Nicht schon wieder, dachte Kat und steckte den Zwergspitz flugs in ihren Rucksack. Doch noch bevor sie in Panik geraten konnte, wurde ihr von oben ein Strick zugeworfen.

»Binde ihn dir um den Bauch!«, schrie Hanna. »Und keine Angst – wir ziehen dich hoch!«

Als Robyn – Codename V – auf Charming Outlaws Rücken durch den Sturm herbeigeprescht kam, führte Hanna die schwarze Stute schon rückwärts, um Kat in Sicherheit zu ziehen.

»Zurück, Orkaan!«, befahl Hanna in sehr bestimmtem Ton, und die Friesenstute spannte brav ihre Muskeln an und stemmte sich in den Boden. »Gutes Mädchen. Zurück jetzt, langsam.«

Robyn traf gerade rechtzeitig ein, um Kat an den Armen zu packen und mitzuhelfen, sie nach oben zu ziehen. Dann nahm sie ihre Langhaarperücke ab, und eine kurze Igelfrisur kam zum Vorschein. »Nachdem ich im Stall das Drachenkärtchen gefunden hatte, hat dein Großvater mich nach Bluebell Bay geschickt, um ein Auge auf dich zu haben und dich zu beschützen. Doch wie es aussieht, hat Hanna mir schon die ganze Arbeit abgenommen. Und jetzt, wo du okay bist, würdest du, Hanna, bitte mein – *dein* – Pferd festhalten? Ich habe ein Date mit einem Drachen.«

Sie sprintete über den Küstenpfad. Charming Outlaw hatte Alicia mit der Schulter einen Stoß versetzt, als sie davonlaufen wollte, mit gelblicher Haut und einem blutenden Knöchel. Doch weil V unbedingt zuerst Hanna helfen musste, Kat in Sicherheit zu bringen, bevor es zu spät sein würde, hatte V die Schauspielerin auf dem Boden liegen lassen. Jetzt aber lief sie zu ihr zurück. Eine schwarze Baseballkappe und das Oberteil eines Designer-Jogginganzugs lagen noch da – zerknittert und triefnass –, doch deren Besitzerin war nirgends zu sehen.

Wie ein Flugdrache, der sein Gefieder abgeschüttelt, oder wie eine Schlange, die ihre Haut abgestreift hatte, war Alicia Swann verschwunden.

31
Ärger im Paradies

Côte d'Azur, Frankreich

In den zehn Jahren, die er nun schon in Cannes' legendärstem Hotel arbeitete, hatte François Boursier schon alles erlebt. Dutzende von Milliardären und so viele umwerfende, preisgekrönte Filmschauspielerinnen, dass sein Puls sich kaum noch beschleunigte, wenn er eine sah. Auch an Sänger, Sportler und Supermodels, Präsidenten und Stars aus Reality-Shows war er gewöhnt. Früher oder später checkten sie alle mal im *Carlton* ein.

Es gab natürlich auch weniger berühmte Gäste, wie zum Beispiel die Witwe, die gerade das Anmeldeformular unterschrieb, mit einer Hand, die mit Altersflecken übersät und mit teurem Schmuck behängt war. Unter dem breiten Hutrand war ihre verblasste Schönheit nur zu erahnen, aber es sah aus, als wäre sie einst eine Hollywoodschönheit gewesen, bevor zu viel Sonne ihren Tribut gefordert hatte.

»*Merci*, Madame Pemberton. Hier Ihr Schlüssel. Eduardo wird Sie zu Ihrem Zimmer begleiten.«

Der Hotelpage griff nach ihrer Tasche mit dem Leopardenmuster und war überrascht, wie schwer sie war. Sie klirrte, als er sie auf den Trolley hievte.

»Vorsicht!«, fuhr sie ihn an.

Ihr Blick war so streng, dass ihm der kleine Scherz, der ihm auf den Lippen lag, nämlich die Frage, ob in der Tasche eine Kiste Champagner oder ein Babyelefant seien, in der Kehle verdorrte. Eduardo sah zu, sie möglichst schnell zu ihrer Suite zu begleiten, und ging dann eilends davon, ohne auf ein Trinkgeld zu warten.

Kaum war Madame Pemberton alias Alicia Swann allein, trat sie ans Fenster. Das Mittelmeer glänzte pfauenblau. Sie war die ganze Nacht durchgefahren, von der Juraküste durch ganz Frankreich bis hierher an die Côte d'Azur, und hatte nur einmal kurz angehalten, um einen falschen Pass abzuholen und in eine der vielen Verkleidungen zu schlüpfen, die sie in einer Gepäckaufbewahrung deponiert hatte.

Ihr war viel zu heiß in ihrem *Reiche-Witwe*-Kostüm, besonders an einem Tag mit vierzig Grad. Sie hätte viel dafür gegeben, nach unten in den Beach Club zu gehen und kurz in den Pool zu hüpfen, doch das war vorläufig leider nicht möglich. Aber irgendwann bald würde sie ein neues Imperium aufbauen. Auf das Aussterben seltener Tierarten zu setzen, war immer eine lukrative Sache.

Sie hatte vor, später auf ein Glas Schampus in *Le Grand Salon* zu gehen, um zu feiern, dass sie ungestraft davongekommen war. Es war ziemlich knapp gewesen. Sie hatte diese Göre von Tiersitterin und deren Freundin unterschätzt. Und wer hätte auch ahnen können, dass diese obdachlose Frau sich wie eine Walküre auf sie stürzen würde? Gut, es war schade, dass sie Xena nie mehr sehen würde und natürlich auch Ethan, den sie zuletzt gesehen hatte, als er in Handschellen in ein Polizeiauto geschoben wurde – vielleicht wegen der unbezahlten Hotelrechnung –, doch beide waren es nicht wert, ihretwegen etliche Jahre in einer Gefängniszelle zu sitzen. Jetzt war sie frei wie ein Vogel, und so sollte es auch bleiben.

Zuerst aber sollte sie sich vielleicht kurz ausruhen, um sich von der langen Autofahrt zu erholen.

Als sie auf die einladend weiße Bettdecke ihres Doppelbetts zuging, fiel ihr Blick kurz auf das Schlangenlederkissen, das an eines der Kopfkissen gelehnt war. Ein seltsames Dekokissen für so ein elegantes Hotel, aber Alicia wusste Felle und Häute von wilden Tieren als Wohnaccessoires durchaus zu schätzen. Eine weitere Tierart, die vom Angesicht der Erde getilgt wurde, konnte nur gut sein für ihr Bankkonto. Mit einem tiefen, zufriedenen Seufzer sank sie aufs Bett, schloss die Augen und breitete genüsslich beide Arme aus.

Bis zu diesem Augenblick hatte Mr B sein Abenteuer genossen. Bevor Alicia Bluebell Bay fluchtartig verlassen hatte, war sie noch schnell mit der Tiger-Schlüsselkarte, die sie Kat abgenommen hatte, in Marios Wohnmobil geschlüpft, um seine chinesischen Tinkturen zu stehlen.

Als sie sich eine Flasche Mineralwasser aus seinem Kühlschrank nahm, war Mr B ungesehen in ihre Tasche gekrochen. Hochzufrieden hatte er zwischen ihren Fläschchen und weichen Schals geschlafen, während Alicia von Dorset nach Dover gerast war und dann von Calais aus weiter an die Côte d'Azur. Abgesehen von einer leichten Übelkeit auf der Fähre über den Ärmelkanal hatte er sich pudelwohl gefühlt.

Doch dass ihn der Hotelpage später (aus reiner Bosheit) in den Bauch getreten hatte, hatte ihm nicht gefallen, und dass Alicia Swann ihn danach noch an den Kopf geschlagen hatte, als sie sich neben ihn legte, empfand er als Gipfel der Unverschämtheit. Empört und wütend ließ er seinen kühlen Schwanz klatschend auf ihren Bauch fallen.

Als sie daraufhin wie eine Verrückte loskreischte und mit beiden Fäusten auf ihn einprügelte, blieb ihm nichts anderes übrig, als sich um ihre Handgelenke zu schlingen. An diesem Punkt wurde sie vor Schreck ohnmächtig.

Im Laufe dieses kleinen Ringkampfes hatte sich ein Stück ihrer Gummimaske abgelöst, und die Nachttischlampe war krachend zu Boden gefallen. Als der Sicherheitsdienst des Hotels den Radau hörte, verschaffte er sich ungefragt Zutritt zur Suite, mit einem Zimmermädchen im Gefolge. Beim Anblick der Pythonschlange sank Letztere ohnmächtig neben Alicia aufs Bett.

Der Gendarm, der die exotische Szene wenig später zu Gesicht bekam, erzählte später, es sei das erste Mal gewesen, dass er davon hörte, dass ein Straftäter von einer Schlange festgenommen worden war.

Sechs Wochen später

Saorsa-Wildreservat im schottischen Hochland

»Habt ihr es alle bequem?«, fragte Lord Hamilton-Crosse. »Braucht noch jemand eine Decke? Habt ihr alle genug gegessen? Falls nicht, ich habe noch –«

»O nein, bitte nicht noch mehr«, stöhnte Kat. »Der Eintopf mit den Wildpilzen in der Lodge war so lecker, dass ich gleich zwei Portionen mit den scharfen Kartoffel-Scones hatte, bevor mir jemand sagte, dass wir danach noch vegane Kokosnuss-Marshmallows rösten ...«

»Du hast wenigstens keine zehn davon gegessen«, stöhnte auch Hanna und hielt sich den Bauch.

»Es ist das erste Mal, dass ich eine von euch beiden jammern höre, dass es zu viel zu essen gab«, sagte Dr. Wolf kopfschüttelnd. »Sonst eher, dass es zu wenig war ...«

Lachend wandte Kat sich an den Mann, der neben ihr auf der Bank saß. »Wir jammern ganz bestimmt nicht. Danke, Großvater. Es war absolut perfekt.«

»Ganz meine Meinung«, sagte Hanna. »Vielen Dank, dass Sie das alles für uns organisiert haben, Sir.«

»Es war ein unvergessliches Erlebnis, Lord Hamilton-Crosse«, fügte Kai hinzu.

Woraufhin Seine Lordschaft meinte: »Du kannst mich gern Dirk nennen, Kai.«

Zwei Nächte zuvor waren Dr. Wolf, Kat, Hanna und Kai in den *Caledonian Sleeper*, einen Nachtreisezug, gestiegen, der sie ins schottische Hochland brachte. Das *Klick, Klack* der Zugräder hatte Kat schnell einschlafen lassen, und sie wachte erst wieder auf, als der Zug sich an einem Berg vorbeiwand, der in eine pinkfarbene Wolke gehüllt war, die fast wie aus Zuckerwatte aussah. Sie und Hanna hatten bäuchlings in ihren Schlafkojen gelegen und die vorbeigleitenden märchenhaften Wälder bewundert.

In Gleneagles wurden sie von Angus abgeholt, einem Mann mit rotem Bart und einem Kilt. Er hatte sie auf schwindelerregenden Kurven zur Saorsa-Lodge gebracht, wo Kats Großvater sie erwartete. »Saorsa ist gälisch für *Freiheit*«, hatte Angus ihnen erklärt. »Darauf legen wir größten Wert hier im Land von Braveheart.«

Schon ein Atemzug der pfefferminzhaltigen Luft hatte Kats Lungen aufgeladen. Durch Moore zu wandern, in denen purpurrotes Heidekraut und gelber Ginster loderten, hatte einen unvergesslichen Eindruck auf sie gemacht. Und an diesem Abend hatten sie das gemütliche Kaminfeuer in der Lodge gegen ein nach Kiefern duftendes Erdversteck zum Beobachten wildlebender Tiere eingetauscht.

Kai starrte versonnen auf ein von Kiefern gesäumtes, silbrig glänzendes Loch – *Loch*, so nennen die Schotten ihre Seen, wie man von dem berühmten Loch Ness weiß. Kat wusste, dass er sich wünschte, sein Vater wäre hier. Doch Dr. Liu war zu Hause geblieben, um bei Scotland Yard als Zeuge auszusagen, und auch der Inlandsgeheimdienst MI5 war damit beschäftigt, die Anführer des Drachenordens zur Strecke zu bringen.

Professor Fox arbeitete derweil mit Experten vom Naturhistorischen Museum zusammen, um den Dracoraptor von Dorset nach London zu bringen, wo er vor Fossilienräubern in Sicherheit war. Der Juradrache würde den offiziellen Namen *Dracoraptor volpis* (Drachen-Fuchs) erhalten, *Fuchs* zu Ehren von Professor Fox, der ihn schließlich entdeckt hatte.

Bei der Verlegung des Dinosauriers arbeitete auch Harry Holt mit, der neueste Zugang in Theo Fox' Team. Er war in allen Anklagepunkten entlastet und vom Verteidigungsminister und Sergeant Singh in den höchsten Tönen dafür gelobt worden, dass er Johnnys USB-Stick so gut gehütet hatte, obwohl er selbst ihn nie hatte öffnen können und gar nicht gewusst hatte, was darauf gespeichert war. Nach Johnnys Verschwinden hatte er sich größte Vorwürfe gemacht, denn er befürchtete sofort, dass Johnny bei seiner Fossiliensuche einen Unfall gehabt hatte oder aber dass die Leute vom Drachenorden zugeschlagen hatten – die Geheimgesellschaft, über die Johnny auf Harrys Betreiben hin recherchiert hatte.

Alicia Swann, auch bekannt als *Patientin X*, befand sich in einem französischen Krankenhaus und wurde rund um die

Uhr bewacht. Allerdings war nicht damit zu rechnen, dass sie noch lange genug leben würde, um sich vor Gericht verantworten zu müssen.

»Zu schade, dass sie nicht mehr verurteilt werden kann – zumindest nicht in diesem Leben«, hatte Kats Großvater zu den Mädchen gesagt. »Doch dank Johnnys Recherchen, der Stimmaufnahme auf Kats Füllfederhalter, der großartigen Detektivarbeit der beiden *Miss Mystery* und des cleveren Mr Bojangles werden zumindest Alicias Kumpane vom Drachenorden zur Rechenschaft gezogen werden.«

»Welche Ironie des Schicksals, dass es eine abenteuerlustige Pythonschlange gebraucht hat, um eine der raffiniertesten Fossilienräuberinnen und Verbrecherinnen an der Tierwelt der Geschichte zu fassen zu bekommen. Hätte Mr B Alicia nicht dazu gebracht, wie am Spieß zu schreien, so dass die Security anrückte, wäre sie vermutlich wieder einmal durchs Netz geschlüpft und hätte die Namen von Lucian – eurem Mann mit den blauen Schnürsenkeln – und ihrer anderen Komplizen mit ins Grab genommen. Nicht mal Ethan hatte Zugriff auf ihr kleines schwarzes Buch. Er war ebenfalls ein Mitglied des Drachenordens, genauso bestrebt wie sie, sein jugendliches Aussehen zu bewahren. Sie aber war der Kopf.«

»Hat sie ihn denn nicht geliebt?«, fragte Hanna.

»O doch, das tat sie schon – auf ihre Weise«, antwortete der Dunkle Lord, »aber offenbar haben sie und die anderen

Anführer des Drachenordens es Ethan sehr übelgenommen, dass er es nicht geschafft hat, mich umzubringen.« Er verzog das Gesicht. »Ja, genau das hatte er vor, als er auf dem Dach von Hamilton Park war – eine körperliche Auseinandersetzung, die ihr vermutlich gesehen habt. Zum Glück konnte V ihn mit Mungomoves vertreiben.«

»Dem *Springenden Tiger*«, murmelte Kat.

»Dem *Springenden Tiger*, jawohl. Nichts, was du zu Hause ausprobieren solltest«, fügte er streng hinzu.

Kat beeilte sich, das Thema zu wechseln. »Und was wird nun aus Mr B? Wer kümmert sich um ihn?«

»Der Gendarm, der Alicia Swann verhaftet hat, ist zum Glück ein Reptilienexperte, bei dem Mr B in guten Händen ist, bis Mario ihn abholen kann. Wisst ihr übrigens, was aus dem Zwergspitz wurde?«

Kat lächelte. »Er wurde von einem Mädchen adoptiert, das eine große Hundenärrin ist und das ich im Ferienpark kennengelernt habe. Xena wird es bei Immie und ihrer Mutter guthaben. So wie Pax bei dir.«

Sich von dem Border Collie zu trennen, war eines der schwersten Dinge, die Kat je tun musste, doch in der Summer Street hätte Pax die meiste Zeit im Haus bleiben müssen, während Kat in der Schule und Dr. Wolf bei ihren Patienten war. Deshalb hatte Kat ihren Großvater, der ja bereits einen Collie hatte, den er sehr liebte, gefragt, ob er Pax nicht adoptieren wolle. In Hamilton Park würde Pax ein wunderbares Leben haben, mit dem Dunklen Lord lange

Spaziergänge machen und James und Flush beim Hüten der Schafe helfen.

Immerhin würde Tiny somit in der Summer Street weiterhin der Hahn im Korb bleiben.

»Es ist so toll, dass die Drachenmonster jetzt alle gefasst werden«, sagte Hanna zu Kats Großvater. »Aber meinen Sie, dass Sie den Kampf gegen die Wildtierverbrecher jemals gewinnen können? Sobald ein Drache erlegt ist, wächst anderswo ein neuer nach, nicht wahr?«

»Traurigerweise, ja.«

»Du sagst das so, als gäbe es keine Hoffnung!«, rief Kat entsetzt.

Er lächelte. »Aber nein, ganz im Gegenteil, glaube ich. Es gibt Hoffnung in Hülle und Fülle. Wir werden siegen, sobald alle Menschen begriffen haben, dass alles miteinander zusammenhängt. Du, Hanna und Kai seid der Beweis. Ihr habt euch gefunden, um gemeinsam gegen das Böse zu kämpfen und mitzuhelfen, unseren Planeten zu einem freundlicheren, schöneren Ort zu machen. Jeder Luchs, Tiger, Thunfisch oder Baum, der ausstirbt, reißt einen Baustein aus der Wand des Lebens. Doch jede Spezies, die gerettet wird, setzt wieder einen Baustein hinein.«

Kai sah ihn unsicher an. »Ist das wirklich möglich?«

Dr. Wolf beugte sich vor. »Lass mich dir eine Geschichte erzählen, Kai. Vor einigen Jahren wurden nach über siebzig Jahren wieder Wölfe im Yellowstone Park angesiedelt. Die Umweltschützer wussten, dass sie natürlich Rotwild jagen würden, doch mit dem, was dann noch passiert ist, haben sie nicht gerechnet: Als Erstes hat sich das Rotwild auf der Suche nach einem sicheren Ort über den ganzen Park verteilt. Da sie folglich nicht mehr sämtliche Bäume bis auf den Stumpf abgeknabbert haben, begannen die Wälder wieder zu gedeihen. Singvögel kehrten zurück, und Biber bauten ihre Dämme, was wiederum den Fischen, Reptilien und Ottern zugutekam. Die Wölfe haben auch den Bestand an Kojoten reduziert, was wiederum dazu führte, dass es mehr Kaninchen und Nagetiere gab, und das hat seinerseits die Zahl der Falken und Weißkopfseeadler ansteigen lassen. Die Bärenpopulation wuchs ebenfalls, weil weniger Rotwild auch mehr Beeren für sie bedeutete, und die dichtere Vegetation bewirkte, dass die Erosion nachließ und die Flüsse weniger mäanderten. Die Wölfe haben somit also buchstäblich die Landschaft verändert.«

»Wölfe können Flüsse umleiten?«, sagte Kat verblüfft.

Die Uhr des Dunklen Lords blitzte rot auf. Augenblicklich sprang er auf die Füße und verabschiedete sich. Kat folgte ihm ins Freie.

»Wieder mal ein Kaninchen unter dem Zaun? Oder ist es ein Notfall?«

Er lachte. »Ein Notfall. Entschuldige – ich muss fliegen. Kat, versprichst du mir, dass du Pax, Faith und deinen alten Großvater in Hamilton Park bald wieder besuchen wirst?«

»Du bist nicht alt!«, widersprach Kat grinsend. »Und ja, ich verspreche es.« Da bemerkte sie, dass sich zwischen den Kiefern etwas bewegte. In den purpurroten Schatten wartete ein Reiter, oder genauer gesagt: eine Reiterin mit zwei Pferden.

Ihr Großvater drückte Kat an sich. »Bis zum nächsten Mal, meine Kat. Und denk daran: Auch Drachen finden ihr Ende.«

Kat lachte. »Das vergesse ich ganz bestimmt nicht.«

Sie blickte ihm nach, bis er und V mit der Abenddämmerung verschmolzen. Vor vielen Jahren hatte er V einmal das Leben gerettet, und seither war sie ihm treu ergeben, um Tag für Tag dasselbe für ihn zu tun.

Kai streckte den Kopf aus dem Erdversteck. »Kat, komm schnell. Es ist so weit!«

Im Inneren setzte Kat sich zwischen Kai und Hanna und wagte kaum zu atmen, als ein Luchs, *ihr Luchs*, zwischen den Bäumen hervorkam und zum Seeufer tapste.

»Da könnt ihr alle Videospiele vergessen«, flüsterte Kai. »*Das* ist es, was ich mit meinem Leben machen will: Ich will Wächter der Wildnis werden. Nur dass ich es dadurch mache, dass ich wie mein Vater Heiler werde. Ich werde dafür kämpfen, gefährdete Tierarten von innen her zu retten, indem ich meinen Patienten zeige, wie sie sich besser fühlen können, auf eine Art und Weise, die für alle gut ist, auch für unseren Planeten.«

Die tiefe, samtige Dunkelheit des schottischen Hochlands hatte sich wie ein Theatervorhang herabgesenkt. Bald war Kat sich nicht mehr sicher, wo die Wildkatze endete und die Bäume und Berge begannen, doch der Eindruck des stolzen, unschuldigen Geschöpfs als Teil dieser uralten Landschaft blieb in ihr haften.

»Du und deine Mutter haben Mario geholfen, den Luchs vor Jägern zu schützen und ihn an diesen besonderen, friedlichen Ort zu bringen«, sagte Hanna später, als sie und Kat am Fenster ihres Zimmers saßen und den Sternenhimmel betrachteten. »Also können nicht nur Wölfe Flüsse umleiten und Landschaften gestalten. Die Wolfs tun es auch.«

Kat grinste. »Ja, aber wir brauchen eine Fox dafür. Und jetzt haben wir Kai als weiteren Mitstreiter für unser Detektivbüro, zusätzlich zu Edith, unserem Recherche-Champion. Wir sind ein Spitzenteam! Sollten wir demnächst einen weiteren mysteriösen Fall auf den Tisch bekommen, müssen sich unsere Gegner ganz schön warm anziehen!«

»Meinst du, es gibt einen nächsten Fall?«, fragte Hanna hoffnungsvoll.

»Ganz bestimmt. Miss Mystery für immer und ewig, richtig?«

In der Dunkelheit klatschten die beiden Freundinnen ab, und Hanna bekam vor Vorfreude eine Gänsehaut. Bald – sehr bald schon – würden sie sich bestimmt wieder als Detektivinnen betätigen können. »*Miss Mystery* für immer und ewig«, wiederholte sie voller Inbrunst.

Es mochte ein Zufall sein, doch während sie das aussprach, schoss eine Sternschnuppe über den Nachthimmel.

Der Luchs, der gerade einen Steilhang hinaufkletterte, blieb kurz stehen, um ihr nachzublicken, bevor er seinen Weg hinauf in die Berge fortsetzte, die Ohren stets gespitzt, falls irgendwo eine Gefahr lauerte, während seine weichen Pfoten leichtfüßig über den Erdboden huschten.

Frei!

Anmerkung der Autorin

An dem Morgen, an dem ich diesen Roman fertig geschrieben hatte, besuchte ich mit meiner Schwester Lisa das *Thetford Game Reserve* in Mazowe, Simbabwe, meiner Heimat. In diesem Wildtierreservat, etwa vierzig Minuten von der Hauptstadt Harare entfernt, sahen wir Giraffenbabys, Zebras, Antilopen, Gnus, Kuhantilopen und Büffelochsen. Eine ganze Weile haben wir auch elf Nashörner beobachtet, von denen eins erst ein Jahr alt war und noch von seiner Mutter gesäugt wurde. Es gibt kaum etwas Niedlicheres als ein Nashornbaby. Es redet nonstop mit seiner Mutter mit ganz entzückenden Quieksern und Schnatterlauten und ist so verspielt und anhänglich, dass man sich kaum beherrschen kann und am liebsten zu ihm laufen würde, um es zu knuddeln.

Nashörner stehen im Ruf, kurzsichtig und übellaunig zu sein. In Wahrheit sind sie jedoch so freundlich und empfindsam wie Pferde. Sie sind auch total loyal und jederzeit bereit, ihr Leben für Artgenossen zu riskieren, die sie lieben, und sie sind wahnsinnig klug. Mit einer nicht hörbaren Form der Kommunikation, per Infraschallwellen, kann ein

Sumatra-Nashorn mit einem Artgenossen kommunizieren, der bis zu zwanzig Kilometer weit weg ist.

Diese archaischen, wunderschönen Tiere zu beobachten, tat zugleich aber auch schrecklich weh. Wenige Tage vor meiner Ankunft in Simbabwe standen sieben Chinesen vor Gericht, weil sie als Wilderer Nashornhörner erbeutet und nachweislich in einem von ihnen gemieteten Haus bei den Viktoriafällen gehortet hatten.

Kein Wilderer, egal welcher Nationalität, arbeitet allein. In den meisten Fällen sind es Einheimische, die diese Tiere erlegen – Menschen, die in großer Armut leben und auf die Schnelle an Geld kommen wollen. Sehr häufig werden sie vom geldgierigen oder schlechtbezahlten Personal der Nationalparks unterstützt und auch von korrupten Polizisten oder Regierungsbeamten, die gegen Bestechungsgelder illegale Jagdscheine ausstellen oder beide Augen zudrücken, wenn Wilderer unterwegs sind. Beim Transport der Nashornhörner, Tigerfelle, Schuppen eines Schuppentiers, Schildkrötenpanzer, Löwenknochen oder Elfenbein von Elefanten halten Zollbeamte, Flugpersonal und Richter die Hand auf, damit alles reibungslos über die Bühne geht.

Wenn diese illegale *Ware* dann von Afrika, Indien oder Thailand nach Fernost, Russland, Europa oder in die USA transportiert ist, warten kriminelle Gangs, die zig Millionen mit dem Handel mit diesen bedrohten oder gefährdeten Tierarten verdienen. Und am Ende dieser langen Kette steht der Abnehmer. Ob das nun ungebildete oder naive Personen sind, die Produkte wie Pulver aus Nashornhörnern verwenden, weil sie übers Ohr gehauen wurden und ihnen weisgemacht wurde, dass sie damit alles Mögliche kurieren können, von Krebs bis hin zu Hautausschlägen, oder reiche und arrogante Menschen, die sich freuen, den Tod eines Nashorns verursacht zu haben, um etwas so Banales wie Kopfschmerzen lindern zu können – jeder, der in diese Verkettung von illegalem Handel eingebunden ist, trägt zum Aussterben wildlebender Tiere bei.

In der Geschichte unseres Planeten gab es bisher fünf große Massenaussterben. Das letzte fand vor 65 Millionen Jahren statt, und mit ihm fanden die Dinosaurier ihr Ende. Das sechste Aussterben ist in vollem Gange. Seit 1970 hat die Menschheit 60 Prozent aller Säugetiere, Vögel, Fische und Reptilien ausgerottet. Und mit jedem neuen Tag sterben Dutzende weiterer Spezies aus.

Sudan, das letzte männliche Nördliche Breitmaulnashorn auf unserer Erde, starb im März 2018 in einem Reservat in Kenia – in einem Jahr, in dem nahezu 1000 Nashörner in Südafrika getötet wurden. Es gibt heute weniger als 80 Sumatra-Nashörner in der Wildnis. In Afrika wird alle 15 Minuten ein Elefant getötet. Da ich in Simbabwe auf einer Farm, die zugleich ein Wildreservat war, aufgewachsen bin, hatte ich das Glück, eine Giraffe namens Jenny als Spielgefährtin zu haben. Heute stehen Giraffen, genau wie Geparde auf der Roten Liste der Weltnaturschutzunion (kurz: IUCN, eine internationale Nichtregierungsorganisation), da sie vom Aussterben bedroht sind.

In *Miss Mystery – Der Tanz der Schlange* stoßen Kat, Hanna und Kai auf Schritt und Tritt auf das Thema Aussterben. Ihr Fall und meine Geschichte sind natürlich erfunden, aber die Fakten, auf denen sie beruhen, sind (leider) sehr real.

Einige Teile des Romans entsprangen meiner persönlichen Erfahrung. Als ich im Alter von Kat und Hanna war, war unsere Farm fast so etwas wie eine Tierklinik. Meine Familie hat alles gerettet, von Warzenschweinbabys (wir nannten sie Miss Piggy und Bacon) über Eulen, Lämmer, Kälber, Katzen, Hunde, eine Ziege und – das war das Tollste – ein kleines Äffchen.

Mit siebzehn lebte ich für ein Jahr in England und arbeitete als Tierarzthelferin in einer Tierklinik. Und heute bin ich Botschafterin für die *Born Free Foundation*, eine Tierschutzorganisation, die Löwen, Leoparden und Tiger, die unter grässlichen Umständen in Gefangenschaft leben, für den Rest ihrer Lebenszeit in ihnen angemessenen, wunderschönen Tierreservaten unterbringt.

In *Miss Mystery – Der Tanz der Schlange* hat mich ein Python, den ich für kurze Zeit in Simbabwe besaß, zu Mr Bojangles inspiriert. Meine Pythonschlange hieß Samantha, und sie gab wirklich ihr Bestes, um sich um meine beiden Arme zu schlingen und zuzudrücken. Einmal hätte sie mich auch fast gebissen, wenn mein Vater nicht rechtzeitig eingeschritten wäre. Es fiel mir also gar nicht schwer, mich in Kats Situation einzufühlen.

Auch die meisten der anderen Handlungsstränge in diesem Roman basieren auf wahren Ereignissen. Weltweit werden wertvolle paläontologische Fundstätten von skrupellosen Räubern zerstört, die es auf *Drachenzähne* und Dinosaurierfossilien abgesehen haben. Sie verkaufen ihre Beute an Sammler und an ähnlich zwielichtige *Heiler*, die Nashornhörner, Schuppen von Schuppentieren und Seepferdchen an Patienten verhökern und behaupten, diese Dinge hätten eine wundersame Heilwirkung und lebensverlängernde Eigenschaften.

Bedauerlicherweise gibt es auf dem ganzen Globus reiche Personen und üble Unternehmen, die auf das Aussterben setzen und Elfenbein, Tigerfelle und Wein horten, auch Löwenknochen, Schuppen von Schuppentieren und ja, auch Blauflossenthunfische, in der Hoffnung, dass der Wert ihrer gehorteten *Waren* immens steigen wird, sobald diese Spezies ausgestorben sein werden. Sie sehen in wilden Tieren nur ihren Gegenwert in Dollar.

Viele dieser Menschen würden uns glauben machen, dass es in Ordnung ist, ein Tigerfell als Teppich oder Blauflossenthunfische zu Sushi zu verarbeiten, da man Tiger, Nashörner und Blauflossenthunfische ja auch züchten kann. Könnt ihr euch vorstellen, dass ein einzelner Blauflossenthunfisch im Januar 2019 in Tokio auf dem Fischmarkt für umgerechnet 2,7 Millionen Euro verkauft wurde? Warum war er so wertvoll? Weil er im Meer gefangen worden war! Wer diese gefährdeten Tiere als Sushi oder als Heilmittel verwendet, ist fest davon überzeugt, dass das betreffende Tier genau deshalb einen speziellen Geschmack oder eine spezielle Wirksamkeit besitzt, weil es *wild* gelebt hat, also aus seinem natürlichen Lebensraum kommt. Und genau solche *wilden* Tiere wollen diese Leute haben. Sie glauben, dass es ihnen hilft, länger zu leben, wenn sie Teile dieser wilden Tiere essen oder in Fläschchen abfüllen.

Ein tödlicher Irrtum! Jeder Mensch, jeder Baum und jedes Tier – alles auf unserem Planeten ist miteinander verbunden. Wenn Unkrautvernichtungsmittel in Australien oder Südamerika eine große Anzahl von Bienen auslöschen oder irgendwo in Europa eine winzige Spitzmaus ausstirbt, wirst du vermutlich nie davon erfahren. Doch es wird weltweit direkte Auswirkungen auf das Leben von Millionen von Menschen und Tieren haben. Die Ernte, die eigentlich für den Export bestimmt war, fällt aus, weil es keine Bienen gab, die die Feldfrüchte bestäubt hätten, und die Vögel und anderen Lebewesen, denen sie als Nahrung gedient hätten, können ebenfalls verloren sein. Eine bestimmte seltene Adlerart, die sich von den Spitzmäusen ernährt, kann bald ebenfalls vom Aussterben bedroht sein, weil ihre einzige Nahrungsquelle verschwunden ist.

Wenn wir nicht alles in unserer Macht Stehende tun, um jeden Vogel, jeden Baum und jedes wildlebende Tier auf unserem Planeten zu retten, haben wir keine Zukunft.

Angesichts so vieler Herausforderungen und Probleme, die unsere Umwelt betreffen, könnte man leicht die Hoffnung verlieren. Mein Rat: Gebt nicht auf! Um Kats Großvater zu zitieren: Es gibt überall Hoffnung. Ja, ihr seid sie, die Leserinnen und Leser meines Buchs. Wenn du es bis hierher geschafft hast, sind die Chancen groß, dass dir an Tieren und an der Natur liegt. Und dass du dir eine bessere Welt wünschst.

Mir geben junge Menschen überall auf der Welt Hoffnung. Es gibt so viele unglaublich tolle, intelligente junge Menschen, denen an ihrer Umwelt liegt und die leidenschaftlich dafür kämpfen, die Tiere und die Natur zu retten und dazu beizutragen, dass unsere Erde ein freundlicher und wunderschöner Ort zum Leben bleibt.

Die gute Nachricht ist, dass du mithelfen kannst, das drohende Aussterben aufzuhalten. Du musst die Tiger oder Weißwale nicht auf eigene Faust retten. Du kannst mit einigen der Spezies in eurem Garten oder auf eurem Balkon anfangen. Hier ein paar Tipps:

1. Engagiere dich und ziehe deine Freundinnen und Freunde mit. Inspirationen findest du bei jungen Naturschützern und Aktivisten wie Dara McAnulty oder Bella Lack auf Twitter, oder lies Daras preisgekrönten (englischsprachigen) Blog: https://youngfermanaghnaturalist.wordpress.com/

2. Verzichte auf Produkte, die Palmöl enthalten, denn wegen Palmöl werden die Regenwälder vernichtet und auch

die Schimpansen, Orang-Utans, Vögel und anderen Lebewesen, die darin leben. Palmöl ist oft in Fertiggerichten und Shampoos versteckt.

3. Meide Thunfisch, egal welcher Art. Die meisten Spezies gelten als gefährdet oder stark gefährdet. Und wenn du von Thunfisch hörst, der *mit der Angel* gefangen wurde, glaub nicht, dass er von einem netten Fischer an einem Strand geangelt wurde! Er wurde von Schiffen gefangen, die Hunderte von Langleinen hinter sich herziehen, manche mit bis zu 2000 Haken bespickt. Mit jedem Fangzug werden auch Delphine und Haie dezimiert.

4. Verzichte auf Einwegplastik. Unsere Ozeane werden langsam, aber sicher zu einer einzigen Plastiksuppe, was zum Tod von zig Millionen von Vögeln, Fischen und Walen führt, die mit offenem Maul schwimmen, um kleinere Fische und Plankton zu fressen. Benutze nur wiederverwendbare Wasserflaschen und Kaffeebecher und ermutige deine Schule und deine Eltern, ab sofort auf Plastiktüten, Plastikbecher und Plastikbesteck zu verzichten.

5. Sag nein zu Shows, bei denen in Gefangenschaft lebende Delphine und Schwertwale vorgeführt werden. Jeder wünscht sich, mit Delphinen zu schwimmen, aber versuche, es in der freien Natur zu tun, wo die Tiere zumindest eine Wahl haben, ob sie bleiben oder wegschwimmen wollen. Solltest du noch Zweifel haben, ob Delphine und Schwertwale in Gefangenschaft leiden oder nicht, schau dir *Blackfish* an, einen Dokumentarfilm über die Unterhaltungsindustrie.

6. Iss weniger Fleisch und Milchprodukte. Die kommerzielle Agrarwirtschaft beschleunigt den Verlust der Lebensräume vieler Tiere, die Zerstörung des Regenwalds und die globale Erwärmung.

7. Falls du dir ein Tier wünschst, hol dir eines aus dem Tierheim oder einer Rettungsstation. Ich habe Max, meinen Bengalkater, von der RSPCA, einer Tierschutzorganisation in England, und er vergilt es mir mit mehr Liebe und Freude, als ich es mir je erträumt habe. Er ist mein bester Freund.

8. Möglichst viele Tierarten zu retten ist derzeit eine der wichtigsten Aufgaben auf der Erde. Überzeuge deine Familie, deinen Freundeskreis und deine Schule, daran mitzuarbeiten, Vögeln, Schmetterlingen, Bienen und anderen Insekten zu helfen, die oft vergessen werden. Es ist für diese Lebewesen überlebenswichtig, dass ihr Vogelhäuschen, Bienen- und Insektenhotels aufstellt und für die Vögel Winterfutter auslegt.

2018 habe ich ein Bündnis von über fünfzig Kinderbuchautorinnen und -autoren namens *Authors4Oceans* gegründet, um gegen die Verwendung von Plastik in der Buchindustrie und in Schulen einzutreten. Unsere Website ist voll mit Informationsquellen und coolen Blogs und Tipps darüber, wie du mithelfen kannst, die Plastikflut einzudämmen und Meereslebewesen zu retten. Folge uns auf Twitter oder besuche unsere (englischsprachige) Website:

www.authors4oceans.org

Ich bin Botschafterin der *Born Free Foundation* und kann mit ganzem Herzen sagen, dass wir einer der außergewöhnlichsten gemeinnützigen Vereine auf diesem Planeten sind. Finde heraus, wie du bei uns mitmachen kannst:

https://www.bornfree.org.uk/

Lauren St John
London, 2019

Danksagung

Vielleicht, weil es in diesem Roman um ein Thema geht, das mir am allermeisten am Herzen liegt, fiel mir das Schreiben schwerer als je zuvor. Bis ein Buch fertig ist, braucht es ein ganzes Dorf, und diesmal fühlte es sich wirklich so an. Solange ich schreiben werde, vergesse ich nie die Freundlichkeit, Geduld und Unterstützung, die mir im letzten Jahr von Venetia Gosling, meiner Lektorin bei Macmillan, Catherine Clarke, meiner Agentin bei Felicity Bryan Associates, und Wes Adams, meinem Lektor bei Farrar, Straus & Giroux zuteilwurden. Ich danke euch allen so, so sehr. Ohne euch hätte es diesen Roman nie gegeben. So einfach ist das.

Ich bin Journalistin und habe schon etliche Bücher über diverse Themen geschrieben, bevor ich nun Kinderbuchautorin geworden bin, und ich bin jeden Tag dankbar für die absolut wundervolle Kinderbuch-Community. Ein besonderer Dank geht an Katherine Rundell, Abi Elphinstone und Piers Torday für ihre klugen Ratschläge, ihre Gesellschaft und das Erlebnis purer Freude, genau in den Momenten, in denen ich sie am meisten gebraucht habe. Das nächste Abendessen geht auf mich!

Dr. Ben Garrod schulde ich Dank für seine Informationen, was den Dracoraptor angeht. Für etwaige paläontologische Fehler oder Phantasiesprünge, besonders in Hinblick auf den Transport des Juradrachen, übernehme ich die volle Verantwortung! Sämtliche Dinosaurierfehler nehme ich auf meine Kappe.

Riesigen Dank an Daniel Deamo für das wundervolle Cover und die Innenillustrationen der englischen Originalausgabe und an das reizende, supertalentierte Team von Macmillan, insbesondere Jo Hardacre, Kat McKenna, Cate Augustin, Viki Ottewill, Sarah Clarke und Amber Ivatt. In den USA wurde das kunstvolle Titelbild von der ebenfalls unglaublichen Aimee Fleck gestaltet.

Natürlich wäre all das nicht möglich oder nur halb so lustig gewesen ohne meinen Freundeskreis und meine Familie. Voller Liebe danke ich Merina, Emelia, Jean und Jane, meinem großartigen Partner Jules, meiner Schwester Lisa und meinen Eltern, die immer für mich da sind.

Zu guter Letzt, aber nicht minder herzlich, danke ich den vielen engagierten und schlichtweg phantastischen Buchhändlern von *Waterstones* und unabhängigen Buchläden wie *Octavia's Bookshop* und *Tales on the Moon Lane*. Danke für jedes Kinderbuch, das ihr Tag für Tag über den Ladentisch verkauft. Ihr macht die Welt zu einem besseren Ort!

Alle Bücher von Lauren St John

Habe ich		Wünsche ich mir
	›Miss Mystery – Der Schrei des Papageis‹ (Band 1)	
	›Miss Mystery – Der Tanz der Schlange‹ (Band 2)	
	›One Dollar Horse‹ (Band 1)	
	›One Dollar Horse – Frei wie der Wind‹ (Band 2)	
	›One Dollar Horse – Stürmische Zeiten‹ (Band 3)	

Deine Wunschliste bitte hier ausschneiden.